Emma Smith
Alibi Freak
Wenn du liebst, dann hoffentlich mich
Catch her Reihe 2

AF201107

EMMA SMITH

ALIBI Freak

WENN DU LIEBST, DANN HOFFENTLICH MICH

romance

Deutschsprachige Erstausgabe Juni 2020

Emma Smith
c/o Autorenbetreuung / Caroline Minn
(Impressumservice)
Kapellenstraße 3
54451 Irsch
Lovebooks1@outlook.de

Covergestaltung und Satz: Wolkenart - Marie-Katharina Becker,
www.wolkenart.com
Lektorat: Anne Paulsen
Korrektorat: Anna Werner
Herstellung und Verlag: BoD – Books on Demand, Norderstedt
1. Auflage
Paperback ISBN: 9783751902915

Das Buch ist allen gewidmet, die auch ihre ganz persönlichen Geheimnisse haben ...

Prolog

SEPTEMBER 2016

PHOEBE

Zig Studenten liefen an mir vorbei und alle blickten genauso suchend und verwirrt umher wie ich. Einige starrten nur auf den Campusplan, ohne aufzusehen, weshalb nicht nur ich ständig angerempelt wurde.

»Entschuldigung, kann ich …«

Immer mehr junge Menschen strömten auf die Gebäude zu, je näher ich dem Eingang kam. Die Sonne stach mir unangenehm in den Augen und ich spürte wie sich ein leichter Schweißfilm dank der Hitze und der Panik, die sich langsam ihren Weg bahnte, auf meinen Unterarmen bildete.

»Entschuldigung? Bitte, dürfte ich mal …«

Doch dann teilte sich die Menschenmasse plötzlich, ich fiel nach vorn und landete samt Büchern und Rucksack wortwörtlich auf dem Boden der Tatsachen und schürfte mir das Knie auf.

»Na super«, murmelte ich und begann die verstreuten Bücher einzusammeln.

Das ist also das College, Phoebe. Großartiger erster Tag.

Ich schloss kurz die Lider, um nicht hysterisch loszuheulen.

Erst bekam ich die nette Information, dass mein Zimmer im Wohnheim noch nicht frei war und jetzt lagen auch noch meine Klamotten verstreut auf dem Campus herum.

Im Augenwinkel bekam ich mit, wie ein loser Zettel aus meinem Block begann herumzuflattern.

»O nein!«, rief ich und machte mich schon mental bereit dazu

quer über den Campus rennen zu müssen, um meine Notizen zurückzubekommen.

»Hab ich dich!«, hörte ich da eine männliche Stimme.

Über mir stand ein Kerl und fischte gerade meinen Zettel aus der Luft, der fast schon auf dem Weg in den Himmel war.

Da die Sonne mich blendete, schirmte ich meine Augen mit der Hand ab und bereute es zugleich.

Der »Kerl«, der vor mir stand war ganz sicher nicht nur ein »Kerl«. Verstand man meine Äußerung?

Er war groß, attraktiv und lächelte auf mich herab, als hätte ich nicht mindestens dreißig Pfund zu viel auf den Rippen oder trug nicht viel zu viel Stoff für die 27 Grad Außentemperatur.

»Gehört das dir?«

Dazu diese tiefe, männliche Stimme.

Statt irgendetwas zu sagen, starrte ich ihn einfach nur an. Meine Hände, die eines der Bücher umklammerten, begannen zu schwitzen. So richtig zu schwitzen!

»Dumme Frage, ich weiß. Immerhin sammelst du gerade den Rest deiner Sachen ein«, redete er netterweise weiter, als hätte er nicht mal bemerkt, wie bescheuert ich mich verhielt. »Warte, ich helfe dir.«

Er beugte sich zu mir herunter und stapelte die Bücher und Zettel aufeinander, während ich immer noch wie erstarrt auf meinen Knien lag und ihn hilflos anschaute.

Warum half er mir?

Der Kerl, der mehr als ein Kerl war, trug kurzes, dunkles Haar.

»So, noch irgendetwas?«

Was?

Ach, die Frage war an mich gerichtet?

Er kniete immer noch hier unten mit mir auf dem Boden.

Abwartend schaute er mich an.

Oh, er erwartet eine Antwort.

»N-nein. Ich denke nicht. Danke.«

Mit einer Geschwindigkeit, die ich von mir gar nicht kannte, steckte ich meine Sachen so gut wie möglich in meinen Rucksack. Nur meinen Notizblock hielt ich fest umklammert und presste ihn schützend an meine Brust.

Doch anstatt weiterzugehen, sah er mich aufmerksam an.

»Hab ich was im Gesicht?«, fragte ich intuitiv und berührte meine Wange.

»Nein«, erwiderte er belustigt. »Warum solltest du?«

Warum? Warum?

»Manchmal vergesse ich in einen Spiegel zu sehen, wenn ich irgendwo gegessen habe und …«

O großer Gott! Was erzählte ich denn da?

Statt mich auszulachen, hob er nur eine Augenbraue und wartete interessiert, was ich wohl noch sagen würde.

»Ich suche Gebäude Vier«, sagte ich stattdessen, froh, das mir ein anderes Thema einfiel.

»Das ist das rechte Haus, direkt neben dem Coffeeshop. Du kannst es nicht verfehlen«, informierte er mich freundlich.

Er war wirklich nett. Erst half er mir mit den Sachen und jetzt half er mir mich zurechtzufinden. Das hätte er nicht tun müssen, niemand sonst hatte mich beachtet.

Ich blickte in Richtung Coffeeshop, den ich natürlich längst entdeckt hatte.

»Super. Danke. Du rettest mir den Tag.«

Das tat er wirklich!

Er tippte mit zwei Fingern an seine imaginäre Hutkreppe.

»Es war mir ein Vergnügen, Ma'am.«

Ich grinste und überlegte, ob ich ihn fragen sollte.

»Und wie heißt mein heutiger Tagesretter, Sir?«

»William Miller, Ma'am. Stets zu Diensten.«

Erneut lächelte ich, weil er wirklich nett war. Sehr nett.

»Dann, Mr. Miller.« Ich machte einen Hofknicks. »Ich danke Ihnen.«

Warum ich es getan hatte, erklärte sich von selbst. William wirkte nicht wie ein Kerl, der sich über jemanden lustig machte. Offen und ehrlich schaute er mich an, ohne Hintergedanken oder böse Absichten. Zumindest hoffte ich das. Ich war jetzt auf dem College. Hier würde der Spießrutenlauf endlich aufhören. Zumindest hatte Dad das gesagt.

Bevor ich noch mehr Zeit verlor, winkte ich William zum Abschied.

»Dann bis bald, Phoebe Chloe Minton!«, rief er mir über die vielen, vielen Collegestudenten hinweg zu.

Woher kannte er meinen Namen?

Ach ja, der Zettel, der weggeflogen ist! Darauf stand mein Name.

Ich lief ein paar Fuß weit und drehte mich dann um, um ihn vielleicht noch einmal zu sehen. Die Menschenmenge war nicht mehr so dicht wie vorhin, weswegen ich William sehr deutlich sehen konnte. Er ging gerade auf eine große Gruppe von Leuten zu. Mir fiel auf, dass sie alle dieselben Jacken trugen. William griff sich einen der Jungs und nahm ihn lachend in den Schwitzkasten. Dann schubste er diesen von sich, um den Arm um eine hübsche Blondine zu legen.

Natürlich hat er eine Freundin.

Und wieder mal hatte ich in ein kurzes, belangloses Gespräch viel zu viel hineininterpretiert.

***

Das schwarze Brett half mir nicht weiter. Gerade jetzt, am Anfang des neuen Semesters, suchte gefühlt jeder ein Zimmer ... Wieso hatte ich mich nicht früher darum gekümmert? Dad konnte und wollte ich nicht anrufen. Er würde mir wahrscheinlich noch vorschlagen, dass ich bei ihm auf dem über 200 Meilen entferntem Stützpunkt schlafen sollte.

Niemals!

Neben mir stellte sich ein anderes Mädchen und schaute ratlos auf die wenigen Zettel. Bestimmt suchte sie auch ein Zimmer.

»So viele Bewerber«, seufzte sie.

Ich blickte sie an. Sie war eine hübsche Dunkelblonde, ganz natürlich in Jeans und Shirt gekleidet. Ihre Haare hatte sie in einen unordentlichen Knoten zusammengebunden. Die Sonnenbrille steckte auf ihrem Kopf.

»Ja, ist viel Konkurrenz dabei«, antwortete ich ihr, obwohl sie wohl nur mit sich selbst geredet hatte.

»Hier, das Zimmer müsste man sogar nicht *nur* mit Geld bezahlen«, erwiderte die Fremde und zeigte auf eine Anzeige, die tatsächlich *Geld und noch mehr ...* anbot.

»Ach du meine ...« Ich schluckte. »Wow. Das gibt dem Begriff Emanzipation wieder einen ganz neuen Denkansatz, oder?«

Die Fremde neben mir schnaubte belustigt. Es schien, als würde sie mich erst jetzt wirklich bemerken. Von oben bis unten musterte sie mich und ich fragte mich, ob sie das sah, was alle in mir sahen.

Die Dicke, unmodische und schüchterne Phoebe, die es nicht wert war, ein zweites Mal anzusehen.

»Wie heißt du?«

»Phoebe Minton.«

Die Fremde nickte, als würde sie über meinen Namen nachdenken.

»Phoebe Minton, wie wäre es, wenn wir Mitbewohnerinnen werden würden?«

Was?

Es dauerte fünf Minuten, da hatte sie mir ihre Lage erklärt und sich mir vorgestellt. Sie hieß Ivy Brenneman. Es gab noch ein paar Mädels, die kein Zimmer bekommen hatten und ihre Freundin Sienna hatte ein altes Haus gefunden, in dem wir wohnen konnten, sofern wir genug Mädels zusammen bekämen.

Ivy führte mich raus aus dem Gebäude und wir setzten uns an einen der vielen Tische, die fast alle besetzt waren. Alle Mädels sahen irgendwie gleich aus, aber nur eine fiel aus der Reihe. Ihr dunkles Haar ergoss sich über den Tisch, weil sie quer auf der Platte lag, und die Sonne auf ihr Gesicht scheinen ließ. Sie trug eine schwarze Sonnenbrille und teure Kleidung. Die Hose war *Chanel* und die Bluse *Dolce* ... Woher ich das wusste?

Auf der Highschool gab es entweder die Mädels, die Chanel und Dolce trugen oder eben Mädels wie mich. Die von den Designermädels nicht beachtet oder eben zu sehr beachtet wurden.

»Hier habe ich noch eine gefunden. Darf ich

vorstellen? Phoebe Minton. Phoebe, das sind June, Nelly und Ally. Ach, und die große Dunkle auf dem Tisch, auf dem wir eigentlich essen wollten.« Die Drohung in Ivys Stimme war klar zu hören, aber das schien die Frau auf der Tischplatte kaum oder gar nicht zu interessieren.

June, Nelly und Ally begrüßten mich. Sie sahen alle aus, als wären sie aus einem verdammten Katalog bestellt worden. Schlank, schön, modisch gekleidet.

Und ich stand hier mit meinem langen, ausgewaschenem Top und einer dunklen Jeans mit abgelaufenen Sneakers.

»Hi«, begrüßte ich sie leise zurück.

Die Dunkelhaarige auf dem Tisch seufzte.

»Sienna, wärst du vielleicht mal so lieb …« Ivy stupste sie an, während sie sich selbst auf die Bank setzte.

Sienna seufzte erneut, setzte sich dann aber auf und schaute mich an. Zumindest dachte ich das. Sie zog die Sonnenbrille herunter und musterte mich.

Wow. Was für ein schönes Gesicht.

»Scheiße, was ist denn mit dir passiert?«

Trotzig verschränkte ich die Arme vor der Brust.

Hatte ich sie gerade schön genannt? Eher biestig.

»Das gleiche sollte ich wohl dich fragen. Dein Hintern befindet sich immer noch auf einer Tischplatte.«

Nelly dankte mir, weil sie gerade dabei war, ihren Salat zu essen, dabei hielt sie eben diesen Salat schützend in ihrer Hand.

Sienna sah kurz zu Nelly, dann erneut zu mir.

»Du suchst also ein Zimmer«, stellte sie nüchtern fest.

»So sieht's aus.«

»Du wirst uns keine Schwierigkeiten machen oder so? Wenn du merkst, dass wir alle ein gesundes Sexualleben haben?«

»Sienna!«, fuhr Ivy sie an. Anscheinend war sie die Einzige, die Sienna etwas entgegenzusetzen hatte. Zumindest verbal. Soweit ich das verstanden hatte, kannten sie sich alle erst einen Tag, wollten aber aus ihrer gemeinsamen Not das Beste machen.

»Was denn? Es ist doch wohl klar, dass sie ...« Sie wedelte mit der Hand vor mir herum. »Etwas weeeit zurückliegt, Ivy. Wir müssen sie erziehen. Und so etwas bedeutet, viel Verantwortung, viele Diskussionen und das Einmaleins von Sex, Drugs und Rock'n Roll.«

»Dir ist schon klar, dass wir auch noch lernen müssen, oder? Also fürs College?«, fragte ich Sienna, und ignorierte, was sie über mich vermutete.

»Siehst du!«, rief Sienna aus, als hätte ich ihre Vermutung gerade bestätigt, dass ich völlig verkorkst war.

»Es tut mir leid, Phoebe. Sienna kommt eigentlich aus Narnia und weiß noch nicht, wie sie sich zu benehmen hat.«

Ich lachte, weil Ivy genauso austeilte, und das gefiel mir. Wenn Sienna ständig nur fies wäre, würde ich bald Reißaus nehmen.

»Schon gut. Also Sienna ... Ich höre aus deinen Sätzen, dass du denkst, ich wäre sterbenslangweilig und würde nur lernen. Du brauchst einen Grund, warum ausgerechnet ich eure WG bereichern würde, oder?«

»Zumindest schaltest du schnell«, antwortete Sienna.

Ich stellte meinen Rucksack auf der Bank ab.

»Okay. Wisst ihr, was eine Beretta ist?«

Nach und nach schaute ich sie alle an. Niemand schien das zu wissen.

»Eine SIG Sour?«

Ein anderes Mädel hob die Hand. Sie hieß June.

»Das ist doch dieser neue Drink, den sie ...«

»Das sind Handfeuerwaffen«, antwortete ich schnell, damit nicht noch so ein Schwachsinn kam.

Sienna und auch Ivy sahen June kopfschüttelnd an, deren Kopf knallrot geworden war.

»Sobald ich in meine Wohnung einziehe, schickt mir mein Dad meine Waffen und ...«

»Deine Waffen?«, fragte Ivy überrascht.

»Ja, mein Dad ist ein bisschen paranoid.«

»Paranoid oder ein Terrorist?«, fragte Sienna interessiert.

»Er ist beim Militär. Ich hab einen Waffenschein und ich denke, wenn ihr das mit der reinen Mädchen-WG durchzieht, wäre etwas Schutz nicht unbedingt das Dümmste.«

Es trat kurz Stille ein.

»Du willst mir sagen, dass du ... du willst uns vor der bösen, dunklen Welt beschützen?« Sienna machte einen Witz daraus.

»Lach du nur darüber, aber was tust du, wenn sich jemand nachts in dein Zimmer schleicht, dir ein Messer an den Hals drückt und dich ausrauben oder noch Schlimmeres mit dir anstellen will? Was tust du dann, Sienna?«

Sie wirkte geschockt. Mir wurde klar, dass man sie nicht oft schocken konnte.

Nur gut, dass ich mich an den letzten Horrorfilm erinnerte, den ich mit Dad geschaut hatte.

Sonst wäre mir nämlich niemals eingefallen, was ich da von mir gegeben hatte.

»Gut.«

Sienna erhob sich und kam auf mich zu. Sie hatte sich die Sonnenbrille wieder auf ihre Nase geschoben.

»Das Zimmer kostet vierhundert Dollar im Monat und ...«

»Zweihundert und ab sofort hörst du auf, mich wie eine Idiotin zu behandeln«, erklärte ich ihr und für einen kurzen Moment sagte sie nichts, auch an ihrem Gesicht konnte man nichts ablesen.

Sienna war wirklich schön. Schön und selbstbewusst.

»Sonst wirst du mich erschießen, oder?«, grinste sie jetzt und ich verdrehte die Augen.

***

17

Die Quadratwurzel aus 234856 ...

Ich tippte wie verrückt auf meinem Taschenrechner herum und vertippte mich, weil irgendein Idiot diese verdammte Bohrmaschine nicht ausstellte.

Ich schloss die Lider und atmete mehrmals tief durch.

Obwohl mein Zimmer nicht zur Straße lag, hörte ich diese verdammte Baustelle tagtäglich. Und heute ganz besonders.

Dann verstummte das Geräusch wieder.

Okay. Also noch mal. Die Quadratwurzel aus 234...

»FUCK! WO IST DER STROM HIN?«, brüllte irgendein Mann.

»KEINE AHNUNG. SCHAU MAL BEIM VER-TEILER!«

»WO IST DER?«

»KELLER!«

»UND WO IST DER KELLER?«

»SCHEIßE MANN, MUSS ICH DIR NOCH NE KARTE BASTELN?«

Okay, das reichte!

Wutentbrannt stand ich von meinem Schreibtisch auf, verließ mein Zimmer und rannte runter ins Erd-geschoß.

Die Erste, die mir begegnete, war Nelly, die gerade ihren frischen Nagellack im Wohnzimmer begutachtete.

»Hast du Ivy oder Sienna gesehen?«

»Nope. Wie findest du meinen Nagellack? Pinkrosa. Neue Farbe.«

Pinkrosa? Was zum Teufel sollte das für eine Farbe sein? Für mich war es ganz einfach …

»Das ist rosa«, stellte ich klar, als sie mir ihre Hände abwartend hinhielt.

»Pinkrosa«, erklärte sie, als wäre ich diejenige, die eine Brille bräuchte.

Wir schweiften vom Thema ab.

»Warum bist du noch nicht drüben?«

»Drüben? Warum?«, fragte sie desinteressiert und pustete die ganze Zeit auf ihre Fingernägel.

»Warum?«

Um es auf den Punkt zu bringen: Ich wollte ihre Meinung über den Baustellenkrach wissen, der natürlich wieder angefangen hatte.

Je intensiver sie mich musterte, desto desinteressierter wirkte sie.

Ich verdrehte die Augen. Das durfte doch nicht wahr sein!

»Dann gehe ich mal rüber!«

»Warum?«, rief sie mir nach, aber ich ignorierte sie.

Mit schnellen Schritten überquerte ich die Straße, um zum Haus des Lärmes zu gehen. *Hört sich nach einem guten Horrorfilmtitel an. Würde Sienna zumindest sagen.*

Das Haus auf der anderen Straßenseite war eine einzige Baustelle. Überall lagen Holz, Baumaterial und

Geräte herum. Seit einer Woche schienen unsere Nachbarn nur aus Lärm zu bestehen.

Ich stampfte wortwörtlich die Veranda rauf und klopfte an die Tür. Immer und immer wieder. Das Bohren und Hämmern war so laut, dass ich immer aggressiver wurde.

Plötzlich wurde der Bohrer abgestellt.

»HAST DU DAS AUCH GEHÖRT?«

»WAS?«

»DA IST EINER AN DER TÜR.«

»HÄH?«

Ich verdrehte die Augen und schüttelte den Kopf. Meine Nachbarn waren Idioten. Vollidioten!

Erneut klopfte ich und dann ertönten kräftige Schritte.

Die Tür wurde aufgerissen und mein Blick fiel als erstes auf einen nackten Oberkörper. Einen nackten, durchtrainierten Oberkörper. Der verschwitzt war. Also war er ein nackter, durchtrainierter und verschwitzter Oberkörper.

Soweit wäre ich dann schon.

»Kann ich helfen?«

Diese Stimme ...

Ich räusperte mich und schaute dann hoch.

William Miller. William Miller stand halbnackt vor mir und schien ebenfalls überrascht zu sein. Sehr überrascht.

»Phoebe Chloe Minton. Na, was für eine Überraschung.« William wirkte tatsächlich erfreut.

Ich weniger, weil mir jetzt klar wurde, dass er nicht

nur mein direkter Nachbar war, sondern auch ... der Feind, der seit einer Woche für diesen ohrenbetäubenden Lärm verantwortlich war.

»Okay.« Ich holte tief Luft. »Folgendes.«

Meine Stimme brach nicht, ich klang selbstbewusst und gefestigt.

»Wer ist da an der Tür?«

Neben William tauchte noch ein Kerl halbnackt auf. Dunkelhaarig, verschwitzt und genauso heiß wie ...

Großer Gott. Gibt's da drinnen ein Nest oder so etwas?

»Das ist Phoebe. Phoebe, Zach.«

Zach nickte mir zu. »Was gibts?«

Was es gab?

»Ist euch klar, dass ihr ziemlich laut seid?«, fragte ich die beiden direkt.

»Sorry, was?«

Zach zog sich tatsächlich einen Ohrenstöpsel aus einem Ohr und brachte mich dazu, die Fassung zu verlieren.

»Euer Ernst? Ich wohne direkt gegenüber und seit einer Woche ...«

William blickte hinter mich.

»Du wohnst bei Ivy?«, unterbrach er mich.

»Ja, ich wohne bei Ivy. Aber darum gehts gar ...«

»Das wusste ich nicht. Wo warst du vor zwei Wochen, als wir die Party geschmissen haben?«

William's Fragerei brachte mich durcheinander.

»Ich musste lernen. Also, die Sache ist die ...«

»Lernen?« William und auch dieser Zach wirkten nicht überzeugt.

»Ja.«

»Am Wochenende?«, fragte Zach verwundert nach.

»Ja, ich lerne am Wochenende. Aber darum gehts jetzt nicht. Ihr seid zu laut. So laut, dass ich nicht ...«

»Lass mich raten.« William lehnte sich an den Türrahmen und verschränkte seine schweißnassen Arme vor der Brust.

Nicht hinsehen. Nicht! Hinsehen!

»Du musst lernen.«

»Ja, ich muss lernen. Also könntet ihr bitte leiser sein? Wäre das zu viel verlangt?«

William blickte mich an, während er leicht amüsiert wirkte.

»Ich weiß nicht. Zach, was meinst du? Sollten wir leise sein?«

»Ja, ja. Immerhin wohnt sie ja bei Ivy und wir wissen ja, dass die sonst noch irgendwelche Bomben rüberwirft.« Zach verschwand ins Innere des Hauses. Ivy hatte mir letzte Woche von einem Typen erzählt, den sie gerne ersticken würde, wenn sie die Chance dazu bekäme. Könnte sie Zach gemeint haben?

»Ich weiß, dass du das witzig findest. Alle Welt findet es witzig, dass ich etwas aus meiner Zukunft machen will, statt mich auf nichtssagenden Partys volllaufen zu lassen. Aber wenn ich jemanden damit zum Lachen bringen kann, dann freue ich mich über diese gute Tat und fertig. Also, kann ich mich auf dein Wort verlassen?«, fragte ich ihn und wartete auf seine Reaktion.

»Klar.« Seine kurze Antwort ließ mich stutzen. Meinte er das wirklich Ernst?

Oder verarschte er mich nur?

»Super. Danke dir.«

»Jedes Mal, wenn wir uns begegnen, bedankst du dich bei mir. Du nährst mein Ego, Phoebe Chloe Minton.«

»Großer Gott, nenn mich einfach Phoebe. Ich hasse meinen Zweitnamen.«

»Warum?«

»Weil Tante Chloe seit einem Jahrzehnt im Knast sitzt«, sprudelte es aus mir heraus.

William reagierte wie jeder, dem ich diese Story erzählte. Er war geschockt.

»Was zum Teufel hat sie denn verbrochen?«

»Sie hat Waschmaschinen in großen Mengen geklaut und weiterverkauft«, antwortete ich, als würde sich das genauso harmlos anhören, wie für jeden anderen zu anfangs.

»Du verarschst mich.«

Ich schüttelte den Kopf. »Über Tante Chloe lacht niemand aus der Familie.«

Vor allem Dad nicht. Seine Karriere bei der Army stand sogar auf der Kippe. Aber das war bereits ein alter Hut.

»Wegen Waschmaschinen?«

»Nun ja, wegen 10.341 Waschmaschinen, um es genauer zu sagen. Sie hat ein kleines Vermögen damit verdient.«

Ungefähr 4 Millionen Dollar.

»Das kann ich mir vorstellen«, lachte er ironisch auf.

Wie zum Teufel kamen wir jetzt von der stetigen Lärmbelästigung zu Tante Chloe und den Waschmaschinen? Ach ja, weil ich die Klappe nicht halten konnte.

»Gut. Dein Zweitname ist tabu. Dann nennst du mich bitte einfach nur Will. Niemand nennt mich William.«

»Okay.«

Er lächelte. Ich lächelte und wieder interpretierte ich mehr in sein Interesse hinein, als ich sollte.

Phoebe. Er hat eine Freundin, verdammt noch mal! Eine hübsche, dünne Freundin!

»Ich geh dann wieder ...«

»Lernen. Schon verstanden. Zach und ich sind nicht cool genug für dich.« Will machte einen Witz, aber dennoch wollte ich klarstellen, dass er ganz sicher nicht uncool war.

»Ich denke nicht, dass euch jemand für uncool hält.«

Er legte den Kopf schräg. »Du hältst mich für cool?«

Ich verdrehte die Augen, weil er ganz genau wusste, dass er zu den coolen Jungs gehörte.

Dann winkte ich und stieg die Stufen herunter.

»HEY PHOEBE!«, rief er mir nach.

»Hm?« Ich drehte mich noch mal zu ihm um.

Will war nach vorne getreten und hatte die Hände lässig in die Jeanstasche gestopft.

O Gott. Im Licht sieht man jeden einzelnen Bauchmuskel. Jeden einzelnen!!!

»Eigentlich war geplant, dass wir nächste Woche schon fertig werden. Aber da wir natürlich wissen, dass unsere Nachbarn noch lernen müssen und so ...«

Idiot.

Ich grinste und verschränkte die Arme vor der Brust.

»Ich höre?«

»Ich denke in zwei, drei Wochen schmeißen wir dann unsere Party, wenn wir mit der Renovierung fertig sind. Wäre toll, wenn du kommst.«

Lud er mich etwa ein? Das tat er offensichtlich.

Mich allein?

»Und bring deine Mädels mit.«

Oh.

»Ich schau, was ich machen kann«, antwortete ich kryptisch und versuchte, nicht all zu enttäuscht zu klingen.

Will nickte mir zu und ging wieder ins Haus.

***

Es dauerte tatsächlich nur zwei Tage, da sah ich Will nicht nur wieder – nein, wir wurden auch irgendwie zu Freunden ...

Und das kam so:

Ivy und die Mädels wollten einkaufen. Mittlerweile waren wir bereits zu Acht und würden ohne Probleme die Miete für das große Haus zahlen können. Dad hatte für uns einen zuverlässigen Schlosser in der Nähe gefunden, der unsere Türschlösser für wenig Geld sicher machen würde. Vier SMS hatte er dafür gebraucht!

Hast du einen Waffenschrank in deinem Zimmer?
Dads fünfte SMS brachte mich zum Lachen.

Ich saß auf der Veranda und genoss den milden Abend mit einem Liebesroman.

»Was soll das heißen? Ich bin dir nicht wichtig genug?«

Die laute, schrille Stimme kam von gegenüber. Eine blonde Frau ging schnell aus dem Haus und lief über den Rasen, um zu verschwinden. Will folgte ihr.

»So habe ich das nicht gemeint.«

»O doch! Weißt du …« Sie drehte sich zu ihm um, und ich erkannte das Mädchen. Sie war es, die Will am ersten Tag im Arm gehalten hatte. Also war sie seine Freundin. »Ich muss nicht zu dir kommen und darauf hoffen, dass du Bock und Zeit für mich hast. Ich muss nur mit dem Finger schnipsen und sie laufen mir alle hinterher. Mir! Alle!«

»Du willst doch nicht wirklich eine Antwort darauf haben, oder?«, schnaubte Will und wirkte eher belustigt als wütend. Müsste er nicht wütend sein?

Seine Freundin dachte das wohl auch, denn sie machte ein wirklich merkwürdig wütendes Geräusch, zeigte ihm den Mittelfinger und lief weiter.

»Ich gehe! Das war's. Es ist vorbei!«

Mehr als ein lauter Seufzer kam von ihm nicht; ich schaute ihr ziemlich lange nach. Es ließ sich nicht vermeiden, ihnen zuzuhören – immerhin waren sie nicht wirklich leise geblieben –, dass ich Wills Blick erst bemerkte, als es zu spät war.

Rasch blickte ich wieder in mein Buch. Wo war ich stehengeblieben?

Mist, Mist.

Erst hörte ich seine Schritte und dann die Stufen der Veranda, die knirschten; und meinen schnellen Puls, der sich nicht mehr beruhigen wollte.

Will setzte sich seufzend auf den alten Stuhl neben mir und starrte auf die Straße.

»Und? Wie war die Show? Würdest du mir eine glatte Zehn geben?«

»Kommt drauf an«, gab ich leise zu.

»Worauf?«

Unsere Blicke begegneten sich. Heute trug er ein dunkles, schlichtes Shirt und eine alte Jeans. Er hätte damit vermutlich jeden anderen Jungen in seinem Alter ausgestochen. Will Miller war einfach nur mega attraktiv.

»Steht die Zehn für übelst langweilig, sodass selbst das Stricken mit meiner Grandma Petty interessanter wäre? Oder steht sie für so mega interessant, dass selbst das Popcorn vor meiner Nase vergessen wird?«

Sein Blick glitt zu der Schale Popcorn. Randvoll gefüllt.

Was dachte er sich wohl?

Sie isst das ganz allein? Nun ja, sie sieht ja auch danach aus!

»Mich sollte jetzt nicht der Ehrgeiz packen, oder?«, fragte er stattdessen und lächelte mich ungezwungen an. Mein Herz würde gleich aus der Brust springen.

»Gut, die Zehn steht für mega interessant.« Erneut sah er mich an und wartete.

»Dann würde ich eine Sechs geben.«

»Eine Sechs?«, fragte er schockiert nach.

»Es ist niemand verletzt worden?«

Will schüttelte den Kopf.

»Sie hat keinen deiner Freunde beleidigt oder sogar deine Familie?«

Erneutes Kopfschütteln seinerseits.

»Keine Schimpfwörter benutzt?«

Will überlegte, schüttelte dann wieder den Kopf.

»Definitiv nur eine Sechs. Es sei denn, du hast dich daneben benommen. Aber ich denke ...« Ich musterte Will. Er hatte gerade viel ruhiger als sie reagiert.

»Du denkst?«

»Ich denke nicht, dass du zu den ... Du bist ein Gentleman, Will.«

»Ein Gentleman?«, fragte er überrascht. »So hat mich noch niemand genannt.«

Ich nickte, weil kein anderer mir bei meinen Büchern geholfen oder ohne große Diskussion leiser renoviert hätte. Aber Will war nicht böse geworden, gemein oder Schlimmeres. Man konnte mit ihm reden und anscheinend auch über nicht so schöne Dinge.

Will sagte nichts. Dann blickte er wieder hinaus.

»Es ist schön hier. Zach und ich haben noch nie einfach nur so herumgesessen ...«

»Solltet ihr tun. Es lohnt sich.«

Wieder schaute er zu mir herüber, sagte aber nichts. Das Gefühl, so von ihm angesehen zu werden, machte mich noch nervöser. Ich hatte eine lange Strickjacke übergezogen und trug nur eine schlabbrige Jogginghose. Wohlfühlklamotten für zuhause eben. Aber jetzt fühlte es sich total unpassend an.

Und dann sprachen wir beide nicht mehr. Mein Buch hatte ich zur Seite gelegt, wir hörten das Zirpen der Grillen, blickten in den klaren Sternenhimmel und genossen die Ruhe hier draußen.

Irgendwann reichte ich ihm die Popcornschüssel, er griff hinein und dann saßen wir noch weiter eine Weile zusammen hier draußen. Wir sprachen nicht miteinander und es fühlte sich nicht falsch an.

***

MAI 2018

»Denk an den festen Stand. Beine weiter auseinander«, erklärte ich und Ivy tat, worum ich sie bat.

Wir waren im Garten und ich zeigte Ivy, wie man mit einer Schrotflinte am besten stand.

»Eine Schrotflinte hat wesentlich mehr Wucht als eine Pistole. Der Rückstoß kann irre wehtun«, erklärte ich weiter.

»O Scheiße, Phoebs.« Ivy hielt mir die Waffe hin. »Mach es mir noch mal vor.«

Ich seufzte. »Du musst es ausprobieren, sonst wirst du es nie schaffen.«

»Sie hat doch ihren Simon, Phoebs!«, rief Sienna uns von der Terrasse aus zu. Sie saß auf ihrer Liege und sonnte sich. Es sah so aus, als würde sie uns nicht beachten, aber wie immer hörte sie jedes einzelne Wort.

»Ivy braucht keine Hilfe. Sie wird von ihrem Prinzen beschützt.«

Simon war ein Idiot und wir alle wussten nicht, was Ivy an ihm fand. Aber diese Diskussion würden wir nicht jetzt führen.

»Leute, können wir einmal etwas machen ohne Zickereien?«, fragte ich die beiden.

»Sag das mal der Diva da hinten. Sie ist nur schlecht drauf, weil das Staffelfinale von *Criminal Minds* gelaufen ist.«

»Schnauze!«, rief Sienna Ivy zu, weil sie wieder mal ihren wunden Punkt getroffen hatte.

Sienna war unausstehlich, wenn ihre Serien nicht liefen. Deswegen freuten wir uns alle, dass in der Serien-Sommerpause auch die Semesterferien waren. Die Prüfungen hatten wir für dieses Jahr so gut wie alle hinter uns.

»Tag, Ladies.«

Will kam in den Garten und Ivy erschreckte sich so sehr, dass sie in den Rasen schoss.

»Scheiße«, fluchte sie, weil sie einen *so* heftigen Rückstoß nicht erwartet hatte und ihr die Waffe auf den Boden gefallen war.

Sienna machte ein schnaubendes Geräusch, rührte sich aber nicht.

»Fuck, alles okay?« Will kam zu uns und musterte Ivy besorgt.

»Ja ja. Alles okay. Phoebs, der Rückstoß war …«

»Jepp«, antwortete ich und hob die Flinte schnell auf und sicherte sie. »Brauchst du was zum Kühlen?«

Ivy hob die Hände, als wäre nichts gewesen.

»Lass uns nach dem Sommer noch mal ein paar Schießübungen machen. Ich packe lieber weiter meine Sachen. Hey, Will.«

Sie rieb sich noch einmal die Schulter, zwinkerte mir zu, weil sie das immer tat, wenn Will hier war und ging dann ins Haus.

Davor sagte sie noch etwas zu Sienna, die daraufhin murrend aufstand und auch hineinging.

Gar nicht auffällig.

»Hab ich euch gestört?« Sein Blick fiel auf die Schrotflinte.

»Du hast Ivy einen Gefallen getan. Sie hasst es zu üben. Also hast du eher nicht gestört.«

»Als du mir damals gesagt hast, du liebst es zu schießen, dachte ich, du willst mich verarschen.« Er lachte und sah wieder zur Flinte.

Was Will hier machte? Ich wusste es nicht. Aber es wunderte mich auch nicht. In den letzten zwei Jahren waren wir so etwas wie Freunde geworden. Also … Will dachte, wir seien Freunde, ich konnte das nicht. Natürlich freute ich mich, dass er mich als echte Freundin sah. Will war Rugbyspieler, einer der beliebtesten Studenten auf der Georgetown und einer der liebevollsten Menschen, die ich bisher kennenlernen durfte.

Er hänselte niemanden und er achtete darauf, dass

Schwächere nicht gemobbt wurden ... Will Miller war einfach so völlig anders als die anderen beliebten Studenten. Denn leider war es hier nicht großartig anders als auf der Highschool. Der pickelige Außenseiter war eben immer noch der pickelige Außenseiter. Das Mathegenie war immer noch das Mathegenie und die dicke Streberin gehörte immer noch zur Gruppe der dicken Streberinnen.

Nur dass ich dieses Mal Ivy, Sienna und die Mädels hatte – und eben auch Will. Wie das mit Will passiert war? Schleichend. Wir sahen uns immer wieder mal auf dem Campus und unterhielten uns über Belangloses oder das Wunder dieser Welt. Für ihn war es der größte Hot Dog in Kentucky, für mich die chinesische Mauer und ihre lange Geschichte. Wir beide waren unterschiedlich wie Tag und Nacht. Will war beliebt, ich war es nicht.

Aber trotzdem verstanden wir uns.

Oftmals auch, ohne miteinander zu reden.

Es fing damit an, dass ich an einem lauen Abend auf der Terrasse saß und gelesen hatte. Ich genoss die Ruhe. Irgendwann war Will gekommen, hatte sich zu mir gesetzt und wir ... saßen einfach zusammen. Keiner redete ein Wort. Will wirkte müde und ausgelaugt. Als würde die ganze Last der Welt auf seinen Schultern lasten.

Irgendwann seufzte er und bedankte sich. Das hatte er immer wieder getan und ich hatte ihn nie gedrängt, mir zu sagen, was los war.

Seit zwei Monaten war er nicht mehr zu mir auf

die Terrasse gekommen. Er schien das, was ihn belastet hatte, verwunden zu haben.

»Was gibts? Hat Rusty wieder die CIA ins Haus gebracht?«

Rusty war der Computernerd der Alpha Kappas. Unsere Nachbarn waren nämlich im Gegenzug zu uns eine echte College-Verbindung. Und Rusty hatte letzten Monat für viel Trouble bei den Jungs gesorgt.

»Erinnere mich bloß nicht mehr daran!? Ich meine, welcher Idiot hackt sich beim Verteidigungsministerium ein und vergisst sich wieder auszuloggen, nur weil dieser blöde Film mit Alexandra Daddario interessanter war?«, fragte Will seufzend nach.

Ich grinste und legte die Waffen zurück auf den kleinen Klapptisch, um sie alle zu sichern und gleich wieder wegschließen zu können.

»Nun, es ist Alexandra Daddario. Schön und schlank.« *Große Brüste.*

Will nickte, als würde er mir recht geben. Das Problem war, er war auch nur ein Mann. Seine Freundinnen, die wohlgemerkt in den letzten Jahren zwar übersichtlich, aber auch wunderschön gewesen waren, hätten alle Alexandras Schwestern sein können.

Nur ich fiel aus der Reihe. Aber ich war ja auch nur *eine* Freundin. Ich gehörte zu seinem Freundeskreis und das war auch gut so. Will war toll. Trotzdem wollte ich mehr für ihn sein, aber das war nicht möglich.

»Ich bin eigentlich hier, weil ich dich an die Party heute ...«

»Komm schon, Will. Du weißt, dass ich …«

»Ja, du verabscheust Partys. Und wenn sie nicht bei uns stattfinden würde, in dem geschützten Bereich, in dem dich keiner der Vollidioten blöd anmachen wird, dann würde ich deine Absage wie ein Gentleman akzeptieren und dich nicht mehr danach fragen.«

Als würde mich irgendein Typ tatsächlich anmachen wollen …

»Du bist kein Gentleman, Will«, behauptete ich, obwohl ich bereits beobachten durfte, dass das so nicht stimmte.

Er legte immer seine Jacke über die Schulter der Mädels, wenn es kühler wurde. Auch mir gab er sie ständig. Will hielt stets jeder Dame die Tür auf. Er gab praktisch jedem Mädchen das Gefühl, etwas Besonderes zu sein. Auch mir. Deswegen hatte ich mich auch in ihn verliebt und würde es immer bleiben – unglücklich, versteht sich.

Erst zu spät bemerkte ich, dass Will mich aufmerksam musterte.

»Was?«, fragte ich nervös und griff mir ein paar Waffen, um sie in das Haus zu bringen.

»Nichts. Heute Abend 22 Uhr. Komm pünktlich.«

»Ich habe nicht Ja gesagt«, rief ich ihm hinterher, weil er bereits wieder auf dem Absprung war.

»Zu mir wirst du immer Ja sagen«, rief er mir theatralisch zu und griff sich an sein Herz.

Ich lächelte, weil Will eben Will war.

Witzig, lieb und so verdammt heiß.

»Wenn du ihm weiterhin so nachsiehst, kriegst du noch einen Sonnenbrand«, sagte Sienna, die auf mich zu kam und mir in ihrem Bikini tatsächlich zwei Waffen abnahm.

»Ich benutze Sonnenmilch«, antwortete ich.

Sienna runzelte die Stirn, gab irgendeinen Laut von sich und ging dann kopfschüttelnd mit den Waffen in der Hand ins Haus.

Stunden später saß ich vor meinem Ganzkörperspiegel und starrte auf meine Fettpolster. Ein großer Rettungsring ersetzte meine Taille und meine Oberschenkel waren hügelig wie eine Dünenlandschaft.

Ich hatte nicht mal einen schicken BH, mein C-Körbchen steckte in einem nichtssagenden, weißen Baumwollteil. Sienna hatte sich mehr als einmal über meine Unterwäsche lustig gemacht. Aber wenn man nicht die Schlankste war, dann achtete man auf zweckmäßige Kleidung. Und genau das war jetzt mein Problem.

Fragt sich da noch irgendjemand, warum ich nicht auf Partys ging? Ivy und die Mädels hatten es irgendwann aufgegeben, mich zu fragen, ob ich mitkommen wolle. Nur Will hatte bisher nicht aufgegeben. Er fragte mich jedes Mal und heute zog ich es tatsächlich in Erwägung, dass ...

Mein Handy klingelte und ich suchte es schnell in dem Klamottenberg, den ich auf meinem Bett gestapelt hatte.

Lächelnd nahm ich ab.

»Hey Dad.«

»Na meine Kleine. Wie geht's dir?«

»Gut und dir? Was machen die Jungs?«

Mit »Jungs« meinte ich seine Truppe, die er befehligte. Ich erzählte es nicht vielen, aber Dad war Major bei der Army und in Ford Campbell stationiert. Das gesamte Jahr über trennten uns über 250 Meilen. Nur im Sommer würde ich zurückfahren und dann drei Monate bei ihm und seiner Truppe verbringen. Dad interessierte das nicht, dass ich das eigentlich nicht dürfte. Er war der, der die Befehle erteilte.

»Lahme Beine wie immer«, lachte er und ich grinste, während ich durch meinen Berg von Klamotten herumwühlte.

»Willst du heute noch lernen?«

Dad kannte mich so gut.

»Ja, eigentlich schon.«

»Eigentlich schon?«

Ich hatte mir ein kurzes Top gegriffen, dass viel zu sehr den Bauch betonte. Vermutlich war es von Ivy und war in meine Wäsche geraten.

»Da gibt's diese Party und sie ist die letzte in diesem Jahr, bevor das Semester endet.«

»Gibt's da Jungs?«

»Dad, ich bin auf dem College und nicht auf einem katholischen Mädcheninternat.«

»Ja ja, ich frage nicht mehr weiter. Und was ist mit Alkohol?«

Ich verdrehte die Augen, weil das so typisch Dad war.

»Den wird es vermutlich auch geben. Ich bin 21 Jahre alt.«

»Aber nimm wenigstens deine 38er mit. Zur Vorsicht.«

»Es wird mir nichts passieren, Dad.« Wer würde mich denn schon *so* wollen?

Es wurde für kurze Zeit still auf der anderen Seite der Leitung.

»Dad?«

»Ich vergesse nur immer, wie erwachsen du schon geworden bist.«

Dad wurde selten sentimental. Das lag an seinem Job. Aber wenn er tiefer blickte, dann immer nur, wenn er etwas nicht kontrollieren konnte.

»Wann fährst du los?«

»Übernächste Woche wollte ich losfahren«, antwortete ich.

»Gut, gut. Ich hätte dich abgeholt, wenn ...«

»Alles gut, Dad. Ich muss jetzt auch auflegen und ...«

»Ja, natürlich. Du musst dich hübsch machen für die Party.« Am Ende des Satzes wurde er immer leiser.

Ich lächelte, sagte ihm noch, dass ich ihn lieb hatte und legte dann auf.

Dad dachte wirklich, dass ich mich hübsch machen würde.

Erneut blickte ich mich im Spiegel an. Vielleicht könnte ich das. Schließlich hatte Ivy mir schon oft gesagt, dass ich ein süßes Gesicht hätte. Gut, niemand wollte als »süß« bezeichnet werden, aber es war ein Anfang, oder?

Mein dunkelblondes, langes Haar lockte sich an den Spitzen. Ich trug meine Haare lang, weil es besser zu meinem runden Gesicht passte. *Meinem Mondgesicht.*

Meine Oberarme waren zwar schmal, aber alles unterhalb meiner Brust war zu ... dick.

Seufzend suchte ich mir also eine nichtssagende Jeans aus und ein Shirt, dass so lang war, dass es meine Beine kaschierte. Ich trug Wimperntusche auf und etwas Lipgloss. Wenn ich etwas Schönes besaß, dann einen tollen Teint. Pickel hatte ich kaum gehabt. Sienna *hasste* mich dafür, wie sie es immer so trocken formulierte.

Mir war bewusst, dass ich Komplexe hatte. Viele.

Aber wenn sich das halbe Leben lang jeder darüber lustig machte, wie man aussah, dann ...

»Wow. Diese Jeans ist definitiv nicht für deine Beine gemacht. Schon mal davon gehört, vielleicht weniger Burger und dafür Salat zu essen?«

»Muss hart sein, wenn man so überaus durchschnittlich ist, oder?«

»Bobby Montgomery geht mit mir zum Ball. Oder hast du tatsächlich geglaubt, er fragt Walrosse?«

»Ich hatte meinen Spaß und jetzt ist er eben vorbei. Komm darüber hinweg.«

Ob böse Highschool-Schönheiten oder eben Typen, die man gern gehabt hatte ... Es hatte Spuren bei mir hinterlassen. Sichtbare Spuren.

Auf dem College war es zwar besser und niemand feindete mich mehr öffentlich an. Ivy, Sienna, June und die restlichen Mädels mochten mich, wie ich war. Gut, Sienna schob ab und zu einen blöden Spruch, aber das machte sie mit jedem. Und trotzdem wusste ich, dass sie für mich da wäre, wenn ich sie bräuchte. Meine Mädels waren in den letzten zwei Jahren echte Freundinnen geworden und ich dankte Gott, dass sie in mein Leben getreten waren.

Und Will ... Will war der Freund, den ich nie erwartet hatte. Er musste nicht viel sagen, wenn er einfach da war, genügte mir das.

Deswegen machte ich mich auf den Weg zur Party, noch bevor Ivy fertig war, um mich mit sich zu ziehen. Ich wollte zumindest ein paar ungestörte Minuten mit Will verbringen.

Die Party war bereits in vollem Gange. Die Kappa Alphas schmissen regelmäßig sehr ausschweifende Partys, die ich meistens mied. Aber warum sollte ich es zum Abschluss dieses Jahres nicht mal ein bisschen krachen lassen?

Ich stieg die Veranda hoch und traf auf Rusty, der mit zwei weiteren Typen vor der Tür stand.

»Hey Phoebe. Du auch hier?«

Rusty war leicht übergewichtig und achtete selten auf sein Äußeres. Er lebte für die IT und seit Neuestem wohl auch für Alexandra Deddario. Ich mochte ihn.

»Hey Mr. CIA.«

Er verdrehte die Augen.

»Du nicht auch noch.«

»Ich werde die Klappe halten, aber gerade musste es raus. Sorry.«

»Du bist eine der wenigen, der ich das auch glaube.«
Ich lächelte und ging ins Haus.

Es war schon recht voll, sodass ich mich erst einmal orientieren musste.

Zach war noch nicht zu sehen. Der Präsident der Kappa Alphas war Wills bester Freund. Er war ein absoluter Frauenheld und wusste das auch. Aber irgendetwas hatte sich in letzter Zeit verändert. Ich vermutete, dass die Treffen mit Will auf unserer Veranda auch mit seinem besten Freund zu tun hatten, aber ich drängte ihn nicht, es mir zu erzählen.

Im Wohnzimmer und dem Aufenthaltsraum fand ich Will nicht. Sienna winkte mir zu, während sie mit June in der Ecke quatschte. Ich lief den kleinen Flur zur Küche lang, als ich lautes Lachen hörte. Instinktiv blieb ich stehen.

»Ja gut, ich habe sie eingeladen.« Das war Will.

»Weil sie dich sonst nicht in Ruhe lässt«, redete ein anderer. Wer war das? Simon?

»Okay, okay. Sie ist eine Nervensäge. Zufrieden?«, sagte Will und so langsam bekam ich es mit der Angst zu tun. Von wem redeten sie?

Am liebsten hätte ich in die Küche gesehen, aber die Angst, entdeckt zu werden, war dann doch zu groß.

Weil die Musik im Wohnzimmer laut war, musste ich mich konzentrieren, um das Gespräch in der Küche weiter mitzubekommen.

»Nur eine Nervensäge? Sie rennt dir seit zwei Jahren hinterher wie ein Hündchen, Will. Ich meine, was willst du von der? Sie ist nicht besonders hübsch oder ...«

Die Musik wurde immer lauter, sodass ich nicht immer alles verstand.

»Ich weiß. Aber was soll ich machen? Wenn sie vor mir steht und darum bettelt, dass ich ihr zuhöre, dann tue ich das. Was soll ich auch machen? Sie hat niemanden und ...«

Meine Lippen bebten.

Redete er über mich? Redeten sie alle über mich?

Plötzlich wurde ich von einem Studenten angerempelt, der schon etwas zu tief ins Glas gegriffen hatte.

»Sorry, Süße.« Er taumelte in den nächsten Gang und fand ein Badezimmer.

»Ach komm schon, Mann. Du willst mir doch nicht sagen, dass du ihren Arsch nicht ...« Es war definitiv Simon, der da ziemlich angetrunken redete. Ich mochte ihn nicht und verstand es noch weniger, dass Ivy seit ein paar Monaten mit ihm zusammen war.

»Bist du bescheuert? Ich würde sie nicht anrühren!«, rief Will wütend aus und ich hörte, wie jemand schmerzerfüllt aufstöhnte. »Phoebe hat ...«

Die Menge im Wohnzimmer klatschte plötzlich und verstärkte den Lärm noch mal. Aber ich hatte meinen Namen ganz deutlich herausgehört.

Was stand ich also noch hier herum und hörte weiter dabei zu, wie mein bester Freund über mich herzog?

Ich taumelte aus dem Flur, drängte mich durch die

feiernden Studenten und lief schnellen Schrittes aus dem Haus.

Rusty war nirgends zu sehen, als mir die erste Träne über die Wange lief.

Nein. Ich will nicht weinen!

Ich war gerade auf die Straße gelaufen, da rief jemand meinen Namen.

»Phoebe?«

Natürlich wünschte ich mir sehnlichst, es wäre Will, der mich aufhielte und alles erklärte, aber dieser Wunsch kollidierte mit meinem gesunden Menschenverstand.

Es war nicht Will.

Es war Porter. Ivys guter Freund.

»Porter?«

»Alles okay?«

Er bemerkte natürlich meine Tränen, die immer mehr wurden.

»Nein, ist es nicht.«

Porter war ein guter Kerl. Obwohl er mit seiner Ex Jessy, die ihn mit Zach betrogen hatte, viel Pech hatte, scherte er die Frauen nicht über einen Kamm.

»Willst du ... darüber reden?«

Wollte ich das?

»Nein, ich will einfach nur nach Hause.« Und damit war nicht mein Zimmer gemeint.

»Okay, ähm ... wenn du dennoch reden willst ...«

»Alles klar. Bitte sag niemandem, dass du mich getroffen hast, ja?«

»Natürlich.« Porter lächelte mitfühlend und dachte sich womöglich sonst etwas, aber ich vertraute ihm.

Eine weitere Minute später hatte ich es endlich in mein Zimmer geschafft, ohne dass mich jemand so verheult sah, packte meine Koffer in Windeseile und setzte mich danach erst einmal auf mein Bett.

»Erst mal tief Luft holen, Phoebe! Komm, einmal tief ein- und ausatmen.« Wie eine hyperventilierende Irre saß ich minutenlang auf meinem Bett und atmete ein und aus.

Die Worte, die Will über mich erzählte, waren nicht für meine Ohren bestimmt gewesen.

Wie oft hatte er mir gesagt, dass ich mich zu wenig schätzen würde.

»Du siehst deinen Wert gar nicht, Phoebs.«

»Du bist richtig süß, wenn du lächelst.«

Alles war eine Lüge gewesen. In Wirklichkeit sah er in mir eine Klette, der er nicht sagen mochte, dass ich mich verziehen sollte.

Es dauerte zwar fast eine Stunde, alles zu packen. Aber nur wenige Augenblicke, um die Entscheidung zu fällen, nach Hause zu fahren.

Kapitel 1

PARTYSTIMMUNG MAL ANDERS

WILL

»Hast du Phoebe schon gesehen?«, fragte ich Rusty, der sich gerade ein Bier zapfte.

»Nö. Wollte sie denn kommen?«

Ich hoffte es. Für sie.

Es war die letzte Party für dieses Semester und so, wie ich Phoebe kannte, würde sie sich die restlichen Wochen in ihren Büchern vergraben.

»Will! Will!«, kreischte eine ziemlich schrille Stimme durch das Haus.

»Scheiße!«

»Sie kommt aus dem Wohnzimmer«, half Rusty mir weiter und ich machte mich in die entgegengesetzte Richtung auf.

Ich landete in der Küche. Simon stand vor dem Kühlschrank und biss in eine Essiggurke.

»Hey, Mann!«

»Hey.« Ich blickte hinter mich, aber sie war mir nicht gefolgt.

»Wer ist da?« Simon schaute hinter mich und verbreitete eine deftige Alkohol-Wolke.

»Caroline.«

»Caroline? Ach, die Kleine mit den wahnsinnigen ...« Er machte eine vulgäre Geste mit den Händen und ich nickte.

»Jepp, genau die.«

»Sie rennt dir immer noch hinterher?«

Das war noch untertrieben. Seit Wochen wurde ich die Kleine nicht los. Sie stand vor der Kabine, wenn das Training zu Ende war, lauerte mir auf dem Campus auf und ließ mir irgendwelche Zettel zukommen, auf denen explizit stand, was sie mit mir anstellen wollte. Und neuerdings lauerte sie mir auf unseren Partys auf. Gut, womöglich hatte ich sie auch eingeladen, weil die Kleine mir keine Wahl gelassen hatte.

»Ihr macht eine Party? Super, ich habe heute Abend nichts vor.«

Und weil ich ein Idiot war, hatte ich geantwortet:

»Dann komm vorbei. Sind ne Menge coole Leute dabei.«

Ich war so ein Depp.

Phoebe würde das womöglich nicht so direkt sagen, aber auch ihr gegenüber verhielt ich mich seit Wochen wie einer. Aber was sollte ich machen? Ich konnte einfach nicht anders.

»Hast du sie eingeladen? Ich war es nicht«, stellte Simon fest und grüßte Jefferson, der sich mit einem Bier in der Hand auf die Küchentheke setzte.

»Ja gut, ich habe sie eingeladen«, antwortete ich seufzend.

»Weil sie dich sonst nicht in Ruhe lässt«, sprach Jefferson, der Caroline wohl auch schon gesehen hatte.

»Okay, okay. Sie ist eine Nervensäge. Zufrieden?«, antwortete ich genervt.

Jefferson lachte sich halbschlapp über meine Äußerung.

»Nur eine Nervensäge? Sie rennt dir seit zwei Jahren hinter her wie ein Hündchen, Will. Ich meine, was willst du von der? Sie ist nicht besonders hübsch oder ...«

Caroline war vieles. Nervig, mit großen Brüsten gesegnet und dachte, ich würde sie lieben oder so etwas. Zumindest stand das auf den unzähligen Zetteln, die sie mir zugeschoben hatte.

»Ich weiß. Wenn sie vor mir steht und darum bettelt, dass ich ihr zuhöre, dann tue ich das. Was soll ich auch machen? Sie hat niemanden und ...«

»So wie die Kleine von Ivy«, stellte Simon fest.

Ich runzelte die Stirn.

»Na, die rennt dir doch auch ständig hinterher.«

»Phoebe ist meine Freundin«, stellte ich klar. »Und sie läuft mir ganz sicher nicht hinterher.« In letzter Zeit war das eher umgekehrt der Fall.

»Ah, jetzt verstehe ich«, sagte Simon und grinste dreckig.

Verständnislos blickte ich ihn an. Er verdrehte die Augen.

»Ach komm schon, Mann. Du willst mir doch nicht sagen, dass du ihren Arsch nicht ...«

Dass er es überhaupt wagte, Phoebe mit der Stalkerin Caroline zu vergleichen war schon mutig, aber auch noch über ihren Hintern zu sprechen?

»Bist du bescheuert? Ich würde sie nicht anrühren!«, brüllte ich ihn an und stellte mich direkt vor ihn. »Phoebe hat Besseres verdient, als deine scheiß Fantasie, ist das klar?!«

Simon hob abwehrend die Hände.

»Ist ja schon gut, Alter. Komm mal wieder runter.«

»Dann halt gefälligst die Klappe. Phoebe geht dich einen Scheiß an!«

Das meinte ich ernst! Keiner von diesen Versagern hatte sie verdient. Phoebe war eines der sensibelsten, freundlichsten und verdammt noch mal süßesten Mädchen auf diesem Campus. Und ich würde dafür sorgen, dass das auch so blieb.

»Ach komm schon ...« Simon drückte mir seinen Arm über die Schulter. »Lass uns Party machen! Das Semester ist rum. Die Prüfungen so gut wie durch. Das muss gefeiert werden.«

»Ich ...« Ich drehte mich um, weil ich nach Phoebe Ausschau hielt.

»Sauf dir Caroline einfach weg«, schlug er mir vor.

Zach war noch nicht aufgetaucht, weil er noch zu seinem wöchentlichen Treffen gegangen war. Phoebe hatte keine Termine ... Nur die Bücher waren ihr im Grunde wichtig.

Shit.

Phoebe war alles und jedem wichtig. Sie war der Puffer zwischen Sienna und Ivy und beschwerte sich nie. Auch der Rest der Mädels ging zu Phoebe, wenn sie sich auskotzen mussten und ich …

Ich musste mich an meinen schlechten Tagen nur zu ihr setzen und sie stellte keine Fragen. Als wüsste sie genau, was ich in diesen Momenten brauchte.

Manchmal stand bereits ein Bier oder eine Limonade neben ihr auf dem Tisch. Sie machte keinen Druck, war einfach da.

Seit zwei Jahren waren wir nun Freunde und warum auch immer, aber ich hatte gehofft, dass sie heute auftauchen würde und wir … Keine Ahnung, was ich mir gedacht hatte, aber in letzter Zeit suchte ich mehr und mehr ihre Nähe. Nicht, weil ich ihre Ruhe und diese Ausgeglichenheit von ihr brauchte, um selbst runterzukommen. Sondern weil …

»PARTY!«, rief Simon aus, der mich ins Wohnzimmer mitgerissen hatte und mir einen Drink in die Hand drückte.

Dann eben Party …

***

Mir war schlecht und ich starrte mit riesigen Kopfschmerzen meine Zimmerdecke an.

Ich hatte definitiv zu viel Alkohol getrunken und soweit ich mich erinnerte, hatte ich nicht nur mit

Caroline getanzt, sondern auch mit Simon und den Jungs.

»Scheiße ...«

»Kannst du laut sagen.« Zach stand in meiner Tür und musterte mich. »Dein Macarena-Tanz war der Höhepunkt des Abends.«

Macarena? Wundervoll.

»Ich weiß nicht mehr so viel ...«

»Zumindest bist du alleine aufgewacht.«

Gott sei Dank. Ich konnte wirklich kein Theater am frühen Morgen gebrauchen. Die Befürchtung, dass ich im Rausch Caroline mit in mein Zimmer genommen hätte ... Ich wäre sie nie wieder losgeworden.

»Hier.« Er gab mir zwei Aspirin.

»Danke.« Ich schluckte sie mit etwas Wasser schnell herunter.

Mein Zimmer sah zwar aus, als hätte eine Bombe eingeschlagen, aber das interessierte mich herzlich wenig.

Während ich erneut auf mein Handy schaute, bemerkte ich mit einem kurzen Seitenblick, wie Zach genervt den Kopf schüttelte, weil mein Zimmer aussah, wie es nun mal aussah.

Überall lagen Klamotten herum, Bücher und unzählige Rugbyschläger.

»Lass mich raten. Du hast unten schon aufgeräumt?«

Obwohl ich vor einer halben Stunde eine SMS an Phoebe geschrieben hatte, war noch keine Reaktion von ihr gekommen.

»Wer sollte es sonst tun?«

Zach war der Präsident unserer Verbindung und mein bester Freund.

»Ich helfe dir, sobald der Hammer aufhört gegen meinen Kopf zu schlagen«, erwiderte ich seufzend, setzte mich auf die Kante meines Bettes und starrte auf das Display.

Vielleicht schlief sie noch?

Nee, Phoebe war keine Langschläferin.

War sie sauer?

Warum sollte sie?

Phoebe war noch nie sauer auf mich gewesen.

Mein Handy vibrierte und ich erstarrte. Aber es war nur Mom, die fragte, wann ich meinen Hintern nach Hause bewegen würde. Es war lieb gemeint, aber nicht die SMS, die ich kriegen wollte.

»Wow. Egal wer es war, aber du wirkst nicht glücklich«, sagte Zach, der meine Reaktion beobachtet hatte.

»Ist nur meine Mom.« Ich stand auf, obwohl mein Kopf noch immer schmerzte. »Komm, wir wecken den Haufen auf, damit die auch noch mithelfen können.«

So konnte ich mein ungutes Gefühl zumindest für eine Weile vergessen.

***

Drei Stunden später war gar nichts vergessen.

Ich trug gerade zwei der großen Müllsäcke nach draussen, als mein Blick zum gegenüberliegenden Haus schweifte.

Sienna stand auf der Veranda und schien zu telefonieren.

Schnell warf ich die Beutel auf den restlichen Haufen und lief rüber.

»Ruf mich bitte zurück, weil das Freundinnen so machen. Und sollte das FBI diese Nachricht abhören, weil sie dich auf die Vermisstenliste von Kentucky gestellt haben, dann ignorieren Sie bitte die Schimpfwörter am Anfang der Nachricht.«

Sie legte auf und gab einen frustrierten Laut.

»Morgen Sienna.«

Sienna bemerkte mich und grinste.

»Du! Ja, du weißt, wo Phoebe ist, oder?«

»Was? Nein. Eigentlich wollte ich dich fragen, ob du weißt ... Warum weißt du nicht, wo sie ist?«

Scheiße. War ihr etwas zugestoßen?

»Ihre Sachen sind weg und sie geht nicht an ihr Handy.«

»Ihr Auto ist auch weg«, stellte ich nachdenklich fest.

War sie einfach nach Hause gefahren? Ohne jemanden etwas zu sagen?

Siennas Handy piepte und sie schaute sofort nach. Ihre Schultern entspannten sich.

»Sie ist schon nach Hause gefahren. Ich soll mir keine Sorgen machen.«

Instinktiv griff ich mir mein Handy.

An mich hatte Phoebe keine Nachricht geschickt.

Warum nicht?

»Gut, so schmeckt der Kaffee am Morgen gleich viel besser.« Sienna, die nur im Bademantel draußen stand, blickte mich fragend an. »Sonst noch etwas?«

»Nein. Schönen Tag noch.« Ich winkte zum Abschied und lief wieder zurück zum Haus. Warum zum Teufel hatte Phoebe nicht Bescheid gegeben?

Automatisch rief ich sie an und wartete darauf, dass sie abnahm. Aber das geschah nicht. Die Mailbox sprang an, und ich legte wieder auf.

Keine Ahnung, was das sollte, aber mir gefiel das nicht. Ganz und gar nicht.

»Hey Will! Hilfst du mittragen?«, rief einer der Jungs.

»Klar.«

Dann machte ich mich weiter an die Arbeit.

Kapitel 2

DÜNNE BEINE, TRAURIGES HERZ

PHOEBE, SEPTEMBER 2018

So lange wie möglich hatte ich es hinausgezögert.

Zuerst hatte ich sämtliche Nachrichten, alle Anrufe, kurz: Seine bloße Existenz ignoriert und verleugnet.

Ich erinnerte mich noch genau an den ersten Morgen bei Dad. Der erste Morgen, nachdem ich einfach abgehauen war, um früher bei Dad sein zu können.

Dass das nur eine Flucht war, musste mir keiner sagen. Aber ich wollte es so.

»Morgen Dad.«

Dad hatte bereits sein Sportoutfit angezogen und trank seinen Kaffee.

»Morgen«, erwiderte er und versteckte nicht mal seine Überraschung, dass ich auch schon auf war. »Ähm … willst du mitlaufen?«

Was hatte mich verraten? Dass ich eine Wasserflasche rausnahm, die ich mitnehmen wollte, oder meine eigene Sportkleidung, die ich mir angezogen hatte.

»Du läufst doch noch um den See, oder?«

»Ja-a«, dehnte er das Wort, weil er mir wohl nicht ganz folgen konnte.

Dad musste fit bleiben, weil er als Major nun mal Verantwortung trug. Als ich mich gestern Abend in mein Zimmer verdrückt und mich minutenlang im Spiegel angestarrt hatte, wurde aus meiner Wut Überzeugung.

Will hatte mich enttäuscht. Enttäuscht und getäuscht. Jedes Mal wenn er mich »süß« nannte, log er. Jedes Mal wenn ich ihm am liebsten um den Hals gefallen wäre, wollte er nur, dass ich ihm »nicht mehr hinterlief«.

Ich war naiv. Naiv, dumm und zu dick.

Das würde ich ändern. Alles an mir.

Deswegen stand ich jetzt in unserer kleinen Küche und wartete darauf, dass Dad mit mir loslegte.

»Kleines, ist wirklich alles in Ordnung?« Er stellte den Kaffeebecher auf die Küchentheke. »Gestern Abend hast du mir noch gesagt, du wolltest erst in zwei Wochen herkommen. Versteh mich nicht falsch, ich freue mich, dass du jetzt hier bist. Aber ist irgendwas passiert, weshalb du deine Meinung so schnell geändert hast?«

Es war eine Menge passiert.

»Ich will etwas ändern, Dad. So wie es jetzt ist, geht es nicht mehr weiter.«

Ich zeigte auf meine Erscheinung und meinte damit zwar auch die dreißig Pfund Übergewicht, aber auch alles andere.

Dad konnte das nicht wissen, aber das wollte ich momentan auch nicht mit ihm besprechen. Ich war nur froh, dass er mich heute Nacht in meinem Bett nicht heulen gehört hatte.

»Du weißt, dass ich dich so lieb habe, wie du bist, Phoebs. Du bist gut so, wie du bist.«

Nein, Dad. Das bin ich nicht.

»Ich weiß«, antwortete ich stattdessen und versuchte nicht wieder loszuheulen. Deswegen hüpfte ich von einem aufs andere Bein. »Aber jetzt will ich joggen.«

Dad lächelte. Er war fast 50, sein Haar wurde bereits langsam grau, aber er war trainiert wie ein 20-jähriger Student.

»Du wirst diese Entscheidung noch bereuen.«

Werde ich nicht. Es wird wehtun und hart werden, aber ich werde es nicht bereuen.

***

Und jetzt, ein paar Monate später, war ich wieder an der Georgetown.

Ivy und Sienna hatten mich angestarrt und konnten erst nicht glauben, wer vor ihnen stand.

»Scheiße, wie viel hast du abgenommen? 25 Pfund?«, fragte Sienna mich und wirkte tatsächlich geschockt. Das kam selten vor bei ihr.

»Sienna!«, ermahnte Ivy sie.

»Was denn?«, fragte diese.

»Dreißig Pfund«, gab ich leise zu, obwohl ich mich

vor vier Tagen noch über die Zahl auf der Waage gefreut hatte. Aber irgendwie flaute die gute Laune ab, seitdem ich mich in mein Auto gesetzt hatte, um wieder zum Campus zu fahren.

Selbst Phoebe wollte es nicht glauben. »Was? Du warst doch nicht so ...«

Was? Fett? Doch, das war ich.

Wie immer sprach Sienna das aus, was ich oftmals dachte.

»Meine Güte, Ivy. Sie war fett, das ist doch jetzt kein Beinbruch, wenn wir das aussprechen. Sieh sie dir an. Klasse.« Sienna umarmte mich kurz und ich lächelte.

»Ich wollte ... eine Veränderung«, erklärte ich mich und Sienna grinste zufrieden.

»Ich glaube, dieses Jahr wird noch besser als das Letzte«, stellte Sienna fest und wirkte sehr zufrieden mit sich oder mir. Je nachdem, wie man es betrachtete.

Ivys Blick war immer noch skeptisch, aber ich versuchte mir nichts anmerken zu lassen. Es war schon schwierig genug, dass beide keinen Verdacht schöpften, weil ich mich im Sommer kaum bei ihnen gemeldet hatte.

Dad hatte mir die letzten Wochen und Monate sehr dabei geholfen, abzunehmen und mich damit auch abzulenken. Er fragte zwar nicht genauer nach, warum ich mich plötzlich verändern wollte, aber er suchte mit Blicken nach Antworten.

Die er nicht bekam.

Was hätte ich auch sagen können?

Dass der Typ, in den ich mich verliebt hatte, nicht mal meine Freundschaft wollte? Das war alles, was ich je von ihm bekommen wollte und selbst das war eine Lüge. Mir war immer bewusst, dass ein Kerl wie Will, der beliebte und attraktive Rugbyspieler, unzählige schöne Freundinnen hatte und sich niemals in mich verlieben würde.

Und genau deswegen ging ich ihm aus dem Weg.

Will klopfte am zweiten Abend nach meiner Rückkehr an die Tür. Ich hatte ihn bereits über die Straße kommen sehen und war über den Hinterausgang in meinen Wagen gestiegen und weggefahren.

Total erwachsen. Aber was soll ich machen?

Entweder würde ich kein einziges Wort herauskriegen oder aber ich müsste den Schlüssel für den Waffenschrank verstecken, weil es mich überkommen könnte ihn zu benutzen.

Wochenlang ging dieses Versteckspiel gut. Ich verließ die Mensa, wenn er sie betrat. Ich versteckte mich hinter einem Baum, wenn er mir entgegenkam.

Wenn ich Ivy bei dieser Mitternachtsaktion nicht hätte helfen wollen, wäre ich vermutlich ein, zwei Semester lang damit durchgekommen. Zumindest redete ich mir das ein.

Aber dann hatte Ivys Ex sie beim Sex gefilmt und wir mussten ihn darauf ansprechen. Also schlichen wir nachts, mit Tarnfarbe im Gesicht und Baseballschlägern in der Hand in Simons Zimmer und wurden darüber informiert, das Zach Ivy tatsächlich in der Hand hatte.

Er besaß jetzt das Sexvideo, weil er es Simon abgenommen hatte.

Ivy war so außer sich, dass sie Zach noch in derselben Nacht darauf ansprechen wollte und wir deswegen direkt zu ihnen gefahren waren.

»Willst du wirklich jetzt noch zu Zach? Vielleicht schläft er schon und ...« Meinen Satz konnte ich gar nicht ganz zu Ende sagen, da schnaubte Ivy auch schon.

»Na klar. Der schläft ganz sicher nicht.« Sie stieg aus dem Wagen und Sienna folgte ihr.

Ich benötigte jedoch noch einen Moment. Wir hatten bei uns geparkt. Durch den Rückspiegel starrte ich das Haus der Jungs an.

Ich konnte die beiden nicht allein mit ihnen lassen. Ivy war auf 180 und Sienna würde sie womöglich nur anfeuern, wenn es zu Handgreiflichkeiten käme.

Deswegen stieg auch ich aus und marschierte zum Haus.

Die beiden hatten einen Vorsprung und diskutieren eifrig.

Ein paar Jungs aus der Verbindung, die auf der Couch lungerten oder im Sessel saßen und sich irgendein Footballspiel anschauten, blickten mich fragend an.

Ja gut, ich sah mit der Tarnfarbe, der Mütze und der dunklen Kleidung vermutlich nicht gerade friedliebend aus.

»Ihr wart bei Simon?«, fragte Will. Sie alle waren in der Küche.

Zach, Will und Ivy mit Sienna.

Ich holte einmal tief Luft und trat dann ein.

»Jepp, waren wir.«

Sein Blick schoss zu mir.

Vier Monate hatten wir uns nicht mehr gesehen. Vier lange Monate und er sah immer noch so gut aus wie zuvor.

Unfair. Absolut unfair.

Will starrte und starrte. Er schaute auch nicht weg, als Ivy noch lauter wurde, Zach verteufelte, weil er sie jetzt auch noch mit dem Video erpresste. Selbst als Zachs derzeitige Flamme namens Kara halbnackt in der Küche auftauchte, sah er nicht weg.

Ich fühlte mich unbehaglich und wollte nur noch weg.

Tja, und Sienna hatte wohl auch alles zu dieser Sache gesagt.

Soweit ich erkennen konnte, war alles nur noch halb so wild. Simon besaß das Video nicht mehr und Zach ... Zach war kein so schlechter Typ, also konnte er laut Sienna's Einschätzung nichts wirklich böses mit dem Video anstellen.

»Was ein Abend«, murmelte Sienna, während wir beide zurück zum Haus liefen. »Aber eines habe ich noch nicht ganz verstanden.«

»Und was?«

Sienna wandte sich um und grinste dann.

»Warum Will sich so viel Zeit gelassen hat.«

Was?

Ich folgte ihrem Blick. Will kam mit Jogginghose, Shirt und barfuß auf uns zugelaufen.

»Hi Will. Nacht Will.« Sienna winkte ihm zu und ließ mich dann mit ihm allein zurück.

»Sienna!«, rief ich ihr nach, aber sie summte nur vor sich hin und war dann im Haus verschwunden.

»Phoebe ...«

Er klang atemlos, sah mich aber dabei an.

»Ich muss ins Bett.«

Er ignorierte meinen Versuch, hier schnell wegzukommen.

»Ich versuche dich seit Monaten zu erreichen und auf dem Campus bist du nie zu finden. Und jetzt hast du nicht mal zwei Minuten Zeit, um mit mir zu reden?«

Nein. Eigentlich nicht.

»Will, ehrlich ich muss ...«

»Was ist passiert?«, fragte er geradeheraus und musterte mich von oben bis unten.

Auch wenn ich von Kopf bis Fuß in Schwarz gekleidet war, eine Mütze mein langes Haar versteckte und mein Gesicht auch kaum zu erkennen war, sah man, dass ich nicht mehr das fette Ding von vor vier Monaten war.

»Ich denke, Ivy hat erzählt, was wir wollten. Wir waren bei Simon, um ...«

Mit einer Handbewegung machte er klar, dass er danach nicht gefragt hatte.

»Ich rede von dir. Was ist passiert, dass du dich nicht bei mir melden konntest? Ich meine ...« Wieder musterte er mich von oben bis unten. »Du hast dich verändert.«

Was er meint ist: Du bist nicht mehr fett.

Ich verschränkte die Arme vor der Brust und wusste nicht, was ich sagen sollte. Dieses Gespräch hatte ich die letzten Monate dauernd durchgespielt.

Oftmals spielte auch ein Eimer eiskaltes Wasser eine Rolle. Dann wurde er überfahren, bevor ich richtig loslegen konnte, und einmal kam eine Herde Nashörner vorbei und trampelte ihn tot. Ja gut, davor hatte ich womöglich *Jumanji* gesehen und hatte mit meiner Fantasie etwas übertrieben. Aber dennoch musste ich mir eingestehen, dass es eine Genugtuung war.

In der Realität allerdings ... Da würde keine Nashornherde helfen.

»Ich bin immer noch dieselbe«, behauptete ich, weil ich absolut keinen Schimmer hatte, was ich darauf erwidern sollte.

»Dann sag mir, was los ist. Du hast doch sonst auch immer gesagt, wenn dir etwas nicht gepasst hat.«

Wie bitte? Ich hatte was getan?

»Mir was nicht gepasst hat?«, fragte ich irritiert nach, als hätte ich ihn nicht verstanden. Aber das hatte ich.

Es passierte mir nie, aber dieses Mal nahmen meine Gefühle überhand und ich konnte sie nicht einfach runterschlucken.

»Glaubst du, dass es dich wirklich interessiert hätte, wenn mir etwas nicht gepasst hätte? Oder dass man mir wirklich zugehört hätte? Ich dachte, wir wären Freunde. Aber dann wurde mir bewusst, dass ich nicht mehr als ein dämliches Anhängsel für dich bin! DAS war ich für dich. Aber auf Mitleid und Almosen kann ich verzichten. Du fragst, was passiert ist? Mir wurden die Augen geöffnet. Und jetzt lass mich ein für allemal in Ruhe!«

Will wirkte absolut sprachlos. Natürlich. Er dachte ja auch, ich würde einfach so hinnehmen, wie er mich in Wirklichkeit sah.

Ich stürmte panisch ins Haus. Sienna kam die Treppe herunter und grinste, aber als sie meinen Gesichtsausdruck sah, blieb sie mitten auf den Stufen stehen.

»Du siehst nicht gut aus«, stellte sie fest.

»Du irrst dich. Ich sehe gut aus und verdammt, mir gehts auch gut«, fauchte ich wutentbrannt und lief weiter, ohne stehen zu bleiben. Ich schmiss meine Zimmertür hinter mir zu und lief auf und ab, bis meine Atmung sich endlich beruhigt hatte.

Ich habe ihm meine Meinung gesagt!
Endlich!
Aber warum ... fühle ich mich nicht besser?

Kapitel 3

FREUNDSCHAFT ZWISCHEN MANN UND FRAU KANN NICHT FUNKTIONIEREN

WILL. DREI MONATE SPÄTER

Es war Wochen her, dass Zach und Ivy fest zusammengekommen waren. Und doch saßen sie jedes Mal im Wohnzimmer auf der Couch und knutschten herum, wenn ich von meinen Kursen kam.

Deswegen schleuderte ich etwas zu laut die Tür hinter mir zu, sodass beide sich voneinander lösten und mich ansahen. In der Küche waren zwar noch ein paar Jungs, aber sonst war es ruhig.

»Hi Will«, begrüßte Ivy mich.

Mehr als ein knappes Nicken schenkte ich ihr nicht.

Ich wollte nur noch auf mein Zimmer und ...

»Will!«

Zach kam auf mich zu.

»Alles okay?«

War alles okay? Eigentlich schon. Das Training lief, der Lernstoff war zu schaffen und mein bester

63

Freund hatte endlich das Mädchen bekommen, in das er schon immer verknallt war. Zach würde das jetzt etwas anders sehen, aber er war auch ein blinder Idiot. Deswegen hatte er ja so lange gebraucht, um sein Mädchen endlich zu bekommen.

»Klar. Ich muss nur …«

»Ist es wegen Phoebs?«

Ivy war dazugekommen und schlang ihre Hände um Zachs Taille.

»Ja, genau. Was ist da eigentlich zwischen dir und ihr? Wieso nennt sie dich William?«, fragte mein bester Freund und jetzt sahen beide mich erwartungsvoll an.

»So heiße ich eben«, antwortete ich kurzangebunden. Phoebs nannte mich nur so, weil sie wusste, wie sehr ich es hasste, so genannt zu werden.

»Ja, aber du hasst ihn.« Zach runzelte die Stirn.

»Gibt es sonst noch irgendetwas? Ich muss noch was erledigen.«

Zach sah zu Ivy, die nur mit der Schulter zuckte.

Ich drehte mich um und stieg die Treppe hoch. Mit Wucht feuerte ich meinen Rucksack in die nächste Ecke meines Zimmers. Dabei traf ich die Lampe auf meinem Schreibtisch. Reflexartig packte ich die Lampe, bevor sie auf den Boden fiel.

Dann holte ich erst mal wieder Luft.

»Wäre fast schief gegangen«, redete ich mit mir selbst, stellte die Lampe wieder auf den Tisch und setzte mich dann auf mein Bett.

Ivy und Zach waren erst ein paar Wochen zusammen und schon steckten sie gemeinsam ihre Nasen in Dinge, die sie nichts angingen.

Phoebs und ich ... Das war mal. Also, dass wir Freunde waren und Zeit miteinander verbracht hatten und so ...

Sie hatte mir vor drei Monaten mehr als deutlich gesagt, wie wenig sie von mir hielt.

Zum ersten Mal hatte sie die Stimme gegen mich erhoben und mich mit einem Feuer angesehen, das mir den Atem nahm.

Phoebs war immer schon besonders gewesen. Dinge, die andere wichtig fanden wie Partys, Klamotten oder gutes Aussehen zählten für sie nicht wirklich. Während wir hier die wildesten Partys schmissen, saß sie oben in ihrem Zimmer und lernte. Wenn es ruhig bei uns war, saß sie auf der Veranda und verschlang einen Liebesroman nach dem anderen.

Es gab selten mal kein Drama bei uns. Zachs Verflossene schrien herum, Rusty brachte die CIA ins Haus und einmal hatte Zach einen der Jungs einen männlichen Stripper ins Haus gebracht, weil sie eine Lektion erteilt bekamen. Lange Geschichte. Und all das passierte vor Phoebs, die oftmals lieber in ihrem Roman las, als sich den Trouble bei uns Idioten anzusehen.

Ich meine, das Buch ist für sie interessanter als ein Sondereinsatzkommando der CIA?

Eben diese Sonderbarkeit hatte mich fasziniert. Phoebs mochte introvertiert und ein bisschen schüchtern sein. Aber sobald man sie näher kennenlernte, war sie offen, herzlich und konnte einem Mann bei ihrem Wahnsinns-Lächeln vergessen lassen, dass sie nur eine gute Freundin war.

Aber zu spät hatte ich erkannt, dass ich nie weibliche Freundinnen hatte.

Ja, ich schlief mit Frauen. Ich liebte den weiblichen Körper. Aber nicht um jeden Preis.

Phoebs passte nicht in mein Beuteschema. Dachte ich zumindest. Bis mir auffiel, wie anders, wie besonders sie war.

Manchmal saßen wir stundenlang einfach nur auf ihrer Veranda und genossen zusammen die Stille.

Sie wusste natürlich nicht, wie sehr sie mir damit wirklich geholfen hatte. Denn jedes Mal wenn ich einen Schub bekommen hatte, war es nach einem Besuch bei ihr immer besser geworden.

Instinktiv öffnete ich die Schublade meiner kleinen Kommode, die an meinem Bett stand. Dann holte ich die Pillendose heraus.

Antidepressivum.

Niemand wusste von meinen Depressionen. Welcher depressive Mensch erzählte es auch in der Welt herum? Es war für mich schon kaum zu ertragen, dass ich mich damit herumschleppen musste. Wie wäre es erst für die anderen?

Selbst Zach, mein bester Freund, wusste nichts von meiner Krankheit. Er hatte selbst genug Probleme. Er war gerade erst trocken geworden und hatte die Jahre über genug eigene Sorgen.

Ja, wir sind Anfang 20 und haben schon Dinge in unserem Leben erleben müssen, die mancher 50-Jähriger nicht kennt.

»Will?«

Schnell legte ich die Tabletten wieder in meine kleine Kommode zurück.

Zach kam herein.

»Hey Mann ... Lust ein paar Körbe zu werfen?«

»Jetzt? Was ist mit Ivy?«

»Sie muss noch lernen.«

»Bin dabei.«

***

Wir hatten uns einen Korb ganz amerikanisch über das Garagentor montiert.

»Scheiße, ist das heiß«, seufzte ich und zog mir mein Shirt über den Kopf.

»Schon schlapp?« Zach hielt sich nur auf den Beinen, weil er sich auf den Knien abstützte.

»Noch lange nicht«, antwortete ich, japste aber dann ziemlich laut nach Luft.

Zachs Blick schoss an mir vorbei und ich folgte ihm.

Phoebs lief gerade mit einem Typen die Straße entlang.

»Porter«, murmelte Zach genervt.

Porter war mal Ivys bester Freund gewesen. Selbstverständlich hatte das nicht lange gehalten, da Zach auftauchte und Porter seine wahren Beweggründe offenbarte. Er war in Ivy verliebt gewesen.

»Was macht der sich jetzt an Phoebe ran?«

Zachs Frage irritierte mich.

»Er redet nur mit ihr«, stellte ich fest.

»Sie reden ständig miteinander. Ich sehe sie immer zusammen auf dem Campus.«

Was?

Phoebs trug ein sehr langes, hellblaues Kleid mit Blumenmuster. Darüber hatte sie eine Lederjacke an. Es stand ihr. Es stand ihr sogar sehr gut ...

Sie erzählte gerade etwas, während Porter ihr gespannt zuhörte und dann lauthals loslachte.

Was war denn bitte so komisch?

Phoebs stellte sich auf die Veranda, lächelte Porter zu und ging dann ins Haus.

Porter starrte ihr viel zu lange nach.

»Siehst du«, befeuerte Zach noch meine schlechte Laune. »Ivy steht nicht mehr zur Verfügung, da wird die Nächste angemacht.«

»Schwachsinn!«, behauptete ich.

Phoebs würde nicht auf ihn reinfallen. Sie würde nicht ...

Porter ging wieder zum Bürgersteig, schaute dann aber noch zweimal zum Haus.

»Dir liegt etwas an ihr.«

»Was?«

»Dir liegt etwas an ihr«, wiederholte er und zeigte kurz zum Haus.

»Natürlich. Sie ist ...«

Ich griff mir den Basketball und überlegte.

Auch wenn sie mir wortwörtlich klargemacht hatte, dass sie nichts mehr mit mir zu tun haben wollte, lag mir natürlich noch immer sehr viel an Phoebs.

»Glaubst du, dass es dich wirklich interessiert hätte, wenn mir etwas nicht gepasst hätte? Oder dass man mir wirklich zugehört hätte? Ich dachte, wir wären Freunde. Aber dann wurde mir bewusst, dass ich nicht mehr als ein dämliches Anhängsel für dich bin! DAS war ich für dich. Aber auf Mitleid und Almosen kann ich verzichten. Du fragst, was passiert ist? Mir wurden die Augen geöffnet. Und jetzt lass mich ein für allemal in Ruhe!«

»Hey, Zach ...« Ich warf ihm den Ball zu, den er ohne Mühe fing.

»Mh?«

»Glaubst du, dass Frauen und Männer befreundet sein können?«

Zach wollte gerade den Ball in den Korb werfen, da erstarrte er und schaute mich wieder an.

»Echt jetzt? Du fragst mich ernsthaft, ob Frauen und Männer ... Du hast doch gesehen, wie das bei Ivy und mir war.«

»Ihr wart keine Freunde«, stellte ich klar.

»Ja, weil sie mich nicht leiden konnte.«

Alles klar, im Grunde stand er also schon immer auf sie. Sollte ich ihm das sagen?

»Also wärst du mit ihr befreundet gewesen, wenn sie dich gemocht hätte?«

»Scheiße, nein«, lachte er und warf den Ball zum Korb. Er traf nicht und fluchte wieder. »Ivy ist keine

Frau, deren Freundschaft man möchte. Man will mehr als das – immer.« Er fing seinen Ball auf und schaute mich verschwitzt an. »Und dieser dämliche Idiot Porter wollte auch mehr. Aber er hat leider den Kürzeren gezogen.« So wie Zach es betonte, gefiel ihm das ziemlich gut. Immerhin hatte Ivy sich in ihn verliebt und nicht in Porter.

»Nur gut, dass du es noch gerafft hast. Sonst hätte Porter vermutlich irgendwann …« Mein Grinsen wurde breiter, weil es genau die Wirkung erreichte, die ich wollte.

Zach presste mürrisch die Lippen aufeinander und kam auf mich zu.

»Das ist nicht witzig!«

Nein. Aber das lenkt gut von meinen eigenen Gedanken ab.

»Willst du mich absichtlich provozieren?«

Schnaubend brachte ich Abstand zwischen uns.

»Willst du jetzt spielen oder nicht?«, lenkte ich vom Thema ab.

Zach bedachte mich einen langen Moment mit einem zögerlichen und vor allem nachdenklichen Blick. Dann hob er die Hand und wartete auf meinen ersten Spielzug.

Kapitel 4

VERLIEBTE TROTTEL GIBT ES NICHT!

PHOEBE

Porter setzte sich neben mich, als Professor Jenkins mit der Vorlesung begann.

»Na, gut geschlafen?«

Porter lächelte mich interessiert an.

»Ja, und du?«, fragte ich.

Ich hatte ihm gestern erzählt, dass ich nicht gut schlief. Warum und weshalb behielt ich für mich. Aber er hatte es nicht vergessen und das gefiel mir.

Generell war Porter aufmerksam, charmant, manchmal sogar witzig und doch ...

»Hab geschlafen wie ein Murmeltier«, grinste er.

»Na dann.«

Es hatte angefangen, als er nach der Party gesehen hatte, wie ich weinend ins Haus gelaufen war. Angesprochen hatte Porter es nicht, aber es war gut zu wissen, dass er mein altes Ich noch kannte.

Manchmal fühlte es sich nämlich an, als wäre die alte Phoebe nicht mehr da, und ehrlich gesagt, machte mir das Angst.

Studenten, die mich mit dreißig Pfund mehr auf den Rippen niemals angesprochen oder beachtet hatten, taten jetzt eben dies. Sie grüßten, quatschten mit mir, als wären wir uralte Freunde und luden mich zu ihren Partys ein.

Und manche wollten mehr als das. Einige Typen blickten mich länger als üblich an. Manch einer wollte sogar mit mir ausgehen. Aber jedes Mal, bevor sie die Frage stellen konnten, flüchtete ich.

Es war alles zu viel.

Die Mädels, die früher über mich lachten und kicherten, weil sie widerliche Spitznamen für mich fanden, lächelten mich jetzt freundschaftlich an und wollten gern wissen, wo ich dieses oder jenes Kleid gekauft hatte.

Wenn ich ehrlich zu mir selbst war, fühlte ich mich nur zuhause wirklich wohl. Dort nahmen mich die Mädels nicht als neuen Menschen wahr. Für sie war ich immer noch die Phoebe, die ich vor dem Sommer für sie war.

Außer für Sienna. Sie war eben ... nun, Sienna.

»Sicher, dass du keinen Hunger hast?«, fragte Ivy mich am Frühstückstisch und musterte meine Grapefruit fragend.

»Jetzt lass sie doch. Die Zeiten von Toast, Rührei

und Speck sind vorbei.« Sienna trug wie so oft ihre dunkle Sonnenbrille. Sie war erst früh am Morgen nach Hause gekommen, deswegen rechnete ich es ihr hoch an, dass sie schon bei uns am Frühstückstisch saß. »Phoebs tut etwas für ihre Figur. Solltest du auch mal wieder tun.«

»Was?«, kreischte Ivy auf und begutachtete sich.

»Du bist perfekt, so wie du bist.« Zach war ins Esszimmer gekommen und gab seiner Freundin einen langen, intensiven Kuss. Dann setzte er sich neben sie.

Sienna schnaubte, weil sie von dieser Aussage wohl nicht so verzaubert war wie Ivy.

Ich fand es auch süß, wie schnell er den Streit zwischen Sienna und Ivy mit einem einzigen Satz beendet hatte.

Normalerweise lief das anders ab.

»Guten Morgen, Mädels.«

»Morgen, Zach.« June grinste viel zu lange, aber Ivy schenkte ihr nur einen kleinen ernsten Blick und schon musste sie dringend irgendwohin.

Ivy und Zach waren jetzt ein paar Monate zusammen und verliebt wie eh und je. Sie hatten auch ziemlich lange gebraucht, um zueinander zu finden, aber ich würde sagen, der Trouble hatte sich gelohnt.

Obwohl die beiden ständig zusammenhockten, versuchte ich ihnen aus dem Weg zu gehen. Der plausibelste Grund war, dass sie ihre Zweisamkeit genießen konnten. Der ehrlichste Grund war ... weil ich Will nicht begegnen wollte.

Es war bescheuert. Immerhin waren Monate vergangen, seit ... seit ...

»Ich weiß. Aber was soll ich machen? Wenn sie vor mir steht und darum bettelt, dass ich ihr zuhöre, dann tue ich das. Was soll ich auch machen? Sie hat niemanden und ...«

Dafür, dass es so lange her war, gingen mir Wills Worte immer noch viel zu oft durch den Kopf.

»Was habt ihr heute so alles vor?«, fragte Zach plötzlich in die Runde.

»Mich daran ergötzen, wie verknallt ihr seid natürlich«, schnaubte Sienna und machte ein angewidertes Gesicht. »Mein neuer Lebensinhalt.«

»Heute fährst du wohl die Krallen aus, was?!« Ivy schien nicht wirklich wütend zu sein, eher schadenfroh.

»Ich würde ja sagen, es ist der Neid«, setzte Zach hinzu.

»Neid? Ganz sicher nicht!«, fuhr sie ihn an und wirkte teils verletzt und stinkwütend. Und das sollte etwas heißen: Normalerweise konnte man Sienna nur selten wütend machen.

»Sienna, ich hab noch ein paar Aspirin in meinem Zimmer. Vielleicht holst du dir eine Tablette und legst dich noch ein bisschen hin. Denk dran, eine Sienna lässt sich nicht provozieren, sie ignoriert«, erklärte ich ihr und Sienna benötigte mehrere Sekunden, bis sie nickte, aufstand, meine Schulter dankbar tätschelte und dann aus dem Esszimmer verschwand.

»Du bist wirklich ihr Ruhepol, Phoebe.«

Zachs Satz kam erst verzögert bei mir an.

»Mh?«

»Ivy und Sienna hätten sich vermutlich schon halb totgeschlagen, wenn es dich nicht gäbe.«

Ivy schenkte ihm einen wütenden Blick.

»Sorry Süße, aber es stimmt doch. Ohne Phoebe wärt ihr nur am Streiten.«

Ivy blickte zu mir und lächelte leicht.

»Du hast recht. Phoebs hat eben dieses friedvolle Wesen in sich.«

Sollte ich das jetzt als Kompliment nehmen?

»Apropos ... da wir jetzt unter uns sind«, sagte Zach und ich trank ein Schluck Wasser. »Was hast du mit meinem besten Freund gemacht?«

Ich verschluckte mich, räusperte und hustete, bevor ich wieder frei atmen konnte.

»Was? Ich habe nichts getan ...«

»Zachery«, seufzte Ivy genervt.

»Genau das ist es!«, rief er laut aus. »Du nennst mich bei meinem vollen Namen, weil du sauer auf mich bist. Phoebe tut das ständig bei Will. Jedes Mal, wenn ihr euch begegnet, tust du das.« Zach legte den Kopf schief und musterte mich fragend. »Warum?«

Was sollte ich darauf antworten?

Es war rein intuitiv. Jedes Mal, wenn ich ihm zufällig begegnete, passierte etwas in mir. Und jedes Mal wollte ich ihn verletzen. Deswegen nannte ich ihn William. Er mochte es nicht und mir gefiel es, dass es ihn ärgerte. Es war gemein und hinterhältig, aber die einzige Waffe, die ich noch besaß. Wir waren keine Freunde mehr und würden es nie wieder werden.

»Das geht uns nichts an, Zach«, sagte Ivy, weil ich immer noch nicht antwortete.

»Irgendwie schon, immerhin läuft mein bester Freund seit Wochen wie ein verliebter Trottel herum und ...«

»Verliebt?«, fragte ich und quiekte mehr, als dass ich es sagte.

Jetzt war es Zach, der schnaubte.

»Du redest kein Wort mehr mit ihm, obwohl ihr die letzten Jahre immer so eine Art ›Ding‹ miteinander hattet. Und jetzt ist er ...«

»Wir hatten kein ›Ding‹ miteinander«, widersprach ich ihm heftig. »Und das, was du mit Verliebtsein verwechselst, sind Schuldgefühle. Und ganz ehrlich, selbst darauf kann ich gern verzichten!«

Mich hielt nichts mehr an diesem Tisch, also stand ich auf und floh aus dem Esszimmer.

Ich kam gerade in mein Zimmer, als mein Handy klingelte.

Es war Porter.

»Morgen, Porter.«

»Hey. Wie wäre es mit Kino heute Abend?«

»Warum nicht«, antwortete ich schneller als beabsichtigt.

Kapitel 5

KINOBESUCH MIT HEROISCHEN FOLGEN

WILL

Es war ein Fehler. Ein wirklich großer Fehler.

»Ich will auf jeden Fall Popcorn. Und eine Limo, oh, und Gummibärchen. Ja, auf jeden Fall Gummibärchen. Wobei ich nicht mehr so viele Punkte frei habe, um beides zu essen. Was meinst du?«

Ich setzte an, etwas zu sagen, aber da redete sie auch schon weiter ...

»Eis wäre natürlich auch noch eine Option. Vielleicht ...«

Ich holte tief Luft und schaute hinter mich. Ein mir unbekannter Typ bemerkte meine Situation und lächelte mich mitfühlend an.

Ja, Kumpel, hilft nicht wirklich.

Als ich Janice gefragt hatte, ob sie mal mit mir etwas Trinken gehen wollte, war Kino kein Thema gewesen. Eigentlich war meine Frage nach einem Date aus reiner Verzweiflung entstanden.

Die Jungs und ich saßen zusammen in der Küche

und quatschten über das nächste Spiel und natürlich fielen dabei ein paar Sätze über Frauen.

»Ich schwöre dir, bevor die Klausurphase anfängt, muss ich Anna unbedingt ins Bett bekommen.«

»Na, wenigstens hast du eine Kandidatin im Visier. Bei mir herrscht tote Hose.«

Ich hörte nur mit einem Ohr zu, aber je mehr sie über Frauen, Sex und noch mehr Sex redeten, wurde mir klar, dass ich im Gegensatz zu ihnen wie ein verdammter Mönch lebte.

Meine letzte Nacht mit einer Frau lag Monate, viele Monate, zurück.

Dagegen hatte ich etwas tun wollen und bereute es schon jetzt.

Warum gehörte ich nicht zu den Typen, die einfach irgendeine Studentin mit auf ihr Zimmer nahmen? Warum musste ich noch den Gentleman geben und sie ins Kino einladen?

Gut, Mom und Dad hatten mich dazu erzogen, mich höflich und vernünftig gegenüber Frauen zu benehmen. Normalerweise würde ich sagen, dass sie das auch wirklich gut gemacht hatten.

Aber heute bereute ich Mom und Dads Erziehung.

»Oh, sie haben auch Pfefferminzeis!«

Ich bereute es wirklich.

Vor den Essensständen hatten sich mehrere Schlangen gebildet.

»Hey, Will!«

Porter und ...

Ich erstarrte regelrecht, weil ich jeden hier erwartet hatte. Wirklich jeden. Aber nicht Porter mit Phoebe....

Er trug einen Eimer Popcorn und ein Getränk. Zumindest schienen die beiden sich geeinigt zu haben.

»Hey, Phoebe«, grüßte Janice sie.

»Hi.« Sie lächelte Janice an, mir schenkte sie nicht mal einen Blick.

So ging das schon seit Monaten.

Sie trug eine Jeans und eine süße Bluse mit Blumenmuster. Nichts Aufreizendes. Das würde auch nicht zu ihr passen. Aber es sah hübsch an ihr aus.

»Und was schaut ihr euch an?«

Janice Frage machte mir klar, dass sie und Porter sich über die Filmauswahl unterhielten, während Phoebe so aussah, als würde sie sich gerade am liebsten woanders hinwünschen.

»Den neuen Tarantino«, antwortete Porter.

Ich lächelte. Phoebe liebte seine Filme. Und als würde sie sich auch noch an unsere unendlichen Debatten darüber erinnern – die sie meistens gewann –, suchte sie meinen Blick.

Ich grinste.

»Ach, der Film ist doch langweilig«, mischte Janice sich jetzt ein.

Sie hatte ihn schon gesehen?

Wir alle blickten sie überrascht an.

»Viel zu viel Gequatsche und nichts passiert.«

»*Das* ist totaler Quatsch«, behauptete Phoebe.

»Und los gehts«, murmelte ich. Porter hatte meinen

Satz gehört, verstand ihn aber nicht wirklich. Das war ihm anzusehen.

»Quatsch? Sehe ich so aus, als würde ich Quatsch erzählen?«, rief Janice laut und bedachte Phoebe mit einem arroganten Blick.

»Ehrliche Antwort? Ich denke nicht, dass du jemals ...«

»Okay, das reicht!« Ich stellte mich zwischen die beiden und brachte mich so in Lebensgefahr. Aber wenn ...

»Wer glaubt sie eigentlich, wer sie ist? Diese fette ... Ach ja, fett ist sie ja nicht mehr. Deswegen auch die große Klappe, oder? Ein paar enge Jeans und schon denkt sie, sie wäre der Nabel der Welt.«

»Mich überrascht es, dass du überhaupt weißt, was ein Nabel ist!«

Phoebes Konter brachte Porter dazu, ein belustigtes Schnauben von sich zu geben.

Fehler.

Denn Janice verstand das sehr wohl und wollte jetzt ihn angreifen.

Bevor sie die Krallen ausfahren konnte, hielt ich sie zurück.

Porter reagierte schnell und zog Phoebe mit sich.

Es flog ein bisschen Popcorn herum und Janice schrie ihnen noch etwas hinterher, aber die Leute achteten wohl eher auf ihr Top, das hochrutschte, weil sie sich von mir nicht zurückhalten lassen wollte.

»Jetzt beruhige dich!«, knurrte ich und drängte sie von der Schlange und den gaffenden Leuten weg.

»Beruhigen? Sie hat doch angefangen!«

»Es ging um einen simplen Film.«

»Einen Film, der scheiße ist.« Das fand ich auch, aber das war kein Grund, so auszuflippen.

»Und du hast sie in Schutz genommen!«

»Was? Ich habe nur …«

»Nur was? Sie angesehen, als würdest du am liebsten mit ihr einen Film ansehen statt mit mir.«

»Das ist …«

Absolut wahr.

»Siehst du … Du kannst es nicht mal leugnen, obwohl sie dich angesehen hat, als …«

»Als?«, fragte ich, ohne darüber nachzudenken, dass sie das völlig falsch auffassen würde.

Oder richtig.

»Du bist so ein Arsch, Will!« Dann stapfte sie davon und ließ mich allein zurück.

Das war es wohl mit dem Kinoabend und …

Meine Enttäuschung darüber hielt sich in Grenzen.

Sehr in Grenzen.

Bewusst oder unbewusst … Mein Blick suchte das Kino ab. Phoebe und ihr *Date* gingen gerade in den Kinosaal. Aber Phoebe erklärte etwas, ließ ihn allein in den Saal gehen und suchte dann wohl die Toiletten im hinteren Bereich auf.

Ich überlegte nicht. Ich handelte.

Es dauerte mehrere Minuten, bis sie die Toiletten wieder verließ und meinen Blick erwiderte.

Sie ignorierte mich und lief an mir vorbei.

Das tat sie immer.

Entweder, sie lief weg oder aber sie ignorierte mich, als hätte ich ein Schwerverbrechen begangen. Aber die Wahrheit war, dass ich nichts getan hatte!

Seit fast gefühlt hundert Monaten fragte ich mich, was ich falsch gemacht haben könnte. Aber es gab nichts!

Und das frustrierte mich. Vor allem, da sie jetzt vor mir stand und wieder flüchten wollte.

»Warte ...« Ich stellte mich vor sie, damit sie stehenbleiben musste.

»Der Film fängt gleich ...«

»Mir ist dieser Film scheißegal!«

Phoebe zuckte vor Schreck zusammen, aber mein schlechtes Gewissen hielt sich auch hier in Grenzen. Ich konnte mir nicht erlauben, diese Chance, endlich eine Erklärung zu bekommen, verstreichen zu lassen, nur damit sie ihren dämlichen Film schauen konnte.

»Mir aber nicht!«

»Jetzt mal ganz im Ernst: Was ist los mit dir? Seit Monaten bist du ...«

»Mit mir ist alles bestens in Ordnung.«

»Sehe ich nicht so«, erwiderte ich lapidar.

»Wenn ich sage, mir geht es gut, dann ...«

»Und warum meidest du mich, als wäre ich der Teufel in Person?«

»Weil du es vielleicht bist? Was weiß ich?«

Sie verschränkte trotzig die Arme vor der Brust und starrte überall hin, nur nicht zu mir.

Okay. Anscheinend kam ich nicht weiter, wenn ich sie direkt fragte ...

»Gut, dann verrate mir bitte, warum du mich ignorierst.«

»Ich ignoriere dich nicht«, antwortete sie sofort, sah mich aber immer noch nicht an.

»Ja, das sehe ich«, sagte ich ironisch. Ich hob die Hand, um sie zu berühren. »Was ist passiert? Phoebs, wir waren mal ...«

»Nenn mich nicht so!«, fuhr sie mich an und brachte Abstand zwischen uns. »Ich stehe nicht mehr zur Verfügung.«

»Wofür zur Verfügung, verdammt noch mal?«

Sie schnaubte und wollte an mir vorbeigehen, aber ich stellte mich ihr erneut in den Weg.

»Ich will Antworten. Echte Antworten! Mit denen ich auch etwas anfangen kann. Verflucht, was ist los, Phoebs? Wir waren Freunde. Oder etwa nicht?«

Ihre Unterlippe bebte.

»Das dachte ich auch«, flüsterte sie und ich hörte den Schmerz in ihrer Stimme.

»Phoebs, ich kann dir nur helfen, wenn du mir sagst, was los ...«

»Was los ist?«, fragte sie ungläubig, als hätte ich etwas gesagt, das ich längst hätte wissen müssen. Die ganze Zeit über tat Phoebe so, als wüsste ich, was Sache war.

Aber im Grunde wusste ich überhaupt nichts. Und das nervte. Es nervte mich, dass ich keinen Schimmer hatte, warum sie auf mich sauer war. Und es nervte mich auch, dass ich einen einzigen Abend mal an etwas anderes als an Phoebs denken wollte und doch war sie hier aufgetaucht. Mit Porter. Einem anderen Kerl.

Mich nervte einfach alles an dieser Sache.

»Du warst mein Freund, Will. Zumindest dachte ich, wir wären Freunde.«

Das waren wir auch. Aber statt es zu sagen, wartete ich gespannt darauf, ob sie mir endlich verriet, weshalb ich für sie anscheinend mittlerweile so etwas wie die Ausgeburt der Hölle geworden war.

»Und ja, ein kleiner Teil von mir wusste, dass ein Typ wie du, der beliebt, attraktiv und von allen angehimmelt wird, nicht mit einem Mädchen wie mir befreundet sein könnte, ohne das ...«

»Ohne das was?«

Ihre Hände zitterten, als sie sich eine ihrer dunkelblonden Strähnen hinter das Ohr schob. Eine kleine, fast nichtssagende Geste. Aber ich nahm sie wahr.

»Ich muss wieder zu Porter.«

Porter? Warum wunderte es mich, dass dieser Affe immer noch eine Rolle spielte?

Ach ja, er war eine Nervensäge. Erst war er in Ivy verschossen und jetzt stellte er anscheinend Phoebs nach.

»Musst du nicht. Wir klären das.«

»Nein!«

Sie drängte sich an mir vorbei und erst ließ ich sie auch gewähren. Für zwei Sekunden. Dann griff ich mir ihren Ellbogen.

»Wir klären das jetzt, Phoebs.«

»Lass mich ...«

»Ich werde dich in Ruhe lassen, wenn du mir sagst, was verdammt noch mal dein Problem ist!«, brüllte ich ungewohnt laut und völlig unbeherrscht.

Phoebs erstarrte und ich fluchte.

»Es tut mir leid, ich ... Ich verliere wirklich noch den Verstand, Phoebs. Ich kann mich nämlich nicht daran erinnern, dass wir uns gestritten hätten oder ich irgendetwas zu dir gesagt hätte, das ...«

Das diese Situation hier erklären würde.

Ich konnte spüren, wie sich ihre Brust hoch und runter bewegte. Dann drehte sie sich zu mir um und ich ließ sie los.

»Du warst immer Will für mich. Der mich angelächelt hat, wenn wir uns begegnet sind. Der sich mit mir unterhalten hat, als wären wir wirklich Freunde. Ich dachte sogar, wir wären es. Freunde.«

»Das sind wir doch auch.«

Einen langen Moment sah sie mich einfach nur an, als würde sie in meinem Blick nach etwas Wichtigem suchen wollen.

»Wir sind keine Freunde. Nie gewesen«, behauptete sie stur.

»Aber ...«

»Du hast mich reingelegt. Wie so viele andere zuvor ...« Sie schüttelte den Kopf und sah nicht nur hundemüde aus, sondern auch tief verletzt.

»Wovon zum Teufel sprichst du denn jetzt schon wieder?«, fragte ich sie verwirrt und wütend.

»Ist alles in Ordnung, Phoebe?«

Porter kam langsam auf uns zu, sah aber nicht sie, sondern mich an.

Schnaubend schüttelte ich den Kopf.

»Wir sind noch nicht fertig«, erklärte ich ihm, während sie zeitgleich »Es ist alles okay, ich wollte gerade zu dir kommen« antwortete.

Stirnrunzelnd sah ich zu ihr hinunter. Phoebe war kleiner als ich. Fast zwanzig Zentimeter und obwohl sie gerade nicht wirklich fröhlich aussah, hob sie das Kinn, bog den Rücken durch und funkelte mich mit einem Feuer in den Augen an, das mich sprachlos machte.

Im Moment war ich gefühlt zwanzig Zentimeter kleiner als sie.

Porter ergriff ihre Hand und lächelte sie an. Phoebe erwiderte es und irgendwie brannte bei mir die Sicherung durch.

Phoebe lächelte ihn an.

Phoebe nahm seine Hand.

Phoebe wollte mich nicht mehr anlächeln und gab mir auch nicht ihre Hand.

Ich sagte kein einziges Wort. Ich handelte.

Mit zwei Schritten hatte ich mir Porters beschissenen Kragen seines Polo-Hemdes gegriffen und ihn an mich rangezogen.

»WILL!«, rief Phoebe geschockt aus, aber ich ignorierte es.

»Erst musst du es bei Ivy versuchen und jetzt bei Phoebe?«, brachte ich gerade so heraus, bevor ich meine Faust in dieses nervige Gesicht schlug.

Porter fiel zu Boden, aus seiner Nase tropfte Blut.

»Porter!« Phoebe beugte sich herunter und musterte ihn geschockt. Eines musste man Porter lassen, er heulte nicht. »Bist du jetzt völlig wahnsinnig geworden?«

Ich registrierte zu langsam, dass Phoebe aufgestanden und nun vor mir stand.

»Er ist es nicht wert, dass du ...« Sie ließ mich nicht weiter zu Wort kommen.

»Porter hat überhaupt nichts damit zu tun, dass ich mit dir nichts mehr zu tun haben will! Wann geht das endlich in deinen Schädel? Ich stehe nicht mehr zur Verfügung, damit du deinen Freunden erzählen kannst, dass dein Mitleid für mich zu groß ist, um mir ehrlich zu sagen, dass ich dir nicht mehr *hinterherlaufen* soll!«

»Was?« Wovon sprach sie?

Phoebe achtete nicht mehr auf mich, sondern begutachtete Porters Nase, aus der immer noch Blut lief.

»Wir müssen die Blutung stillen.«

Porter nickte, schenkte mir aber noch einen kurzen Blick, ehe sie mich stehen ließen.

Kapitel 6

SKORPIONE UND ANDERE SCHMERZHAFTE WAHRHEITEN

WILL

Janice war weiterhin verschwunden, als ich wieder im Foyer war. Ich gestand mir ein, dass es das Beste war.

Nach diesem Kinobesuch wollte ich nur noch nach Hause.

Aber ich hatte vergessen, was Zach mir heute Morgen mitgeteilt hatte. Er wollte eine weitere Prüfung unserer Anwärter durchziehen.

Deswegen begrüßten mich auch Ivy und Sienna, als ich ins Haus gekommen war.

»Hey Will«, rief Ivy aus, während Sienna kaugummikauend und mit dem Kopf falsch herum auf dem Sofa lümmelte und mir zuwinkte.

»Hey.«

Zach stand vor den beiden und blickte auf unsere drei letzten Anwärter für dieses Jahr. John, Karl und Franky, der von uns allen nur Horses genannt wurde. Wie er zu seinen Spitznamen gekommen war, musste ich nicht noch erklären, oder?

Die drei standen in jeweils einer 100-Liter-Wassertonne und bibberten um die Wette; Rusty hatte als Hintergrundgeräusch unsere traditionellen Trommelklänge angeschaltet.

Jedes Jahr war es Gesetz, dass Zach, unser Präsident der Kappa Alphas, neuen Anwärtern die Chance geben musste, festes Mitglied der Verbindung zu werden. Zu Beginn des Semesters gab es noch dreizehn Anwärter.

Ihre Augen waren ihnen verbunden worden.

»Ihr wisst, dass das die letzte Prüfung vor der Entscheidung ist, wer in die Verbindung aufgenommen wird«, sagte Zach und grüßte mich nur mit einem kurzen Nicken.

Rusty, unser Computernerd, hatte seinen Hintern von seinem Schreibtisch bewegt und filmte das Ganze.

Franky nickte, John zitterte nur und Karl schien sich gedanklich an einen wärmeren Ort begeben zu haben.

»Komm, setz dich«, bat Ivy mich leise und ich setzte mich in den leeren Sessel neben den Mädels.

Seufzend fuhr ich mir durch mein Haar, während Zach weiter seine Pflicht tat. Normalerweise stand ich als sein Stellvertreter immer neben ihm, aber heute musste ich einfach mal raus.

Innerlich muss ich auflachen. Hat ja viel gebracht dieser Ausflug.

»Alles okay bei dir?«, fragte Ivy und sah mich nachdenklich an.

»Die Frage ist doch wohl völlig überflüssig. Sieh dir ihn doch mal an«, erwiderte Sienna und ließ die Beine über die Lehne baumeln, als wäre sie vier Jahre alt. Vermutlich war sie das auch irgendwie noch.

»Deswegen frage ich doch. So manch einer versteht es nämlich, wenn man mit Empathie an die Sache ran geht. Schon mal davon gehört? Nein? Wundert mich nicht.« Ivy schnaubte, während Sienna seufzte und sich endlich richtig hinsetzte.

»Wenn der Spruch an mich geht, dann ignoriere ich das. Immerhin sieht ein gutes Auge, wie *ich* es habe«, Sienna zeigte stolz auf sich, »dass Will nicht nur einen wirklich schlechten Abend hatte, sondern der Typ, den er verprügelt hat, mit Sicherheit auch.«

Ivy verstand Sienna nicht, aber da war sie nicht die Einzige.

Sienna wandte sich mir zu und schaute dann auf meine Hand.

»Du solltest da mal Eis drauflegen.«

Mein Blick schoss zu meiner rechten Hand. Die Knöchel waren zerschrammt und etwas angeschwollen. Den Schmerz und die Verletzung nahm ich zwar wahr, aber es interessierte mich nicht wirklich.

»Du hast dich geprügelt?«, fragte Ivy ungläubig.

Statt ihr zu antworten, hörte ich lieber Zach zu, wie er den Jungs alles erklärte.

»Alle fünf Minuten werfen wir weiteres Eis in das Wasser. Dazu folgt ein kleiner Eimer Skorpione.«

Ivy kicherte und Sienna war jetzt mehr an den Skorpionen interessiert, als an meiner Geschichte.

Was mir auch recht war. Ich wollte nicht mehr

darüber nachdenken, was vorhin zwischen Phoebe und mir ...

»Das sind ja ...« Ivy schien geschockt, als Anthony, einer unserer Mitglieder einen ganzen Eimer voll Skorpione in den riesigen Behälter warf.

Horses wirkte nicht gerade froh, riss sich aber zusammen. Er konnte eh nichts sehen, da seine Augen verbunden waren.

»Jetzt wird es tatsächlich mal spannend«, grinste Sienna.

»Warum zum Teufel sind das echte Skorpione?«, rief Ivy panisch aus.

»Weil meine Freundin schon eine Prüfung vermasselt hat«, antwortete Zach ohne Zögern und versuchte zumindest wütend dabei zu klingen.

Damals hatten die Jungs eine simple Aufgabe erfüllen müssen, sie mussten mit verbundenen Augen von einem Stuhl springen. Zach hatte damals Popcorn auf dem Boden verteilen lassen. Derjenige, der mutig gesprungen wäre, wäre in unsere Verbindung aufgenommen worden. Meistens schafften es einer oder zwei, wenn sie richtig mutig waren. Dank Ivy, die den Jungs zugeflüstert hatte, dass es nur Popcorn war, waren alle gesprungen und das Haus war voll geworden.

»Aber das sind echte Skorpione!«, rief Ivy aus und stellte sich zu Zach. Dabei vergaß sie wohl, dass die Jungs jedes Wort mitbekamen. Karl und John gaben einen sehr undefinierten Laut von sich, weil die Skorpione mittlerweile auch an ihnen herumkrabbelten.

»Ja und dank des Asiaten ein paar Blocks weiter, haben wir sie sogar umsonst bekommen«, erzählte Zach ihr und sah sie an.

»Wow. Super. Du bringst sie also kostenlos um!«

Die Jungs waren vergessen, Zach funkelte Ivy wütend an.

»Ihre Stacheln sind ab. Sie können …«

»Sie werden also nur noch durch ihren kleinen Scherenhänden in Stücke gehackt. Super Information!«

»Ich gebe auf!«, rief John panisch. »Ich gebe auf!« Er riss sich die Binde vom Kopf, starrte auf die vielen Skorpione und legte sich diese schnell wieder um, damit er sie wohl nicht mehr ansehen musste.

Rusty half dem armen John heraus aus der riesigen Tonne. Panisch fuchtelte er um sich, dann rannte er aus dem Zimmer. Er erwischte nur einmal die Wand, bevor er kapierte, dass er noch immer blind war.

»Da waren es nur noch zwei«, sinnierte Sienna und aß Popcorn aus einem Eimer. Ich wollte gar nicht wissen, woher sie das Zeug hatte. Der Kaugummi war offensichtlich verschwunden.

»O Gott, ist das Blut an Karls Arm?«, fragte Ivy und wir alle schauten zu dem bibbernden Karl, der den Kopf hochdrückte, als wäre sein Arm bereits komplett verloren.

»Blut? Wo?« So plötzlich, wie Karl aus der Tonne steigen wollte, so schnell fiel diese krachend zu Boden und das halbe Wohnzimmer war voller Wasser und Skorpione. Ivy sprang zu mir auf den Sessel und setzte sich panisch auf meinen Schoß.

Rusty, Anthony und die anderen sammelten schnell die Skorpione ein, während Karl damit beschäftigt war, imaginäre Skorpione von seinem halbnackten Körper zu hauen.

»Ihr seid doch verrückt!«, brüllte Karl, nachdem er sich beruhigt, die Binde von den Augen gezogen hatte und uns alle auf dem Sofa oder Sessel sitzend sah. »Keine zehn Pferde würden mich mehr dazu bringen, zu euch ...«

»Apropos Pferde. Horses, Glückwunsch. Du bist ab sofort Mitglied der Kappa Alphas«, rief Zach aus.

Horses oder auch Franky, nickte kurz angebunden, dann stieg er elegant aus der Tonne und schüttelte langsam ein paar Skorpione ab. Wenige Sekunden später verließ er das Wohnzimmer, als wäre nichts großes passiert.

»Gerngeschehen«, murmelte Ivy, die immer noch auf meinem Schoß saß.

Zach drehte sich zu ihr um und runzelte die Stirn.

»Wofür?«

»Letztes Jahr habt ihr euch beschwert, das zu viele aufgenommen werden mussten. Jetzt ist es nur einer. Gerngeschehen also.«

»Gerngeschehen? Frau, ich bin der Präsident der Kappas und somit sollten sie mich nicht nur respektieren. Sie sollten verdammt noch mal kleinere Eier bekommen, wenn ich im Raum bin.«

»Das klingt irgendwie nicht so, wie es wohl gemeint ist, Alter«, erwiderte ich.

Zach funkelte mich wütend an, weil ich ihm wohl nicht gerade half. Dann runzelte er wieder die Stirn.

»Warum sitzt meine Freundin auf deinem Schoß?«

Ich verdrehte die Augen. »Komm schon, Alter. Es ist sicher nicht ...«

»Mach dir keine Sorgen, Zachy-boy. Er wünscht sich eine ganz andere auf seinem Schoß«, sprach Sienna dazwischen.

Zach wirkte irritiert.

Ivy seufzte und stand auf.

»Was ist mit deiner Hand passiert?«, fragte Zach ihn jetzt und griff sich Ivy, um sie in seine Arme zu ziehen. Natürlich war die Diskussion von vor zehn Sekunden wieder vergessen. Ivy kicherte, weil Zach ihr vermutlich irgendeinen Schweinkram ins Ohr geflüstert hatte.

»Gar nichts ist passiert.«

»Sieht deine Hand aber anders«, kommentierte Sienna meine Antwort.

»Weißt du, dass du nervst?«, fragte ich sie rundheraus, weil sie ständig über meine Hand diskutieren musste.

Sienna zuckte mit der Schulter. »Erzähl mir mal was neues. Zum Beispiel, wer jetzt mit einem Veilchen herumlaufen darf.«

»Es ist kein Veilchen«, seufzte ich, weil sie einfach nicht aufgab.

»Gibt es irgendein Problem? Mit dem Schwimmteam? Du weißt, dass wir das klären können«, sagte Zach und beobachtete einen Skorpion, der ihm gerade den Arm hochkrabbelte. Mit einem Schnips war dieser wieder verschwunden.

»Ich hab es schon geklärt«, murmelte ich.

»So wie du das mit Phoebs geklärt hast?«

Sienna ging mir wirklich, so wirklich auf den Geist.

»Auch das geht dich nichts an, Sienna.«

»Ansichtssache«, kommentierte sie wieder mal.

»Wenn du schon da bist, würde ich ganz gern wissen, was da zwischen meinem besten Freund und Phoebe ist«, sagte Zach. »Immerhin behandelt sie dich wie Luft.«

»Phoebs erzählt uns auch nichts«, stellte Ivy fest.

»Warum sollte sie auch?«, fragte Sienna in die Runde, machte sich jetzt die komplette Couch zu eigen und futterte weiter ihr Popcorn. »Es ist doch offensichtlich, dass er es verkackt hat.«

»Wovon zum Teufel sprichst du?«, fragte Ivy sie jetzt und ich stellte mir dieselbe Frage.

»Wann war Phoebs das letzte Mal auf uns sauer?« Ivy runzelte die Stirn. »Ich meine nicht, weil wir vergessen haben, die Spülmaschine auszuräumen oder weil das Bad wieder mal zu lange besetzt ist. Ich rede davon, dass sie uns mit absolutem Desinteresse begegnet, uns wütend anfunkelt, wenn man nicht hinsieht ...« Sienna warf einen vielsagenden Blick zu mir. »Oder das Rugbyporträtfoto nimmt und Dartpfeile darauf abschiesst.«

»Sie benutzt mein Bild für was?«, fragte ich entgeistert.

Sienna hob abwehrend die Hände hoch.

»Alter, das klingt schlimmer, als es ist. Sprich mit ihr«, mischte sich jetzt auch noch Zach als echter Profi in diesen Dingen ein.

»Meinst du, das habe ich nicht längst versucht?«

»Dann versuch es noch mal«, sagte Ivy, als wäre ich ein 3-jähriger Junge, der gerade seinen ersten Versuch, ohne Stützräder zu fahren, vergeigt hatte.

»Ich denke nicht, dass sie in nächster Zeit vorhat, mit mir zu reden«, gab ich seufzend auf.

»Ach was. Du kennst Phoebs. Sie ist der ruhigere und vor allem besonnenere Teil von uns dreien. Glaub mir, es hätte ständig regelrechte Hahnenkämpfe in unserer WG gegeben, würde Phoebe nicht regelmäßig die Schweiz spielen«, erläuterte Sienna und grinste stolz. Worauf sie genau stolz war, wollte ich gar nicht erst wissen.

Aber ich hätte auch nicht nachfragen können.

Denn die Tür wurde mit Schwung aufgerissen und es krachte ordentlich, weil sie gegen die Wand knallte.

»Hast du Will gesehen?«

Die laute Stimme gehörte Phoebs, die gerade dabei war, unseren kleinen John in die Mangel zu nehmen. Dass er nur ein Handtuch um die Hüfte trug, weil er bis eben noch knietief im Eiswasser gesessen hatte, schien sie nicht mal ansatzweise zu interessieren.

»Wohnzimmer«, bibberte John und zeigte in unsere Richtung.

Phoebs erblickte mich und stapfte wutentbrannt auf mich zu.

»Was glaubst du eigentlich, wer du bist?«

Ich spürte, wie Zach, Ivy und Sienna uns genausten beobachteten und keinen Schimmer hatten, worum es ging. Glückwunsch, da war ich wenigstens nicht mehr allein. Ein großer Teil von mir wusste das auch nicht.

»Du hast ihm fast die Nase gebrochen!«, fuhr sie mich weiter an.

»Wem?«, fragten Zach, Ivy und Sienna synchron.

Phoebs runzelte die Stirn, weil sie erst jetzt wahrnahm, dass wir nicht allein waren. Das war irgendwie niedlich. Ihre Nase machte dabei immer so merkwürdige Mini-Verrenkungen.

»Ich denke, sie werden mir alle recht damit geben, das Porter eben genau diesen Schmerz verdient hat«, antwortete ich ihr leichthin.

»Porter?«

»Das ist jetzt nicht wahr!«

»Ach du Scheiße.«

Ich konnte nicht wirklich zu ordnen, wer was gerufen hatte. Aber die Reaktionen hatte ich erwartet.

»Porter ist ein netter Kerl«, sagte Phoebs, wirkte aber nicht mehr so selbstsicher wie noch Sekunden zuvor.

»Ja, das ist er. Er ist aber auch ein Vollidiot. Und nette Vollidioten, die schon mal fast eine Beziehung zerstört haben, wollen wir nicht«, erklärte Sienna, als würde sie jetzt mit einer 3-jährigen Phoebe reden.

»Es ist nichts zwischen Porter und mir. Wir sind nur ...«

»Was? Freunde?« Ich schnaubte aufgebracht. »Das

dachte Ivy auch. Und was ist am Ende dabei rausgekommen?«

Porter und Ivy waren lange Zeit einfach nur Freunde gewesen, bis sie sich in Zach verliebt hatte und Porter daraufhin ausgeflippt war. Er war kein so großer Arsch wie Simon gewesen, der uns alle abfackeln wollte. Aber er hatte Zach und Ivy wirklich eine Menge Ärger eingebrockt.

»Mit wem ich wohin gehe, geht dich absolut nichts an, Will!«

»Mag schon sein, aber ich pfeif drauf!«

»Was?« Ungläubig sah sie mich an. Dass wir mittlerweile beide nur noch fast brüllten, nahm ich kaum noch wahr.

»Mir ist nicht egal, wohin du mit Porter gehst. Mir ist nicht egal, dass du dich anscheinend von einem Vollidioten anhimmeln lässt, obwohl du etwas viel Besseres verdient hast.«

»Ach und ausgerechnet du willst wissen, was ich verdiene? Du bist so scheinheilig, Will. Erst tust du so, als wärst du mein Freund, dann erzählst du herum, dass ich dir ständig *hinterher laufe,* du aber zu viel Mitleid mit mir hast, um mich wegzuschicken. Und jetzt stehst du hier und erzählst mir, dass Porter nicht zu mir passt?«

Sprachlos blickte ich sie an.

»Ich habe nie gesagt, dass ich Mitleid mit dir hätte.«

»Ach nein? Dann muss ich mich wohl verhört haben und alles ist nur ein riesengroßer Irrtum, ja? Willst du mir das wirklich weismachen?«, fragte sie wütend.

»Ja, verdammt! Denn das habe ich nie gesagt!«

Sie schnaubte, ich kochte.

Das war doch nicht zu fassen. Woher hatte sie diesen Scheiß? Diesen erfundenen Scheiß?

»Ganz schlechter Stil, Will.« Sie drehte sich um, und stampfte davon.

»Wow«, waren Siennas erste Worte. »Wie kam ich nur auf ruhig und besonnen?«

»Was zum Teufel war das gerade?«

Zachs Frage kam nicht von ungefähr. Er hatte kaum etwas von Phoebs und mir mitbekommen. Ich hatte ihm im Grunde nie viel von dieser Sache erzählt.

»Egal was das war, aber ihr solltet das klären. Offenbar ist sie wütend und du verstehst nicht, warum. Und ich bin auch überfragt«, sagte Ivy und wirkte ziemlich nachdenklich. »Sicher, dass du nicht weißt, wovon sie spricht?«

»Wie sicher kann man sich sein, wenn man weiß, dass ich so niemals über Phoebs denken oder reden würde?«

Ivy blickte mir lange ins Gesicht.

»Sie muss einen Grund haben, warum sie dir das vorwirft. Phoebs ist nicht impulsiv«, redete sie weiter.

Sienna neben mir schnaubte. »Ach ja? Aber Will bringt sie dazu, aus der Haut zu fahren.«

»Das ist ja nichts Neues«, hörte ich Ivy leise murmeln, dann seufzte sie und gab Zach einen schnellen Kuss. »Wir sollten zu ihr rübergehen.«

Sienna stand auf und die beiden Mädels verschwanden auch aus der Tür.

»Ich hatte ja keine Ahnung.« Seufzend setzte Zach sich auf die Couch und starrte an die Decke.

»Wovon keine Ahnung?«

»Dass die Luft so zwischen euch beiden brennt.«

War es das? Vermutlich. Es hatte mal eine Zeit gegeben, da waren wir vieles. Mittlerweile fühlte es sich an, als wäre das vor Jahren gewesen.

»Stehst du auf sie?«

»Hm?« Ich hatte seine Frage nicht wirklich mitbekommen, so vertieft war ich in meine eigenen Gedanken.

»Du prügelst dich, nur weil sie ein Date hat.«

»Und?«

Mir ging diese ständige Fragerei langsam auf den Senkel.

»Seit Wochen bist du wirklich beschissen drauf. Ich darf mir irgendwelche Ausreden einfallen lassen, wenn Mädels auf mich zu kommen und fragen, was mit dir los ist.«

»Was soll das bitte mit Phoebs zu tun haben?«

Zach machte ein Gesicht, als hätte ich ihn gerade verscheißert.

»Du hast mich noch Wochen, nachdem ich endlich mit Ivy zusammen war, damit gepiesackt, dass ich schon Jahre auf Ivy gestanden hätte und es mir nur nie eingestehen wollte. Der ganze Bla Bla Bla-Kram. Du erinnerst dich?«

»Vage«, murmelte ich.

»Und jetzt sitzt du tatsächlich vor mir und kapierst nicht, was ich dir zu Phoebe sagen will?«

»Was willst du denn hören? Du hast doch schon feinsäuberlich beschrieben, dass es mir beschissen geht.« Ich stand auf und lief auf dem nassen Boden auf und ab. »Phoebe und ich ... Ich habe sie immer schon gemocht. Sie ist wahnsinnig klug, hört zu, sie ist eben ganz anders als andere Mädels. Sie redet nur dann, wenn sie etwas zu sagen hat. Nicht, weil sie denkt, ich wollte irgendetwas hören. Und ja, ich hätte ihr gern gesagt, dass wir vielleicht mal miteinander ausgehen sollten. Nicht als Freunde. Nicht als Nachbarn.«

»Und was zum Teufel hat dich davon abgehalten?«

»Sie ist am Ende des Semesters nicht auf der Party aufgetaucht und danach einfach schon früher nach Hause gefahren. Anrufe und Nachrichten hat sie ignoriert und nach den Ferien hat sie mich nicht mehr mit dem Arsch angeschaut.«

Und sie besaß einen wunderbaren ...

»Offensichtlich beschuldigt sie dich, schlecht über sie geredet zu haben.«

»Offensichtlich? Zach, ich habe nichts gesagt. Glaubst du wirklich, dass ich so über ein Mädchen sprechen würde, das ich eigentlich als nächstes um ein Date bitten wollte?«

»Nein, du warst immer derjenige von uns beiden, der die Mädels nicht sofort aus dem Bett geworfen hat, um noch mal zwei Stunden länger zu schlafen.«

Zach und ich hatten unsere Affären. Bei Gott, wir waren auf dem College!

Aber das war einmal ... und die Welt drehte sich bei

uns schon lange nicht mehr nur um die nächste Party, das nächste Faß Bier oder wildfremde Mädchen. Vor allem da Zach trockener Alkoholiker und unfassbar verrückt in Ivy verliebt war.

»Ich kann nicht fassen, dass sie mir das zutraut. Ich dachte, wir wären wirklich Freunde.«

»Freundschaften zwischen Mann und Frau können nicht funktionieren, Will. Um das zu verstehen, braucht es keine hohe Mathematik. Es ist eigentlich sogar sehr einfach.«

»Ach ja?« Ich schnaubte.

»Entweder du respektierst ihre Entscheidung, dich für einen hinterhältigen Arsch zu halten und ignorierst die Tatsache, dass dieser miese Wichser Porter sich in ihr Leben schleicht ... oder ...«

»Oder?«

»Oder du machst es wie ich.«

»Na super. Das heißt also, ich suhle mich noch elendlang im Selbstmitleid, weil ich keine Eier habe, zu meinen Gefühlen zu stehen?«

Zach sagte eine ganze Weile nichts, bis er ein »Genau!« herausbrachte.

Ich schüttelte den Kopf.

»Ich habe mir in dieser Zeit oft nur eine Frage gestellt.«

»Die da wäre?«

Zach fixierte mich.

»Was willst du wirklich?«

Was ich wirklich wollte?

Ich wollte wieder zu ihr auf die Veranda kommen. Wir sollten uns den Sternenhimmel ansehen und beide diese Stille genießen. Sie sollte meinetwegen wieder lachen oder mit mir lachen. Und am Ende eines jeden Abends, da ...

»Ich habe mir immer eingeredet, dass es ganz allein ein leckerer, 25 Jahre alter gereifter Bourbon ist, den ich wollte. Den ich immer haben wollte.«

Zach so unverblümt über seine größte Schwäche reden zu hören, war für uns beide nicht selbstverständlich. Wir hatten immer wieder mal über seine Probleme geredet, ich war für ihn verantwortlich. Jeder Süchtige brauchte einen Halt. Eine Person, die ihn immer erreichen konnte und derer er sich sicher sein konnte.

»Jeder Tag war ein Kampf. Das weißt du.«

Ich erinnerte mich. Anfangs saß ich an seinem Bett und achtete darauf, dass er noch atmete, wenn er in die Bewusstlosigkeit fiel. Zachs Abstürze waren legendär, bis einer zu viel des Guten war.

Damals hatte er mit Porters Freundin geschlafen – betrunken und vollgepumpt mit LSD. Danach musste etwa passieren. Zach machte einen Entzug und war seitdem trocken.

»Dann fing das mit Ivy an. Ich weiß nicht warum, aber je länger sie bei mir ist, umso weniger denke ich an Bourbon, Wodka und all das andere Gift. Ich bin nicht dumm. Ich werde den Drang immer verspüren, trinken zu wollen. Aber er steht nicht mehr im Vordergrund.« Zach warf ein paar Skorpione in einen Eimer. »Ich will nicht sagen, dass ich es für Ivy mache. Das wäre der falsche Weg. Aber ich will, dass sie stolz auf mich ist.«

Ich lächelte. Das konnte ich sehr gut verstehen.

Jedes Mal, wenn wir nach einem gewonnenen Spiel feierten, hatte ich mich darauf gefreut, dass Phoebs vorbeischauen würde. Aus einem mir damals nicht wirklich ersichtlichen Grund wollte ich, dass sie auch stolz auf mich war. Und dann wäre da noch mein kleines Geheimnis, das sie nie erfahren sollte.

Später kamen unsere gemeinsamen Verandaabende und ich dachte nur noch daran, sie zum Lachen zu bringen. Das war zu meiner Aufgabe geworden.

»Ich denke mal, du verstehst, was ich meine.«

Zachs Worte ließen mich zusammenzucken.

»Hm?«

»Kurz und knappe Sätze. Ein verträumter Ausdruck. Jepp. Du weißt, wovon ich spreche.« Zach rannte gerade einem davonkrabbelnden Skorpion hinterher, während ich einfach den Kopf schüttelte.

Das war einmal.

Phoebs hatte mir klar und deutlich zu verstehen gegeben, was sie von mir hielt. Auch wenn ich keinen Schimmer hatte, was sie da falsch verstanden hatte, ich würde es wohl nie herausfinden. Sie wollte es mir nicht erklären.

Auch wenn ich nie schnell aufgab, heute tat ich es.

Ich ging in mein Zimmer, setzte mich auf mein Bett und starrte vor mich hin.

Mein Kopf fühlte sich wie in Watte gepackt an und auch mein Herz schlug ziemlich schnell.

Scheiße.

Ich wusste, was das zu bedeuten hatte.

Rasch holte ich meine Pillendose aus dem Nachtschrank und warf mir eine Tablette davon in den Mund.

Kapitel 7

PANICROOM 2.0

PHOEBE

Ich musste immer wieder wie eine Verrückte blinzeln, weil ich die Worte nicht richtig sehen konnte.

Meine Augenlider waren geschwollen und wegen meiner gestrigen Heulorgie war meine Nase verstopft.

Super.

Ich hatte mich absichtlich so leise wie möglich in der Küche verhalten.

Sienna saß zwar im Esszimmer, aber sie hatte gehört, wie ich den Kühlschrank geöffnet hatte.

»Du bist spät aufgestanden«, waren ihre ersten Worte.

June saß neben ihr, hatte aber noch nichts von dem Vorfall bei den Alphas gehört.

»Du auch«, antwortete ich sachlich, blieb aber in der Küche, um Milch in eine Schüssel zu schütten.

»Ich habe auch nicht die ganze Nacht das halbe Bettzeug vollgerotzt.«

Ich erstarrte. Sie hatte das gehört?

Sienna hatte sich die ganze Zeit nicht zu mir

umgedreht. Sie saß wie immer am Kopf des Tisches und sah wie immer wunderschön aus.

Sie war ein Naturtalent im Schön-Aussehen. Und es war ihr schnurzpiepegal.

»Wegen der Kinogeschichte?«, fragte June jetzt nach und sah mich abwartend an.

Großartig. Das geht also schon rum.

»Du wirst damit leben müssen. Szenen wie diese sind immer ein beliebter Gesprächsstoff.«

Siennas ruhige Stimme. Siennas ganzes Auftreten war ein Witz.

Immerhin musste ihr doch bewusst sein, dass *mir* nicht egal war, wenn über mich gesprochen wurde.

Also griff ich mir meine Schale und ging ins Esszimmer.

Wie jeden Morgen war der Tisch schon reichhaltig für ein ausschweifendes Frühstück gedeckt. Wir Mädels hielten den Putz-und Aufräumplan sehr penibel ein. Sonst würde es Tote geben. Beispiele dafür gab es in unserem Haus genug. Ivy war heute mit Frühstück machen dran gewesen.

»Ich will aber nicht damit leben, dass Will sich in mein Leben einmischt, wenn er gar nichts mehr darin zu suchen hat!«, fuhr ich sie an und setzte mich neben sie. June saß mir direkt gegenüber.

»Aha. Und erklärst du mir auch mal, warum er darin nichts mehr zu suchen hat?«

Sienna sah mich neugierig, fast schon zu neugierig an.

»Hab ich doch getan«, antwortete ich und löffelte ein paar ...

Ich starrte auf die Cornflakes, die ich mir – warum auch immer – in die Schale gekippt hatte.

»Meine Güte, jetzt iss sie doch! Du hast Männerprobleme. Da braucht man halt mal Kohlenhydrate und Zucker«, erklärte Sienna. Sie hatte mein geschocktes Gesicht sofort lesen können.

»Ich habe keine Männerprobleme.« Ich ließ den Löffel liegen und lehnte mich auf meinem Stuhl zurück.

»Du glaubst also, er hat dich beleidigt.«

»Hast du ihm deswegen eine geklatscht?«, fragte June aufgeregt.

»Was? Ich habe ihm keine geklatscht. Wer behauptet denn sowas?«

June zuckte mit der Schulter und biss in ein Stück Kiwi. »Es wird herumerzählt. Du hättest ihn geohrfeigt, weil Will eifersüchtig auf Porter war, dann haben sie sich geprügelt, einen Popcornstand umgeworfen und ...«

»Popcornstand?«, fragte ich irritiert nach.

»Stimmt es, dass Porter dich auf den Arm nehmen musste, damit du nicht in die Scherben treten musstest, für die Will verantwortlich war?«, fragte June weiter mit einem ziemlich krassen Glanz in den Augen.

»Klar und dann brachte Porter sie in die Kutsche, die vor dem Kino schon auf sie gewartet hat«, schnaubte Sienna und verdrehte die Augen. »June, glaub nicht jeden Mist, den du hörst.«

»Ich glaube nicht jeden Mist«, behauptete diese.

Nein. Sie glaubt nur an aggressive Phoebes, altertümliche Popcornmaschinen und edle Ritter.

»June, ich glaube, Ivy hat dich gerufen.«

»Wirklich? Ist sie nicht in einer Vorlesung?«, fragte June und runzelte die Stirn.

»Nein, ich bin mir sicher, dass Ivy dich gerufen hat.«

June starrte Sienna an. Sienna June.

June gab seufzend nach und stapfte aus dem Esszimmer.

Im selben Moment kam Nelly herein, blieb aber aufgrund Siennas kaltem Gesichtsausdruck sofort an Ort und Stelle stehen.

»Ich muss noch mal auf die Toilette.«

Damit war sie auch in die Flucht geschlagen.

»Du musst nicht ...«, begann ich, aber Sienna schnaubte sofort und machte eine wegwerfende Handbewegung.

»Da du mir wahrscheinlich wieder den Kopf waschen willst, weil ich zu gemein war: Lass es bitte. Du vergeudest Worte und ich spare mehr Zeit für wichtigere Dinge. Die Mädels wussten von Anfang an, worauf sie sich einließen, als sie hier einzogen.«

Da war ich mir bei Sienna nicht mehr so sicher.

Obwohl sie vor uns allen immer so unnahbar und kontrolliert wirkte, wussten Ivy und ich es besser. Wir wussten, dass ihre Eltern sich wenig um sie kümmerten. Sie waren ständig unterwegs, weil sie noch mehr Geld verdienen mussten. Ihre Eltern waren steinreich, falls ich das noch nicht erwähnt hatte.

Aber das war schon alles, was ich von ihrer Welt wusste. Komisch, wenn ich so darüber nachdachte.

»So.« Sienna faltete die Hände, als wäre sie die strenge Lehrerin, die Antworten von ihrer Schülerin forderte. »Warum bist du sauer auf Will?«

»Ich ...«

»Und rede nicht in Rätseln.«

»Aber ...«

»Beginn am Anfang.«

»Gut, aber ...«

»Lass nichts aus.«

»Du ...«

»Vergiss nicht, ich merke es, wenn du lügst.«

»Sienna!«, fuhr ich sie an.

»Hm?« Eine perfekt gezupfte Augenbraue erhob sich.

»Willst du jetzt endlich aufhören und mir zuhören?«

Sienna nickte, als hätte sie kein Wässerchen getrübt.

»Sicher. Nur zu.«

Ich seufzte und holte tief Luft.

»Du weißt, dass Will und ich Freunde waren.«

Sienna verdrehte die Augen, als hätte ich einen Witz gerissen, nickte aber daraufhin nur.

»Ich dachte zumindest, wir wären es. Dann kam diese Party.«

»Welche Party?«

»Die letzte bei den Kappas vor den Sommerferien.«

Sienna runzelte die Stirn und versuchte sich daran zu erinnern.

»Hm ... das war nicht die Wackelpuddingparty, oder? Auf der Will sich übergeben musste?«

Ich schüttelte den Kopf, obwohl sich wohl jeder an diesen Abend erinnerte.

»Schaumparty?«

Seufzend schüttelte ich erneut den Kopf.

»Die letzte Party vor den Sommerferien? Ich meine, ich war nicht lange da. Ach ja ... Simon hat mit Will Macarena getanzt.« Sienna zuckte mehrmals angewidert zusammen. »Ein Anblick, den ich nicht vergessen werde, genauso wie Ivys Anruf.«

Mittlerweile wusste ich, was dort mit Ivy passiert war. Sie hatte mit Simon geschlafen und wurde von diesem Idioten auch noch dabei gefilmt. Aber das war eine völlig andere Geschichte.

»Du warst aber nicht da. Moment ... du warst doch da. Aber nicht lange. Oder?«

»Stimmt. Ich ... ich bin nur hin, weil mich Will gebeten hatte, zu kommen«, murmelte ich.

»Okay. Er hat dich also eingeladen. Wow. Klingt fies, der Kerl. Musst ihn unbedingt ignorieren und ihn wie Scheiße behandeln.«

»Lässt du mich vielleicht mal aussprechen?«

»Wow. Schon wieder diese Krallen. Phoebs ... Vorsicht. Man könnte fast meinen, du besitzt Temperament.«

Ich verdrehte die Augen.

»Okay. Okay.« Sienna setzte sich aufrechter hin. »Du bist dran. Erzähl.«

»Ich hab ihn gesucht und in der Küche mit Simon und noch zwei Kollegen gefunden. Sie haben über mich geredet.«

»Okay?« Sienna wirkte aufmerksam.

»Simon machte sich lustig über mich. Mein Name fiel und ... und Will gab zu, dass er Mitleid mit mir hätte, weil ich ihm ständig hinterher rannte.«

»Das hat Will gesagt?«

Ich nickte.

»Unser Will? Der, der Macarena tanzt, wenn er zu viel getrunken hat?«

»Denkst du, ich lüge? Er hat es gesagt. Ich habe es selbst gehört!«

Einen langen Moment starrte sie mich einfach nur an.

»Moment. Du bist nach der Party sofort nach Hause gefahren. Hast uns nichts gesagt, nur eine simple SMS geschrieben, damit wir nicht denken, irgendein Serienkiller hätte dich erwischt?«

Sie schaute definitiv zu viel *Criminal Minds*.

»Ich rede mit dir, Phoebs. Bist du wegen dieser Sache einfach abgehauen?«

Ich zuckte bloß mit der Schulter.

»Und diese Umwandlung in die dünne Phoebs?«

»Ich brauchte eine Veränderung«, war meine Ausrede.

Sienna schnaubte.

»Aber sicher doch. Will redet schlecht über dich, du haust über tausend Berge ab, ohne ein Wort zu sagen

112

und kommst mit vierzig Pfund weniger zurück. Siehst du da keinen Zusammenhang?«

»Dreißig«, verbesserte ich sie. »Und nein, sehe ich nicht.«

Siennas Mund stand vor Überraschung offen.

»Hast du so wenig Selbstachtung?«

»Was?«

»Du hast mich schon verstanden!«

Jetzt war ich diejenige, die schnaubte. Dann stand ich auf und griff mir meine volle Schüssel Cornflakes.

»Und jetzt ergreifst du auch noch die Flucht!«

Ich runzelte die Stirn und blieb vor dem Tisch stehen.

»Als du dieses Gespräch von Will mitangehört hast, hast du ihn nicht direkt darauf angesprochen, oder?«

Da ich nichts darauf erwiderte, wusste sie, dass sie recht mit ihrer Vermutung hatte.

»Der Kerl weiß nicht mal mehr was davon. Meinst du nicht auch, dass du ihn zumindest *jetzt* damit konfrontieren solltest?«

»Hab ich doch. Ich habe ihm gesagt ...«

»Du hast gar nichts! Alles was du getan hast, war, ihn anzubrüllen. Dann hüpfst du neuerdings noch mit Porter herum, um ihn völlig vor den Kopf zu stoßen!«

»Hast du mir überhaupt zugehört?«

»Hab ich. Du denkst, Will hat sich wie ein Arsch verhalten. Er behauptet das Gegenteil.«

»Und du glaubst eher ihm?«

»Seien wir mal ganz ehrlich, Phoebs«, begann sie

und strich sich Marmelade auf ein Croissant. »Bist du ehrlich in der Lage, Dinge so zu sehen, wie sie sind?«

Wovon sprach sie denn jetzt wieder?

Sie biss von ihrem Croissant ab und bedachte mich mit einem intensiven Blick.

»Nicht mal jetzt weißt du, wovon ich spreche.«

Bingo!

Sienna seufzte und legte ihr Essen wieder auf den Teller zurück.

»Du bist so wütend auf Will gewesen, dass du vorzeitig das Semester abgebrochen hast und innerhalb von nur wenigen Wochen einen neuen Menschen aus dir gemacht hast. So denkst du doch, oder? Dass du dich verändert hast.«

»Worauf willst du hinaus?«

»Worauf ich hinauswill? Du hast dich keineswegs verändert.« Sie war aufgestanden und laut geworden. Als sie meinen fragenden Blick begegnete, fluchte sie.

»Herrgott noch mal! Du hast aus Scham und Trotz abgenommen. Du hast dich nie wohl gefühlt, warst das stille Mäuschen, das zu lange Klamotten getragen hat, um sich vor Will und der Welt zu verstecken. Dann hörst du Dinge, die du sowieso die ganze Zeit über in deinem Kopf hast. Warum ist ein Typ wie Will überhaupt mit mir befreundet? Ich bin ein Moppel und er ist ein Star! Und schwups.« Sie schnipste mit den Fingern. »Bekommst du DIE Antwort. Er will es gar nicht. Er mag dich nicht, du bist für ihn das graue Mäuschen, das du in dir selbst gesehen hast und kommst nicht damit klar.«

Ich musste schlucken wegen ihrer Worte. Wegen dieser verdammt ehrlichen und wahren Worte.

»SIENNA!«

Ivy stand im Türrahmen und wirkte bedrohlich. Sehr bedrohlich.

»Ach komm schon, Ivy. Du wolltest es die ganze Zeit über schon ansprechen«, redete Sienna weiter.

»Ja, aber doch nicht so. Du kannst ihr das nicht einfach so vor dem Latz knallen«, fauchte Ivy wutentbrannt und kam auf sie zu. »So etwas macht man mit Empathie. Einer sehr großen Menge Empathie.«

»Ivy, der halbe Campus redet schon davon, dass Will und Porter das halbe Kino an der Second Avenue klitzeklein gehauen haben, weil Phoebs nichts raffen will!«

»Lass diese Vollidioten doch reden. Dann verhalten sich Porter und Will vielleicht auch nicht wie sie!«, konterte Ivy. »Außerdem kann Will sich ruhig mal etwas anstrengen. Hat Zach auch nicht geschadet.« Ivy zwinkerte mir verschwörerisch zu, als müsste ich mich darüber freuen.

»Erst einmal sollten die beiden miteinander quatschen. Phoebs will es einfach nicht verstehen«, seufzte Sienna, als wäre ich vier Jahre alt und nicht 21.

»Sie wird es, wenn man ruhig mit ihr redet, Sienna!«

»Hab ich doch versucht«, behauptete diese.

»Da sagt mir das Geschreie von euch beiden, das ich bis draußen gehört habe, aber etwas anderes!«

»Ach komm ... Sie will es auch nicht anders verstehen.«

»*Sie* steht immer noch vor euch«, mischte ich mich jetzt in die Sache ein. »Immerhin geht es hier doch um mich, oder? Oder geht es wieder mal nur um euch beide?«

Sienna wirkte etwas überfragt, Ivy wirkte … keine Ahnung, wie sie aussah. Ihre Gesichtszüge verrieten gerade nichts.

»Weißt du, was sie meint?«, flüsterte Sienna ihr zu, ohne mich aus den Augen zu lassen.

Ich verdrehte die Augen, weil das echt nicht wirklich passierte.

»Nope«, erwiderte Ivy.

»Es reicht! Ich … ich weiß gar nicht mehr, was ich sagen soll. Gibt es irgendein Thema, das ihr beide am Ende nicht vergessen habt, weil ihr mal wieder streitet? Ihr streitet ständig. Wer darf als erstes ins Bad, welcher bedauernswerte Hollywoodtyp ist momentan der heißeste was-auch-immer! Und jetzt gehts um mich. Um mich und um mein nicht existierendes Liebesleben!«

»Chris Hemsworth!«, rief Sienna begierig aus. »Definitiv, ist er momentan …«

Ivy schnaubte. »Bitte. Der Kerl wird in jedem Groschenroman als DER Hottie schlechthin genannt. Das nennt man ganz einfach ausgelutscht, Sienna. Sieh es ein. Chrissylein ist ein Auslaufmodell.«

»Ivy!«

»ES REICHT!«, schrie ich und beide blickten mich an, als hätten sie mich hier nicht erwartet.

Warum auch? Ich war Phoebe Minton. Langweilig und geboren, um ignoriert zu werden.

»Könnt ihr endlich damit aufhören?«

Sienna wollte gerade etwas erwidern, da schüttelte Ivy den Kopf.

»Hör auf. Du hast selbst mitbekommen, dass es langsam ausartet.«

Sie schnaubte, sagte aber nichts mehr dazu.

»Ich bin im Kindergarten. In einem Kindergarten auf der Georgetown. Einem College, falls euch das entfallen ist!«, erklärte ich wütend.

Beide antworteten darauf nicht. Das war auch besser für beide.

»Sienna.« Ich sah sie an. Sie erwiderte meinen Blick. Nichts anderes hatte ich erwartet. Sie war die von uns, die ein unermessliches Selbstbewusstsein hatte.

»Egal, was du denkst zu denken, lass es.«

Nicht mein bester Satz, aber die Botschaft dahinter kam hoffentlich an.

»Ivy.« Auch sie sah mich an, aber weniger stolz. Eher, als würde sie auf der Hut vor mir sein. »Hör auf, dich mit Sienna gegen mich zu verbünden.«

Dann war es Zeit zu gehen und ich lief Richtung Treppe.

»Ach komm schon, Phoebs. Wir wollten nur helfen. Will und du ...«

Es hörte nicht auf. SIE hörten nicht auf!

Wut und Trotz ... Vermutlich beides zugleich hatten mich umdrehen lassen.

»Will und mich gibt es nicht. Die Liebesgeschichte, die ihr seht, gibt es nicht! Das, was ich selbst in ihm gesehen habe. Einen Freund, der ...« Ich schüttelte den Kopf, weil ich über die kaputten Dinge meines Herzens nicht weitersprechen wollte. »Den gibt es nicht. Und ich habe es endlich begriffen. Deswegen lasst es gut sein. Akzeptiert es und vor allem akzeptiert auch Porter. Er ist und bleibt ein guter Freund, mit dem ich hin und wieder Zeit verbringe.«

»Ach, so wie bei dir und Will, oder was?«, fragte Ivy jetzt sarkastisch. »Jetzt wach doch endlich mal auf!«

»Aufwachen?«, fragte ich fassungslos. »Mein ganzes Leben besteht daraus, endlich aufzuwachen. Ich war für alle entweder der Moppel, den man ignorierte, oder aber der Moppel, den man piesackte. Ich ...«

Dieses Mal stockte meine Stimme und ich ignorierte Siennas bohrenden Blick, weil ich ihre Bezeichnung für mich übernommen hatte. *Moppel.*

Ich wollte es nicht sagen. Ich wollte eigentlich gar nichts sagen.

Aber wieder hatten Ivy und Sienna nicht aufgehört. Sie fragten, nahmen Dinge an, die sie nichts angingen und werteten darüber.

»Phoebs ...« Ivy war zu mir gekommen und musterte mich betrübt.

»Ihr könnt nicht wissen, wie das ist. Ihr seid schön, beliebt und ...«

Schlank.

Aber das letzte Wort sprach ich nicht laut aus. Das musste ich auch nicht. Mein Gefühl sagte mir, dass die beiden es eh wussten.

»Das bist du auch«, erwiderte Ivy.

Sienna schnaubte, als wäre das kein Thema, über das man überhaupt reden müsste.

»Ivy, bitte ...« Meine Stimme klang hölzern. Hatte ich so laut geschrien, dass ich keine Stimme mehr hatte?

»Aber es stimmt doch! Du warst auch vor deiner Diät eine hübsche, junge Studentin, die ...«

»Die hoffnungslos in einen Typen verknallt war, dem es auf den Geist ging, dass ich dickes Ding hinter ihm hergelaufen bin. Sag es schon!«

»Wir wissen doch gar nicht, ob das wirklich so abgelaufen ist«, mischte sich erneut Sienna ein.

»Glaub mir, es ist so abgelaufen.«

Sienna setzte wieder an, aber ich hatte wirklich die Schnauze voll.

»Ich war schon mal verliebt!«, brüllte ich lauthals. Sienna und auch Ivy zuckten leicht zusammen, weil sie den Ausbruch nicht haben kommen sehen.

»Er hieß Patrick. Er war ... er war toll. Das dachte ich zumindest.«

»Was ist passiert?«, fragte Ivy.

»Was immer passiert. Mir wird vor Augen geführt, dass ein Mädchen wie ich von keinem Prinzen träumen darf. Denn den gibt es für mich nicht.«

»So ein Unsinn«, behauptete jetzt Sienna.

Es war Jahre her. Viele Jahre und es gab wenige Momente, an denen ich noch an Patrick dachte. Warum auch? Ich wollte, dass die Highschool mir nicht das College versaute. Doch irgendwie hatte sich im Laufe der Zeit alles wiederholt.

»Nimm Ivy. Die wollte nie einen Prinzen. Dazu war sie wegen ihres Dads viel zu voreingenommen und hat sich auf diesen Deppen Simon eingelassen«, erklärte Sienna und kam zu uns.

»Danke, dass du mich mal wieder daran erinnerst«, seufzte Ivy.

Ivys Dad war Alkoholiker und hielt es lange vor uns geheim. Wir waren nicht dumm. Wir hörten sie nachts oft weinen, weil sie damit nicht zurecht kam. Und deswegen hatte sie sich auch erst auf den falschen Mann an ihrer Seite eingelassen, bevor sie zugab, dass Zach der richtige war.

»Selbst Ivy hat einen abbekommen«, redete Sienna weiter und trank von ihrem Saft.

»Für den Satz bedanke ich mich jetzt nicht«, fauchte Ivy.

Am liebsten hätte ich jetzt einfach gegrinst und nichts mehr gesagt. Das funktionierte oft.

Aber dieses Thema war zu nah an meiner eigenen Geschichte.

»Ich habe mit Patrick geschlafen und danach hat er kein Wort mehr mit mir geredet«, sprudelte es aus mir heraus.

Ivy hatte nicht nur die Augen weit aufgerissen, sondern auch den Mund. Sienna lief Saft aus der Nase, weil sie sich verschluckte und mehrmals husten musste.

»Du meinst das wirklich ernst! Also so wirklich, ernst ernst?«, fragte Ivy schockiert.

»Sie meint übersetzt ...« Sienna wischte sich mit

einer Serviette über das Gesicht. »Wir dachten, du wärst noch Jungfrau.« Ivy stupste sie mit dem Ellbogen an, doch Sienna ignorierte es.

Das dachten die meisten über mich, das war kein Geheimnis.

Für alle war ich immer nur die kleine, leise Phoebe Minton. Die, die gern zu viel naschte, aber eben nicht vernascht wurde.

»Ich bin es nicht mehr und glaub mir, dieses eine Gerücht über mich, würde ich lieber gerne bestätigen. Aber es ist nicht so. Ich habe meine Jungfräulichkeit einem Typen geschenkt, der mich danach nie wieder angesehen hat.«

»Scheiße, Phoebs ... es tut mir so ...«

Schnell hob ich die Hand, weil ich Ivys nächsten Satz nicht hören wollte.

»Ich bin selbst schuld. Warum habe ich ihm auch ständig diese Komplimente geglaubt? Warum nichts hinterfragt?«

Patrick war nicht nur äußerst beliebt, sondern auch attraktiv gewesen. So attraktiv, dass ich etwas in ihm sah, das er nie gewesen war. *Mein Prinz.*

»Das kann doch wohl nicht wahr sein«, murmelte Sienna.

»Er war schuld, nicht du, Phoebs«, erwiderte Ivy.

»Ich hätte trotzdem ...«

Ivy trat näher zu mir und legte ihre Hand auf meine Schulter.

»Hättest du mir die Schuld an dem gegeben, was

mit Simon passiert ist? Hätte ich das auch ahnen sollen? Du weißt, dass ich lang daran zu knabbern hatte, was er getan hat.«

Simon hatte sie beim Sex gefilmt und danach war er ausgeflippt und wollte das Haus der Kappa Alphas niederbrennen. Ivy hatte viele Nächte nicht schlafen können und sich viel von der Seele geredet.

»Das war etwas anderes«, behauptete ich leise, obwohl mich dieser Vergleich ziemlich durcheinander brachte.

»Das war es nicht! Und tief in dir drin, ist dir das auch klar.«

Meine Lippen bebten, weil alles zu viel wurde.

Drei Jahre lang waren wir jetzt befreundet und erst jetzt wussten sie wirklich Bescheid. Über mich und ... die Liebe, die ich nie kennenlernen durfte.

Plötzlich klingelte unser Telefon.

Sienna ging seufzend ran.

»Heute ist dein Glückstag, du rufst bei der tollsten WG ...«

Sie verstummte, erstarrte regelrecht und starrte kurz vor sich hin.

»Fick dich!«, rief sie und legte auf. Mehrmals holte sie tief Luft, dann bemerkte sie wohl, dass sie nicht allein war. »Da hat sich einer verwählt.«

Ach tatsächlich?

So fragend, wie Ivy mich ansah, glaubte sie das auch nicht.

»Ist das nicht ein tolles Frühstück?« Sienna setzte sich wieder, als gäbe es nichts zu sagen und als wäre überhaupt nichts an ihrem Verhalten merkwürdig.

Obwohl keine einzige Träne geflossen war, wischte ich mir über die Augen. Sie brannten leicht.

»Komm, setz dich und wir reden weiter«, schlug Ivy vor.

Reden? Erneut? Über Patrick? Über Will?

Ein kleiner Teil hätte das gern getan. Aber dieser war zu schwach und einfach zu ... schmerzerfüllt.

Ich schüttelte den Kopf.

»Ich wollte unter die Dusche und noch lernen.«

Sienna starrte mich an, sagte aber nichts.

Ivy nickte schließlich und ließ mich gehen.

Noch nie in meinem Leben war ein einziges Frühstück so anstrengend gewesen.

Ich stand noch lange unter der Dusche und bemerkte zu spät, dass nur noch kaltes Wasser übrig geblieben war.

Ich fluchte laut, sprang aus der Dusche, wickelte mich in ein großes und kuscheliges Handtuch und wischte den Spiegel sauber.

Dann betrachtete ich mein Gesicht. Mich.

Was hatte Ivy noch gesagt? Ich war hübsch? Selbst als ich noch dick gewesen war?

Schnaubend gab ich mir nicht mal die Mühe, ihr zu glauben. Ivy musste so etwas sagen. Sie war meine Freundin.

Ebenso wie Sienna. Auch wenn sie viel unverblümter sprach.

»Phoebs?« Ivy klopfte an die geschlossene Badezimmertür.

Anscheinend hatte ich das Bad zu lange besetzt.

»Ich komme gleich raus!«, rief ich ihr zu.

»Eigentlich suche ich nur meinen Schlafanzug. Liegt er zufällig im Bad?«

Ich drehte mich um die eigene Achse, sah aber nichts, was von ihr war.

»Nein, hier ist er nicht.«

»Mist. Okay, ich suche weiter.«

Es war immer dasselbe. Ivy suchte Dinge und fand sie nie. Vor allem ihre Schlafanzüge verschwanden ständig, als wären sie heiß begehrt. Ganz besonders der mit Kirschen bedruckt war.

Da ich meine Klamotten bereits mit ins Bad genommen hatte, zog ich mir schnell ein Shirt über, der Slip folgte rasch, dann öffnete ich die Tür und lief mit halbnassen Haaren über den Flur, direkt in ihr Zimmer.

»Wahrscheinlich hast du ihn wieder unter das Bett gelegt«, rief ich, weil sie nicht in ihrem Zimmer war, sie mich aber verstehen sollte.

Dann kauerte ich mich auf allen Vieren herunter und starrte unter ihr Bett.

Außer einer einzelnen rosa Socke fand sich hier drunter allerdings nichts.

»Vermutlich suchst du auch eine Socke?« Ich griff mir das staubige Ding und zog es unter dem Bett hervor.

»Danke, danke, danke«, hörte ich Ivy plötzlich sagen. Anscheinend kam sie gerade die Treppe rauf, aber statt sie im Türrahmen zu sehen, stand plötzlich Will vor mir.

Er wirkte genauso überrascht, mich zu sehen, wie ich, stolperte dann einmal nach vorne und die Tür wurde schnell von jemandem zugezogen.

Will konnte sich gerade noch fangen, bevor er zu Boden fiel.

Als dann auch noch das Klicken des Türschlosses zu hören war, stand für mich sofort fest, was das werden sollte.

Mit festen und vor allem wütenden Schritten ging ich zur Tür und hämmerte gegen das alte Holz.

»Ivy Brenneman! Öffne sofort diese Tür!«, brüllte ich wütend.

»Ne, ich denke nicht, dass ich das machen werde«, ertönte es von der anderen Türseite.

»Ivy!«

»Und? Alles geklappt?«, fragte Sienna, die natürlich auch eingeweiht war.

»Klar. Ich bin doch kein Anfänger.«

»Wenn ich hier rauskomme, bringe ich euch um!«

Sienna schnaubte. »Und wie genau willst du das anstellen? In dem du uns totlächelst? Du bist viel zu nett, um ...«

Nett? Nett?

»Dann wirst du wohl ganz allein verkraften müssen, dass CBS gestern die Info verlauten lassen hat, das *Criminal Minds* eingestellt wird«, ratterte ich die so wichtige Information herunter. Für mich bedeutete sie nichts, für Sienna allerdings ...

»Du verarschst mich doch!«, rief Sienna aus.

»Phoebs, wir hatten ausgemacht ...« Ivy seufzte, weil sie diejenige war, die ihr diese neue Info schonend beibringen wollte. Aber Sienna und das Wort *schonend* vertrugen sich nicht, deswegen wäre das eh nach hinten losgegangen.

Die Diskussion hinter der Tür ging jetzt erst so richtig los. Seufzend lehnte ich die Stirn gegen das alte Holz der Tür.

Ich will hier raus.

Das Räuspern meines unliebsamen Zimmergastes machte mir klar, wer noch hier war.

»Phoebs ...« Seine Stimme war zu viel.

Er hätte nichts sagen sollen. Einfach ruhig bleiben müssen.

»Du hast ...«

Blitzschnell drehte ich mich zu ihm um.

»Was habe ich? Sag schon, was hast du mir so Wichtiges zu sagen, Will?«

Er stand mehrere Meter von mir weg und machte es mir dennoch schwer, ihn nicht wie bescheuert anzustarren. Er trug seine Sportkleidung. Das enge, schwarze Shirt saß perfekt an seinem muskulösen Oberkörper. Eine simple, lange Jogginghose perfektionierte das Bild eines lässig, sportlichen gutaussehenden Studenten. Der mit mir in diesem Zimmer eingesperrt war.

»Du hast da eine Socke in der Hand und ...«

Mein Blick schoss tatsächlich zur staubigen, rosa Socke, die ich noch in der Hand hielt. Schnell senkte ich die Hand, um meine nackten Beine anzustarren.

»O mein Gott!«, rief ich und sprang aufs Bett, um mich schützend in Ivy's Decke zu wickeln.

Während ich immer wieder versuchte, die Decke zwischen meine Beine zu schieben, weil ... weil, keine Ahnung warum, legte Will seinen Kopf schräg und schmunzelte.

»Genug vor mir geschützt? Oder soll ich dir noch ...« Er sah sich in Ivy's Zimmer um und riss aus der Ecke eine alte Winterdecke heraus.

»Danke, die hier reicht mir«, murmelte ich und Will legte die Decke wieder zurück.

Ich beobachtete, wie er sich erneut umschaute und sich dann an den Schreibtisch lehnte und den Kopf schüttelte.

»Was?«, fragte ich neugierig.

»Nichts.« Er seufzte jedoch und fuhr sich durch sein strubbeliges Haar.

Mit Will hier zu sein, fühlte sich irgendwie wie früher an. Nicht, dass wir ständig von Ivy und Sienna eingesperrt wurden. Aber mit ihm Zeit zu verbringen, das ... das fühlte sich nicht neu an.

»Da ist doch etwas«, sprach ich an, weil ich irgendwie das Bedürfnis hatte, mit ihm zu reden.

Vermutlich war das auch Sienna und Ivy zu verdanken. Immerhin hatten die beiden mir mehrmals klarmachen wollen, dass Will vielleicht nicht der fiese Mistkerl war, für den ich ihn die ganze Zeit gehalten hatte.

»Was willst du von mir hören, Phoebs?«, fragte er,

starrte aber lieber geradeaus, anstatt zu mir. »Am Ende läuft es darauf hinaus, dass du abhaust.«

»Momentan kann ich nirgendwohin ...«

Sein Blick traf auf meinen. Er sagte nichts, sondern schaute mich nur an. Das hatte er in den letzten Jahren unserer Freundschaft oft getan. Mich einfach angesehen. Und auch jetzt verursachte dieser lange, intensive Blick ein Kribbeln in meinem Bauch.

Na toll. Ich bin doch völlig bescheuert!

»Du willst mir also sagen, dass du die Chance nutzen willst, die Ivy und Sienna offensichtlich mit falschen Tatsachen geschaffen haben?«, fragte er neugierig nach.

»Wie bist du hierher gelockt worden?«, fragte ich schmunzelnd nach.

»Ivy hat mir erzählt, ihre Heizung würde nicht angehen und ich sollte mal nachsehen.«

»Ihre Heizung?«

Normalerweise stellten wir sie gar nicht mehr an. Immerhin war es wunderbar mild geworden. Er bemerkte mein Stirnrunzeln und dann lächelte Will.

»Kann vielleicht auch sein, dass ich gehofft habe, dich zu treffen.«

»Mich zu treffen?«, wiederholte ich überrascht. »Aber warum? Ich hab dich angeschrien, ignoriert und ...«

»Bist mit Porter ausgegangen«, beendete er den Satz für mich.

Instinktiv zog ich die Decke noch enger an mich.

»Das habe ich nicht gemacht, um ...«

»Was? Mich zu ärgern?«, fragte er nach, ohne ein einziges Mal zu schmunzeln.

»Ich wollte dich nicht ärgern!«, antwortete ich rasch.

Wie soll ich das auch können?

Einen langen Augenblick musterte er mich von der anderen Seite des Zimmers.

»Nein, so bist du nicht. Du würdest Porter nicht benutzen.«

»Benutzen?«

»UM IHN EIFERSÜCHTIG ZU MACHEN«, rief Ivy auf einmal durch die Tür.

Seufzend schloss ich die Augen, während sich Will mehrmals räuspern musste.

»Hast du jemals etwas von Privatsphäre gehört?«, rief ich ihr wütend zu und ignorierte die Tatsache, dass Ivy dachte, Will könnte wirklich eifersüchtig auf Porter sein.

»FANGFRAGE?«, kam es nur von ihr.

»Das darf echt nicht …« Ich ignorierte meine nackten Beine und stolzierte wieder zur Tür. »Mach auf!«

»Ich denke nicht, dass das der Sinn dieser Aktion ist«, hörte ich sie durch das Holz sagen.

»Ich bin nicht mehr wütend auf Will. Ehrlich nicht. Es ist alles geklärt«, log ich.

»Ja ähm … ich denke eher nicht«, erwiderte sie.

Mit der Faust drückte ich auf das Holz und seufzte tief.

»Es gibt kein Problem mehr zwischen Will und mir.«

»Ach wirklich nicht?«, fragte jetzt Will, der hinter mir stand.

Ich bedachte ihn mit einem flüchtigen Seitenblick, der aber genug aussagte.

Er soll mitspielen.

»Ihr solltet eure Geschichten zumindest miteinander absprechen. Sonst könnte ich der Meinung sein, du würdest mich belügen, Phoebs«, sagte Ivy schnaubend.

»Finde ich auch«, erwiderte Will und gab ihr tatsächlich auch noch recht.

Ich drehte mich zu ihm um.

»Du hältst zu ihr? Falls es dir nicht entgangen ist, sie haben uns hier eingesperrt.«

Will nickte und sah sich kurz im Zimmer um. »Ist mir nicht entgangen.«

So langsam verlor ich wirklich die Geduld.

»Und wie gedenkst du hier herauszukommen? Sie werden diese Tür nicht öffnen«, erklärte ich und sah ihn wütend an.

»Sie öffnen diese Tür, wenn wir reden, Phoebs.«

Dieser intensive Blick und dieses attraktive, kantige Gesicht – das war definitiv zu viel Will auf einmal!

»Das ist doch lächerlich!«, stellte ich klar und lief an ihm vorbei. »Es ist alles gesagt. Wir ... also, es ist doch alles geklärt.«

»Findest du?«, fragte er ironisch nach und wandte sich mir zu, als müsste ich wissen, dass er recht damit hatte.

»Ja«, antwortete ich viel zu unsicher und verschränkte trotzig die Hände vor der Brust.

Will nickte, als hätte er mit meiner Reaktion gerechnet.

»Ivy? Wie gehts Sienna?«, rief er plötzlich, ohne mich aus den Augen zu lassen.

»O SHIT!«, hörten wir sie rufen, dann rannte sie wohl die Treppe herunter, so laut, wie die Schritte zu hören waren. *Und nur meinetwegen ist sie jetzt in Sorge.*

Ich blendete mein schlechtes Gewissen aus, weil ich das gerade nicht gebrauchen konnte.

»Du knabberst an deiner Unterlippe«, stellte Will fest.

»Und?« Ich stellte es sofort ab.

»Das tust du nur, wenn du nervös bist oder ein schlechtes Gewissen hast.«

Woher wusste er das?

»Stimmt nicht«, behauptete ich.

»Phoebs, innerhalb von zehn Minuten hast du Ivy zig Mal mit dem Tode gedroht. Du hast Sienna verletzt, weil sie dich hier eingesperrt haben. Wobei ich sie auch ein bisschen verstehen kann. *Criminal Minds* ist eine super Serie.«

»Ansichtssache«, erwiderte ich.

»Im Grunde magst du sie auch.«

»Wen?«, fragte ich verwirrt nach.

»Na, Sienna«, antwortete er. »Oder reden wir aneinander vorbei? Ich dachte, du magst diese ganzen Serienkillerstorys nicht.« Er legte den Kopf schräg. »Es sei denn, du erzählst das nur, aber im Grunde findest du es doch ganz nett?«

»Quatsch«, behauptete ich.

Es reichte schon, dass ich auf Waffen stand und

nichtssagend war, oder? Wie verrückt wäre ich für alle anderen erst, wenn ich dann auch noch auf Blut, Tote und Gemetzel stand?

Deswegen mochte ich den ganzen Kram offiziell nicht.

»Du tust es schon wieder.«

Wills Feststellung erschreckte mich so sehr, dass ich regelrecht zusammenzuckte.

Ich habe schon wieder vor mich hin gestarrt und auf der Unterlippe herumgekaut.

»Okay, pass auf.«

»Hm?«

Will griff sich den Schreibtischstuhl und setzte sich mir direkt gegenüber. Wann war ich denn zum Bett gegangen? Wann hatte ich mich hingesetzt?

»Wir reden. Einmal. Über alles. Dann verschwinde ich.«

»Und wie? Sie haben den Schlüssel, Will.«

»Lass das mal meine Sorge sein. Ich verspreche dir, dass ich gehe, sobald wir geredet haben. Und zwar über alles.«

Über alles alles? Das geht nicht! Das kann ich nicht!

Will saß so nah, dass unsere Knie sich berührt hätten, wenn er die meinen nicht etwas auseinander geschoben hätte.

»Will …«

»Ich fang an!«

Er nahm meine Hände und drückte sie leicht. Dabei sah er mich unablässig an. Ich konnte gerade so seinen

Blick erwidern. Es machte mich nervös, wenn er mich so ansah.

»Du warst mir wichtig, Phoebs.«

Ich musste automatisch schlucken.

»Und das bist du mir immer noch. Es vergeht kein Tag, an dem ich nicht daran denke, was da schief gelaufen sein könnte zwischen uns.«

Ich habe mehr in dir gesehen, als du in mir. Das ist schief gelaufen.

»Will ...«

»Phoebs ...«

Ich lächelte, weil er mich so eindringlich anschaute und ich keine Ahnung hatte, was ich jetzt tun sollte.

Erinnerte ich mich deswegen an das zurück, was Sienna zu mir gesagt hatte?

»Bist du ehrlich in der Lage, Dinge so zu sehen, wie sie sind?«

Als ich auf unsere ineinander verschränkten Hände schaute, kam mir die Antwort einfach über die Lippen.

»Ich hab dich auf der Party gehört«, schossen die ersten Worte aus mir heraus.

»Welcher Party?«, fragte er verständnislos.

»Die letzte Party, auf die du mich eingeladen hast«, seufzte ich, weil es jetzt wohl kein Zurück mehr gab. Jetzt musste ich ihm davon erzählen. Und mir machte es Angst, wie er reagieren würde.

Was, wenn er sich dafür entschuldigte und es das dann war?

Dann ist wohl entgültig irgendetwas kaputt in mir.

»Du meinst die, nach der du einfach so abgehauen bist?«

Warum klang das jedes Mal so, als hätte ich ihn damit wirklich verletzt?

Weil es vielleicht auch so ist? Nein, das kann ich mir nicht vorstellen.

Ich nickte, stand auf und ließ seine Hand los.

»Ich habe euch reden hören.«

»Wen?«

Er war auch aufgestanden, obwohl ich nicht hinsah.

Ich starrte lieber auf das Bücherregal von Ivy.

Die ganzen Buchtitel vermischten sich zu einer bunten Mischung aus Buchstaben, aber ich konnte mich nicht darauf konzentrieren. Zu sehr dachte ich an diesen Abend zurück.

»Simon war dabei und noch ein paar andere Jungs. Ihr habt ... habt über mich geredet.«

»Über dich?«

Warum musste er alles hinterfragen?

»Ja, über mich.« Ich drehte mich um, damit ich ihn anschauen konnte, wenn alles gesagt war. »Du hast gesagt, dass ich dir hinterherlaufe und du Mitleid mit mir hast ... Deswegen hast du mir nie gesagt, dass ich ... dass ich mich gefälligst ...«

»Phoebs, Moment ...« Er kam auf mich zu und berührte meine Wange. Eine Geste, die so fremd und so schön zugleich war, dass ich schnell Abstand zwischen uns brachte. Auch wenn er einen Schritt auf mich zumachte, begriff er wohl, dass ich das gerade nicht konnte. Will blieb an Ort und Stelle stehen. »Du irrst dich. Es ging nicht um dich.«

»Ach ja? Mein Name fiel. Wie willst du das erklären, Will?«

»Wie ich das erklären will?« Er prustete seine Wange auf und holte mehrmals tief Luft.

»Ich kann mich bei Gott nicht mehr an alles erinnern, was ich da gesagt haben soll. Vielleicht hast du von meiner Sauforgie an dem Tag gehört ...«

»Macarena?«, fragte ich leicht belustigt, obwohl gar nichts witzig an diesem Gespräch war.

Will verdrehte daraufhin die Augen, weil er das ziemlich oft serviert bekam.

»Aber ich weiß, dass ich niemals so über dich reden oder denken würde. Das *weiß* ich, Phoebs.«

»Mein Name fiel.«

»Ja, weil Simon ein Mistkerl ist, der nicht weiß, wann er den Mund halten soll«, brummte Will und damit hatte er nicht ganz unrecht.

»Du hast gesagt ...«

»Was habe ich gesagt?«

Er sah mir ernst ins Gesicht. Ich schluckte erneut.

»Dass ich dir hinterherrenne und du nicht weißt, wie du mich loswerden sollst. So etwas ...« Will lachte und fuhr sich mit beiden Händen durch die Haare. Dann schüttelte er verständnislos den Kopf.

»Das habe ich doch nicht über *dich* gesagt.«

So wie er das betonte, meinte er wirklich, was er sagte.

»Wen sollst du denn sonst gemeint ...«

»Caroline. Kennst du sie noch? Groß, sehr großer Vorbau ...«

Ich verdrehte die Augen. »Sorry, aber ich achte nicht so auf ...«

»Die, die mir ständig und überall diese kleinen Zettel ... Ach nein, die hast du mit Sicherheit auch nicht gelesen.«

Ich konnte mir sehr gut vorstellen, was drauf stand. Wollte aber nicht näher darauf eingehen.

»Erinnerst du dich noch an das Rugbyspiel gegen die Niner?«

»Kann sein ...«

»Die Kleine, die halbnackt ...«

»Das war Caroline?«, fragte ich geschockt, weil wohl ganz Georgetown noch darüber Bescheid wusste. Sie lief nur mit einem Slip bekleidet über das Spielfeld und hatte »Will, I love you« auf ihre Brust geschrieben. Bevor sie vom Platz gezogen wurde, hatte sie noch versucht, sich auf Will zu stürzen. Der aber besaß so gute Reflexe, dass er zur Seite gesprungen war und sie statt ihn den Rasen küsste.

»Sie lief mir monatelang ... im Grunde waren es fast zwei Jahre, hinterher. Und darüber haben die Jungs und ich gesprochen, weil ich sie eingeladen hatte, obwohl ich das eigentlich nicht wollte. Sie kannten alle Caroline. Immerhin ist sie nicht nur einmal an Rustys Sicherheitsschloss gescheitert.«

»Sie hat versucht bei dir einzubrechen?«, fragte ich fassungslos nach.

»Nicht nur einmal ...«

»Oh Gott. Sie ist dafür verantwortlich, dass deine Beziehungen nicht halten und ...«

»Ja, so in etwa ...« Er sah mich kurz an, dann wieder weg. Will fuhr sich durch sein Haar und rieb sich die Augen. »Willst du mir etwa sagen, dass es darum die ganze Zeit ging?« Daraufhin blickte er wieder zu mir. »War das der Grund, warum du abgehauen bist, mich nach den Ferien nicht mehr angesehen noch mit mir geredet hast? Weil du dachtest, wir hätten über dich gesprochen?«

»Na ja, ihr habt ja über mich geredet ...«

»Wovon ... Phoebs, bitte. Ich bin nicht mehr in der Stimmung für Halbsätze oder irgendwelchen Scheiß. Ich habe dir gesagt, dass du nicht gemeint warst.«

»Simon hat mich erwähnt und du hast direkt klargemacht, dass ...«

Oh Mist. Was tue ich hier?

»Das was, Phoebs?« Er kam auf mich zu, als wüsste er, dass ich gleich vorhatte abzuhauen. *Auch wenn die nächste Wand mich stoppen würde.*

»Du würdest mich nicht ... anrühren wollen ...« Ich flüsterte den Satz eher, als dass ich ihn aussprach. Vermutlich hatte er mich auch gar nicht verstanden. Was wiederum besser wäre. Viel viel besser.

Will sagte nichts. Er starrte mich nur an, als würde er mich zum ersten Mal ansehen.

»Das stimmt«, gab er zu. »Das habe ich gesagt.«

»Oh, okay.« Was sollte ich darauf auch sagen? Immerhin wusste ich ja bereits, dass er mich nicht wollte ...

»Ich hab das zu Simon gesagt, damit er nicht auf den Gedanken kommt, dass du und ich ...«, redete Will weiter.

»Klar. Natürlich. Alles gut.«

Ich ging um ihn rum und schnappte mir die Decke, die ich mir von Ivys Bett gegriffen hatte.

»Mir ist klar, dass ...« Ich drehte mich wieder zu ihm und bemerkte Wills Blick, der definitiv nicht auf meinem Gesicht lag.

»Will!«, rief ich empört und wickelte mich wieder in die Decke. Wieso hatte ich nur wieder vergessen, wie ich hier herumlief? Wie so oft brachte er mich völlig durcheinander.

»Hm?« Mehrmals blinzelte er, als wäre er gerade nicht mit dem Kopf im Hier und Jetzt. Dann schaute er mir endlich wieder ins Gesicht. »Sorry, was hast du gesagt?«

Ich war sprachlos. Hatte Will mich etwa abgecheckt?

»Hast du mir gerade auf die Beine gestarrt?«

Will öffnete den Mund, wirkte aber unentschlossen. »Nicht nur.«

Auch wenn ich Wills ehrliche Art immer schon mochte, machte mich diese Antwort doch etwas sprachlos.

»Ich weiß, dass ich mich entschuldigen sollte. Aber ehrlich? Warum? Du läufst immerhin halbnackt hier ...«

»Ach, jetzt ist es meine Schuld?«

Will machte einen leidenden Gesichtsausdruck.

»Ich habs falsch ausgedrückt, richtig?«

Darauf schnaubte ich nur, hielt die Decke aber immer noch schützend um mich gewickelt.

Wieder sah er mich einfach nur an. Dann stemmte er seine Hände auf die Hüfte, blickte zur Seite, als würde er über etwas sehr Ernstes nachdenken.

»So kommen wir nicht weiter«, flüsterte er plötzlich.

»Du hast absolut keine Ahnung, warum ich dich damals unbedingt bei der Party dabei haben wollte, oder?« Will schaute wieder zu mir und wartete mit einem eindringlichen Blick, der mich immer nervöser machte, auf meine Antwort.

»Es war die letzte Party vor den Ferien ...«

»Richtig. Die letzte Party, bevor wir uns nicht mehr gesehen hätten.«

Ich erwiderte seinen Blick.

»Kann sein ...«

»Phoebs, ich wollte nicht, dass wir wieder drei Monate vergeuden würden, bevor ich dir nicht sagen ...« Er fuhr sich wieder durch die Haare und sein Kiefer mahlte. »Dabei haben wir jetzt fast ein Jahr verschwendet für diese dämlichen Missverständnisse.« Sprach er jetzt mit mir oder mit sich selbst?

Ich war völlig durcheinander. Wenn ich Will Glauben schenken konnte – und so ehrlich wie er war, konnte ich das –, dann hatte ich mich die ganze Zeit geirrt.

»Es tut mir leid, Will.«

Anscheinend hatte er mit sich selbst geredet, da er jetzt überrascht aufschaute.

»Ich hätte dich direkt darauf ansprechen sollen, aber ich ...«

Liebe dich und habe gedacht, du magst mich nicht.

»Du warst verletzt«, stellte er fest und ich nickte. »Am liebsten würde ich dich schütteln, weil du ernsthaft dachtest, unsere Freundschaft wäre nicht echt. Aber ganz ehrlich?«

Unsere Blicke begegneten sich.

»Dass du verletzt warst, heißt im Umkehrschluss einfach, dass ich dir etwas bedeute. Warum sollte ich dann deswegen wütend sein?«

Sein unwiderstehliches Lächeln erschien und brachte mich genauso durcheinander, wie vor all diesen Monaten.

»Ich ... Also, du bedeutest mir sicher etwas. Immerhin sind wir Freunde gewesen ...«

Einen langen Moment sagte er nichts, nickte dann aber so langsam, als würden wir ein Geheimnis teilen.

»Was wolltest du mir auf der Party sagen?«, stolperte die Frage aus mir heraus.

»Du vergisst irgendwie nie, was ich sage, oder?«, fragte er belustigt, wirkte aber leicht nervös. Warum?

»Ivy hat uns hier eingeschlossen, damit wir reden. Über alles.«

Ich war so eine Lügnerin.

Über alles reden? Das könnte ich niemals.

»Ich wollte dich auf der Party um etwas bitten.«

Er trat einen Schritt zurück, als wäre er sich unsicher.

»Oh? Und worum ging es?«, fragte ich und bemerkte, wie meine Lippe leicht zitterte. Dann biss ich auf meine Unterlippe. Das geschah reflexartig und Will bekam es mit, natürlich. Sein leichtes Lächeln war Antwort genug.

»Ein Date.«

Mein Herz blieb still. Jeden Augenblick würde ich eine Reanimation benötigen.

»Was?«

»Ich wollte dich um ein Date bitten.«

»Warum?«, platzte die Frage aus mir heraus.

Seine Augen schienen etwas in meinem Gesicht zu suchen.

»Hast du keinen Schimmer?«

Ich schüttelte den Kopf und dann machte sich langsam Panik in mir breit. Warum sagte er das? Warum nur?

»Tust du das, weil ... weil du dich so entschuldigen willst?«

Wills Stirnrunzeln irritierte mich noch mehr. Und da seine Nähe gerade kontraproduktiv war, nahm ich noch einmal Abstand.

»Du musst das nicht tun, weil du die Sache zwischen uns so wiedergutmachen willst. Ich habe den Fehler gemacht und angenommen, dass du schlecht über mich denkst.«

Er sagte nichts, wirkte nur leicht durcheinander.

»Es tut mir leid, Will. Und ich bin dir im Gegenzug auch nicht mehr böse. Es ist alles okay. Du musst nicht mit mir ausgehen.«

»Moment ...« Er kratzte sich an der Schläfe und schaute mich verdattert an. »Ich muss das einmal zusammenfassen. Du denkst also, ich will mit dir ausgehen, weil ich mich so entschuldigen möchte?«

Ich öffnete den Mund, konnte aber nichts erwidern.

»Ist das richtig, Phoebs?«

»Wieso solltest du das sonst wollen?« Ein Verdacht machte sich in meinem Kopf breit und ließ mich nicht mehr los. »Ist es, weil ich jetzt schlank bin?«

»Was?«, fragte er fassungslos.

»Ich sehe nicht mehr aus wie früher. Willst du deswegen mit mir ausgehen?«

»Hast du mir überhaupt zugehört? Ich wollte schon vorher mit dir ausgehen.«

»Aber ...« *Wieso?*

Ich bin dick und hässlich gewesen und ... und unscheinbar.

»Du glaubst mir nicht«, stellte Will fest. »Das ist doch nicht zu fassen. Warum sind wir überhaupt ... Was war das zwischen uns, wenn du mir gar nicht vertraust, Phoebe?«

Er nannte mich wieder Phoebe. Nicht Phoebs.

Weil ich mich unwohl fühlte, verschränkte ich schützend die Arme vor meiner Brust.

»Freunde. Wir waren Freunde«, antwortete ich leise.

»Man vertraut Freunden, Phoebe. Zumindest dachte ich das von dir. Offensichtlich hast du von vorne herein angenommen, ich wäre fähig, so übel über dich zu reden. Findest du das nicht auch ziemlich scheinheilig?«

»Scheinheilig?«

»Du hast ja anscheinend nur darauf gewartet, bis du einen Grund hattest, mich wie Scheiße zu behandeln.«

»Was? Das habe ich nicht ...«

»Denk nach. Du hast ein paar Halbsätze mitbekommen und deine Schlüsse daraus gezogen, weil du im Grunde eh nie an uns geglaubt hast.«

Warum hörte sich das so an, als würden wir nicht mehr bloß über unsere Freundschaft sprechen?

»Und jetzt sage ich dir, was ich eigentlich die ganze Zeit von dir wollte, und das glaubst du mir nicht, weil du irgendwelche Komplexe hast.«

Ich zuckte regelrecht zusammen, weil er genau das ansprach, was mich am meisten beschäftigte.

»Ich ...«

»Was du? Sag einmal im Leben, was du wirklich willst, Phoebs.«

Da war es wieder ... Phoebs. Außer Sienna und Ivy hatte mich nie jemand so genannt.

Und obwohl ich ihm jetzt sagen könnte, dass ich seit über zwei Jahren in ihn verliebt war, tat ich es nicht. Mein Mund blieb verschlossen und Will hatte es schnell begriffen. Ich würde nicht sagen, was ich wollte, weil es mir Angst machte. Fürchterliche Angst.

»Gut, dann sag ich, was ich will.«

Ich schluckte.

Will sah kurz zu Boden, dann blickte er mir offen ins Gesicht. »Ich möchte ein Mädchen, das einfach da ist. Die nicht redet, weil nicht geredet werden muss.

Die auf der Veranda sitzt und in ein Buch vertieft ist, weil es zu spannend ist, um aufzusehen, als Rusty mal wieder die CIA ins Haus gebracht hatte.«

Will hatte mich noch lange deswegen aufgezogen. Ich fand Moby Dick einfach spannender.

»Und das wollte ich schon, bevor du dich verändert hast, Phoebs. Das und mehr.«

Ich war absolut sprachlos. Er wollte mich schon vorher? So wie ich damals aussah?

»Aber das ... kann nicht sein«, hauchte ich völlig mitgenommen.

Wills Lächeln erreichte nicht seine Augen.

»Weil du es glaubst. Und solang du das tust, kann ich sagen, was ich will. Du wirst es mir nie glauben.«

Ich wollte etwas darauf erwidern, aber alles, was ich sagen wollte, blieb mir im Halse stecken.

Plötzlich ließ er mich stehen, öffnete das Fenster und setzte sich auf die Fensterbank.

»Du siehst gut aus, das war schon immer so. Wenn du glücklich bist, so wie du jetzt bist, dann freu ich mich für dich.«

Dann kletterte er hinaus und ließ mich allein zurück. Ich lief zum offenen Fenster und schaute Will dabei zu, wie er über das Verandadach ging und anschließend mühelos in den Garten kletterte.

Das hätte er die ganze Zeit tun können. Hatte er aber nicht ...

»Du siehst gut aus, das war schon immer so. Wenn du glücklich bist, so wie du jetzt bist, dann freu ich mich für dich.«

Und warum hörte sich sein letzter Satz so an, als wäre er nicht glücklich mit meinem neuem Ich?

***

Einen Tag später war ich immer noch nicht weiter mit meinen Gefühlen. Denn jedes Mal endete es damit, dass ich mich wie eine Idiotin fühlte.

Mochte Will mich wirklich so, wie ich gewesen war?

Hatte ich mir all die negativen Dinge nur selbst eingeredet?

Am liebsten hätte ich mit Sienna und Ivy darüber geredet, aber Sienna hatte sich in ihrem Zimmer verkrochen und war wegen des *Criminal Minds*-Debakel nicht sehr gut auf mich zu sprechen. Ivy ignorierte sie auch, weil sie es auch verheimlicht hatte. Und weil ich es nun mal verraten hatte, sprach auch Ivy nur das Nötigste mit mir.

Deswegen saß ich jetzt allein auf der Liegewiese, die noch zum Campus gehörte.

Mein wirklich gutes Buch lag hingegen ungeöffnet neben mir, während ich dabei zusah, wie die Wolken an mir vorbeizogen.

»Nickerchen gemacht?«

Porter stand lächelnd vor meiner Decke.

»Nein, nur nachgedacht.«

Ich setzte mich rasch auf, zog mein Kleid etwas herunter, obwohl gar nicht viel zu sehen war und machte mit einer Handbewegung klar, dass er sich ruhig zu mir setzen konnte.

Mein Blick schoss automatisch zu seiner verletzten Nase.

Sie war noch leicht geschwollen und schimmerte in sämtlichen Farben.

»Wie gehts deiner ...« Er wusste sofort, was ich meinte, weil ich wie eine Verrückte drauf starrte.

»Ach, das verheilt. Es ist auch nichts gebrochen, also bekomme ich auch genug Luft.«

»Es tut mir so leid, Porter. Ich hätte nie gedacht, dass Will so weit gehen würde. Er prügelt sich sonst nicht.«

»Ja, die Kappas sind ständig für Überraschungen gut.«

Die Verbitterung in seinem Ton machte klar, dass er in der Vergangenheit andere Erfahrungen gemacht hatte. Damals war er noch hoffnungslos in Ivy verliebt.

»Zach ist ein guter Kerl. Auch wenn du das natürlich anders siehst. Aber er behandelt Ivy gut.«

Das machte sie uns jedes Mal klar, wenn sie breit grinsend mit ihm telefonierte, breit grinsend mit ihm simste oder breit grinsend in seinen Armen lag.

»Das ist die Hauptsache, oder? Dass ein Mann eine Frau gut behandelt. Zumindest sollte das wohl immer so sein, oder?«

Er sah mich fragend an und ich nickte.

»Natürlich. Wenn man liebt, dann sollte man diese Liebe auch sehen können.«

»Du meinst, wenn ein simples Kinodate in einer Prügelei endet?«

»Es war ja nicht wirklich eine Prügelei«, versuchte ich diese Sache zu beschönigen.

»Will würde das wohl anders sehen.«

»Was meinst du?«, fragte ich und legte den Kopf fragend schräg.

Porter zog an einigen Grashalmen, während er mit der Schulter zuckte.

»Er steht offensichtlich auf dich.«

Was sollte ich darauf erwidern?

Das, was Will gestern gesagt hatte, würde Porters Annahme bestätigen. Aber dennoch glaubte ein großer Teil von mir, dass das einfach nicht sein konnte.

»Will hat sich nur Sorgen gemacht«, redete ich drauflos, weil ich das Gefühl hatte, mich erklären zu müssen. Oder eben Wills Reaktion.

»Er ist wie Zach, Phoebe. Er sieht erst viel zu spät, was direkt vor ihm steht. Deswegen hat Will so reagiert. Und er hat Schiss, dass du dich für einen anderen entscheidest.«

»Das ist Blödsinn«, antwortete ich, klang aber nicht mehr ganz so überzeugt.

War es das, was Will antrieb?

Er dachte, ich würde mich auf jemand anderes einlassen und jetzt wollte er gern zum Zug kommen?

»Ach ja? Ich erinnere dich daran, wie du damals weinend von seiner Party geflohen bist. Du warst fix und fertig.«

Daran erinnerte er sich noch?

Porters Blick bohrte sich in mein Gesicht. »Und ich wette, er war dafür verantwortlich.«

»Ja, aber ...« *Das ist geklärt. Ein fürchterliches Miss-*
verständnis, für das ich mir jetzt noch gern ...

»Erst bringt er dich zum Weinen und dann will er
mit dir zusammen sein? Nein, Phoebe. Das zeigt doch
seine Oberflächlichkeit.«

»Oberflächlichkeit?«

»Ich weiß, dass das ziemlich fies klingt. Aber vermutlich ist es eben genau das. Als du noch etwas anders
ausgesehen hast, war er nie mehr als ein Freund für
dich. Und jetzt wird er schon wütend, nur weil wir
zusammen ins Kino gehen!«

Er irrte sich. Will hatte mir gesagt, dass er schon
damals etwas von mir wollte. Das hatte er zumindest
behauptet.

»Dir muss das nicht peinlich sein. Dass du Will schon
früher sehr gern gehabt hast, war nicht zu übersehen.«

Ehrlich nicht?

Dennoch gab ich darauf keine Antwort. Ich wollte
nicht mit Porter darüber reden. Generell fragte ich
mich, wie er auf dieses Thema gekommen war.

»Er ist nicht der richtige für dich, Phoebe. Du bist
klug, hübsch und einfach nur toll. Will hat das zu spät
gesehen. Und das weißt du.«

»Ich weiß gar nichts mehr«, gab ich offen zu.

»Kein Wunder. Ziemlich viel, was da in letzter Zeit
passiert ist ...«

Porter traf es mal wieder ganz genau und das gefiel
mir nicht.

»Wie ist das bei Ivy und dir?«, fragte ich drauflos.

»Bei Ivy und mir?«, fragte er leicht überrascht.

Ich nickte.

»Tja, unsere Freundschaft ist irgendwie ... kaputt-gegangen. Sie war mein Halt, als das mit Jessy passiert ist und ...«

Zach hatte damals auch mit Jessy geschlafen. Porters erster Liebe. Es musste für ihn wie ein Schlag gewesen sein, als dann auch noch Ivy mit Zach zusammengekommen war.

Instinktiv drückte ich seine Hand. »Es tut mir so leid.«

Porter blickte mich lange an. »Phoebe, kannst du mir einen Gefallen tun?«

»Sicher. Was denn?«

Porter blickte mich weiterhin an.

»Ich würde dich gern küssen.«

»Küssen?« Automatisch lehnte ich mich zurück. »Warum?«

»Ich will einfach wissen, ob ...« Er sprach den Satz nicht zu Ende und meine Fragen im Kopf überschlugen sich.

»Ähm ... ich weiß nicht ...«

Statt abzuwarten berührte er leicht meine Wange und ich erstarrte. Warum nicht? Es war nur Porter.

Der Porter, der bisher nur verletzt worden war. So manch einer nannte ihn tatsächlich „Das Opfer, das sich zu sehr angestellt hat" nachdem er wegen Jessy so verletzt gewesen war.

»Okay«, hörte ich mich flüstern und dann lagen seine Lippen schon auf meinen.

Der Kuss fühlte sich federleicht an und dann zog er sich kurz zurück.

Die ganze Zeit über hatte ich die Augen geöffnet. Es fühlte sich nicht richtig an, sie zu schließen. Was auch immer das zu bedeuten hatte.

»Phoebe.«

So liebevoll, wie er meinen Namen auch aussprach, so schnell wollte ich nur noch weg.

Irgendetwas fühlte sich vollkommen verkehrt an. Mein Puls schlug zwar heftig, aber nicht, weil ich den nächsten Kuss nicht erwarten konnte. Es fühlte sich einfach vollkommen falsch an, Porter so nah zu sein.

Und das war doch nicht richtig!

Porter war ein total netter Typ. Er war weder gehässig, noch sagte er dumme Sprüche. Er konnte zuhören, wenn ich etwas zu sagen hatte und ... und ... und ...

Ja, was und? Was zog mich an Porter an?

Er war weder unattraktiv noch unansehnlich.

Aber das war es auch schon.

Ich fühlte mich nicht zu ihm hingezogen. Ich liebte ihn nicht.

»Ich muss ...« Schnell griff ich mir mein Buch und meine Tasche. Die Decke ließ ich einfach liegen, weil ich einfach nur noch weg wollte. Dann ließ ich ihn auch allein zurück.

Kapitel 8

STALKERINNEN UND LIMONADEN VERTRAGEN SICH NICHT

WILL

»Und noch einer!«

»Hoch die Tassen!«

»Und weg!«

Die Jubelrufe wurden noch lauter, als Horses den Inhalt des Zwei-Liter-Eimer's mit einem großzügigen Schluck von der Erdgeschichte tilgte.

Wir feierten Horses Einstand in die Verbindung.

Normalerweise war ich mitten dabei, um einen weiteren Bruder Willkommen zu heißen. Vor allem diese Killermaschine Horses, der die vermutlich schwierigsten Prüfungen bestehen musste, die Zach jemals eingefallen waren.

Ich saß an der provisorischen Bar, die aus ein paar Holzpaletten bestand, und starrte in mein leeres Glas.

»Hast du Ivy gesehen?«

Zachs Frage ließ mich mit den Augen rollen.

»Nein und selbst wenn, würde ich deine Freundin ignorieren.«

»Was ist dir denn über die Leber gelaufen?«

Zach lehnte mit dem Rücken an der Bar und blickte zu Horses und den restlichen Jungs. Rusty saß links in der Ecke und tippte wie wild auf seinem Laptop herum. Man konnte nur hoffen, dass er nicht wieder irgendeinen krummen Scheiß drehte.

»Gar nichts«, antwortete ich und hob das Glas, damit man mir es so schnell wie möglich wieder füllen konnte.

»Ja, das sieht mir nach *gar nichts* aus«, erwiderte Zach und blickte kurz in mein Glas, das wieder gefüllt worden war.

»Spar es dir.« Ich kippte mir den Wodka mit einem Ruck in den Hals.

»Okay, was ist los?«

»Nichts.«

»Ist dir eigentlich klar, dass ich vor einem halben Jahr auch mal hier saß?«

»Wir sitzen hier alle irgendwann mal, Zach.«

»Ja, aber nicht mit diesem Ausdruck in den Augen. Also, was ist passiert?«

Schnaubend starrte ich weiter in mein Glas.

Die Musik war laut und einige sangen und brüllten bereits. Hauptsache, irgendjemand hatte gerade Spaß.

»Ich weiß es nicht«, seufzte ich.

Es fühlte sich an, als stünde ich wieder kurz vor einem depressiven Schub. Andererseits fühlte es sich dann nicht so an.

Nachdem ich über das Verandadach aus Ivys

Zimmer geklettert war, fühlte sich alles irgendwie völlig aussichtslos an.

Ich war nicht dumm. Mir war klar, dass Phoebs mich mochte. Sonst hätte sie sich niemals mit mir abgegeben. Aber ich hatte nicht damit gerechnet, dass sie wirklich dachte, ich wäre nur an ihr interessiert, weil sie jetzt schlanker war als damals.

Das war doch lächerlich!

»Hey Will. Hey Zach.«

Ein weiblicher Gast lief an uns vorbei und zwinkerte uns lächelnd zu.

»Tina«, grüßte ich sie kurz und sah kaum in ihre Richtung.

»Ach, Tina hieß sie. Du oder ich?«, fragte Zach, sah ihr aber nicht nach, weil er bereits wieder abwartend zur Tür starrte.

»Ich.« Zach wusste oftmals nicht, mit wem er bereits mal das Bett geteilt hatte. Das lag allerdings auch daran, dass er es tatsächlich nicht mehr wissen konnte. Es gab viele Tage in seinem Leben, die er vollgedröhnt verbracht hatte. Meistens war ich derjenige gewesen, der ihn dann aus der Scheiße gezogen hatte.

»Kein Interesse an einer Wiederholung? Sie scheint zumindest darüber nachzudenken, so wie sie dich von der anderen Seite des Zimmers angafft.«

»Nope. Kein Interesse«, erwiderte ich und hob wieder das Glas, damit es gefälligst schnell wieder gefüllt wurde.

»Also schießen wir uns heute ab, ja? Ein Wasser«,

bestellte Zach und bekam es auch direkt. »Komm schon, rede mit deinem besten Freund.«

»Es gibt nichts zu bereden.«

Was sollte ich auch erzählen? Ich hatte schon nicht mehr darüber nachgedacht, mich mit Phoebs aussprechen zu können. Ivy und Sienna hatten mir eine Chance gegeben, die ich nutzen wollte und die ich zwei Tage später zutiefst bereute.

Ich hatte ihr gesagt, was ich ihr schon sehr lange sagen wollte.

Dass ich mir mehr mit ihr wünschte ...

Und dann wurde mir klar, dass sie das niemals zulassen würde. Denn Phoebe dachte nicht rational. Sie dachte, wie sie eben dachte. Völlig überzogen.

»Oha.«

»Was?«, fragte ich, nachdem Zach dieses merkwürdige Wort benutzte.

»Ist das nicht diese kleine Stalkerin?«

Mein Blick schoss zur Tür.

Das darf doch nicht wahr sein.

Caroline war aufgetaucht.

»War sie nicht mit einem vom Schwimmteam zusammen?«

Ich nickte. »Das war zumindest der Grund, warum sie mich in Ruhe gelassen hat.«

Caroline blickte sich suchend um.

»Fuck.«

Und dann sah sie mich.

»O ja, sie will tatsächlich zu dir.« Dabei schlug er mir väterlich auf die Schulter.

Mit einem strahlenden Lächeln kam sie auf uns zu.

»Will, hallo. Ich hab dich gesucht.«

Mehr als ein gequältes Lächeln brachte ich nicht zustande.

»Da hast du aber Glück. Ah, meine Freundin ist hier. Ich muss los.«

Dieser miese Bastard Zach ließ uns mit einem fetten Grinsen allein.

»Zach ist mit Ivy zusammen. Sie sind ein süßes Paar.«

Dass Caroline Bescheid wusste, wunderte mich nicht. Sobald es etwas Neues gab, wusste sie es als Erste.

Damals dachte sie, mit ihrem Wissen würde sie mich begeistern können. Im Grunde war es einfach nur ermüdend, ihren Tratsch mitanhören zu müssen.

»Wie findest du mein neues Kleid?«

Das war ein Kleid? Es erinnerte eher an ein Stück Stoff, das gerade so alles verhüllte, was nicht nach *Unzucht* rief.

»Hübsch«, brachte ich gerade so heraus.

»Ich weiß nicht, ob du es schon weißt.«

Ich ignorierte sie, wobei das Caroline nicht wirklich interessierte. Sie sprach dennoch weiter. So wie immer.

»Mein Freund und ich haben uns getrennt. Na ja, eigentlich hat er sich getrennt. Aber ich bin total darüber weg und deswegen bin ich auch hier.«

»Aha.«

Dan, der heutige Barkeeper, kippte mir ohne eine Aufforderung meinerseits einen weiteren Wodka rein. Sein aufmunterndes Lächeln war Antwort genug für mich. Er kannte Caroline.

»Es war mir wichtig, dass du das weißt, weil ich ja weiß, wie hart dich das getroffen haben muss, als ich plötzlich eine feste Beziehung hatte.«

Ich kippte den Drink schnell runter. Das Brennen nahm ich kaum noch wahr.

Automatisch sah ich mich nach Zach um, weil der nicht da stand, wo Caroline sich befand.

»Mir ist klar, dass das vielleicht etwas plump von mir ist, wenn ich hier einfach so auftauche.«

Ach was … Gar nicht plump, eher gruselig.

Zach und Ivy knutschten an der Tür herum, bevor sie sich losriss und etwas zu ihm sagte.

»Aber es ist so schön, dich allein hier zu sehen. So verloren, als hättest du die ganze Zeit nur auf mich gewartet.«

Carolines Geschwafel wurde immer unerträglicher. Sie redete und redete, obwohl ich nicht mal Interesse vorheuchelte.

»Du hast doch auf mich gewartet, oder?«

Obwohl die Frage an mich gerichtet war, galt meine Aufmerksamkeit Ivy und Zach. Mein bester Freund hörte sich an, was sie zu sagen hatte, dann griff sie sich jemanden und riss sie wortwörtlich ins Haus.

Phoebs.

Sie hatte Phoebs mitgebracht!

Und was für eine Phoebs.

Sie trug ein dunkles Kleid, das nicht zu viel zeigte, sie aber wunderschön aussehen ließ. Ihre Haare hatte sie hochgesteckt. Ein paar Strähnen fielen ihr ins Gesicht.

Sie sah super aus und doch ... strahlte sie das nicht wirklich aus.

Phoebs lächelte Zach zögerlich an, als wünschte sie sich woanders hin. Ich konnte es ihr nicht verübeln. Allein drei Typen starrten sie lüstern an, was sie auch sofort bemerkte. Phoebs entging wenig, denn sie war viel zu clever, als die restliche Welt zu ignorieren, wenn es darauf ankam.

Und während Ivy und Zach miteinander quatschten, blickte Phoebs sich um. Unsere Blicke begegneten sich nicht sofort. Es war interessant mitanzusehen, wie sie diese Party sah. Als erstes fielen ihr die Kerle auf, die an der gegenüberliegenden Wand standen und sie unverhohlen musterten. Mehr als ein kurzes Blinzeln bekamen sie nicht von ihr.

Irgendwie witzig.

Ein Paar, das ein paar Meter vor mir auf dem Sofa knutschte, bemerkte sie als Nächstes.

Das ist wiederum interessant.

Vor allem, weil sie leicht schmunzelte.

Noch interessanter.

Und dann sah sie auf. Traf direkt meinen Blick.

Vermutlich war ich einfach zu verknallt, weil ich sie nur anstarrte, um diesen Wahnsinns-Blick zu genießen. Ich grinste sie an. *Phoebs ist hier!*

»O Will. Es tut gut, dass du dich so freust.«

Caroline umarmte mich stürmisch und drückte ihr Gesicht an meine Brust.

Was zum Teufel ...

»Ich wusste, wenn ich zu dir zurückkomme, können wir endlich da weitermachen, wo wir aufgehört haben«, murmelte sie in mein Hemd.

»Caroline ...«

Ich wusste nicht, wohin mit meinen Händen, blickte aber zu Phoebs, damit ich ihre Reaktion sehen konnte. Aber sie hatte ihren Blick bereits abgwandt, und redete mit Ivy.

»Lass mich bitte los.«

»Aber warum? Dein Zimmer ist doch oben. Wir könnten ...«

»Nein!«

Niemals. Nicht mal, wenn sie die letzte Frau auf Erden wäre.

Sie wirkte überrascht, weil ich so direkt war. Dann verhärteten sich ihre Züge.

»Was soll das heißen? Nein?«

»Caroline ... ehrlich. Was glaubst du denn, was das hier werden könnte?«

Mein Blick schoss erneut zu Phoebs. Ivy legte gerade einen Arm um ihre Schulter und grinste.

»Warum starrst du zu Ivy? Wer ist das neben ihr?«

Jetzt hatte also meine Stalkerin auch noch bemerkt, wie ich zu Phoebs starrte.

»Das geht dich nichts an. Wie wäre es, wenn du

einfach feiern würdest? Die Party ist für jedermann. Hab Spaß.«

»Du willst nicht mit mir Spaß haben, oder?«

Wie oft musste ich ihr das eigentlich noch erklären?

»Nein, ich wäre momentan eine richtige Spaßbremse.«

»Aber ...«

Ich schüttelte den Kopf und drehte mich demonstrativ um.

Egal was ich sagen würde, sie würde nicht aufhören.

»Ist sie weg?«, fragte ich Dan nach einer Weile.

Der nickte.

Sofort musste ich erst einmal tief durchatmen.

»Und Phoebe?«

Dan runzelte die Stirn.

»Die hübsche Dunkelblonde neben Ivy.«

»Ah.« Dans Blick schoss an mir vorbei. »Die ist nicht mehr da.«

»Was?«

Schnell drehte ich mich um. Zach und Ivy knutschten herum, während Phoebs nirgends zu sehen war.

»Das darf doch nicht ...« Rasch blickte ich mich im Wohnzimmer um.

Sie war nicht hier.

Schnell lief ich an Ivy und Zach vorbei und blickte in den Flur.

»Wo ist Phoebs?«

»Hm?«

Zach konnte sich nur schwer von Ivy lösen, bemerkte mich aber.

»Dein Mädchen muss hier irgendwo sein.«

»Sie ist nicht mein Mädchen«, stellte ich klar und blickte hoch zur Treppe. Aber da war sie auch nicht zu sehen.

»Schon klar. Dann lass sie halt allein die Party genießen. Was kümmert es dich?« Und schon knutschte er sie weiter ab.

Ich biss den Kiefer zusammen.

Ja, warum lasse ich sie das nicht allein machen?

Ich lief weiter und stockte, weil ich fast an der Küche vorbeigelaufen wäre.

Phoebs saß auf der Küchentheke und redete mit einer anderen Studentin. Sie lachte über irgendetwas, dabei schaukelte sie mit ihren nackten Beinen.

Das Kleid stand ihr wirklich toll. Aber noch schöner war Phoebe. Sie strahlte regelrecht pure Freude aus.

Wie so oft musste ich erkennen, dass es ein Privileg war, wenn Phoebs jemanden ihr ehrliches und offenes Lächeln schenkte.

Umso schlimmer fand ich es, dass sie wirklich dachte, sie wäre all dies nicht. Schön, ehrlich und offen. Sie konnte es sein, wenn sie jemandem gut genug vertraute.

Mir vertraut sie offenkundig nicht.

Und diese Tatsache frustrierte mich. So sehr, dass die zig Wodkashots mich ein wenig unüberlegt machten. Mit schnellen Schritten trat ich in die Küche.

Phoebs und Lila, die ich aus irgendeinem Kurs kannte, sahen mich an.

»Störe ich?«, fragte ich direkt.

»Ach was. Ich wollte mir nur eben noch ein Bier holen.«

Lila hatte momentan etwas mit Horses, wenn ich mich nicht irrte.

»Wir sehen uns Phoebe.«

»Klar.«

Lila ließ uns – Gott sei Dank – schnell allein.

»Möchtest du auch etwas trinken?«

Phoebe schüttelte den Kopf und hörte auf, ausgelassen mit den Beinen zu schaukeln.

»Ich bin überrascht, dich hier zu sehen.« Phoebs hasste Partys.

Sie zuckte mit der Schulter, als wäre das keine große Sache.

Statt mir selbst noch ein Bier aus dem Kühlschrank zu holen, lehnte ich mich ihr direkt gegenüber und beobachtete sie.

»Das hast du schon früher immer getan«, sagte sie und spielte mit ihren Fingern herum.

»Was?«, fragte ich sie, ohne sie aus den Augen zu lassen.

»Mich angesehen, als würdest du nach etwas suchen.«

»Tatsächlich?« Ich schmunzelte. Phoebe war genauso aufmerksam wie ich.

Obwohl ich das nicht geplant hatte, stellte ich mich vor sie, legte die Arme rechts und links von ihr ab und stand so auf Augenhöhe mit ihr. Dass Phoebe sich nicht mal einen Zentimeter bewegt hatte, hätte mich laut jubeln lassen sollen. Aber das hier vor mir war Phoebe ... Man konnte nie wissen, was als nächstes über ihre schönen Lippen kamen.

»Und was glaubst du, was ich suche?«

»Du ... du hast mir doch gesagt, was du suchst.« Sie schluckte, während ihre Augen wie wild funkelten. »Ein Mädchen, das weiß, was sie will.«

Im Grunde hatte sie recht.

»Stimmt.« Einen langen Moment beobachtete ich, wie sie die Stirn fragend runzelte und wohl darauf hoffte, dass ich noch mehr sagen würde.

Aber dieses Mal war nicht ich am Zug.

Ich hatte ihr klargemacht, wen und was ich wollte. Phoebe musste jetzt nur noch begreifen, dass ich es ernst meinte.

Ihr Blick senkte sich leicht, so, als würde sie gern den Abstand zwischen uns vergrößern, wusste aber nicht, wie sie das bewerkstelligen könnte.

»Gut, dann wünsche ich dir mal einen schönen Abend.«

Ich zog mich zurück und gab ihr den gewünschten Abstand.

Phoebe hob den Kopf wieder und nickte langsam. »Okay. Dir auch.«

Während ich mich von ihr abwandte, presste ich den Kiefer zusammen, weil ich am liebsten etwas völlig anderes getan hätte.

Aber würde sie das zulassen? Oder mir vermutlich sogar eine pfeffern?

Die Frage stellte ich mir nicht mehr, als ich sie allein in der Küche zurückließ.

Mein Weg führte mich wieder zur Bar, vor der selbstverständlich Porter stand und sich suchend umschaute.

Natürlich.

»Was zum Teufel will der denn hier?« Meine Frage war an mich selbst gerichtet.

»Ein Mann wie er, taucht hier nur auf, wenn er entweder lebensmüde oder aber 'ne Tussi möchte.«

Zach stand neben mir und starrte zu dem Deppen rüber.

»Ich gehe mal davon aus, dass er deine Tussi sucht.«

»Phoebs ist nicht ... Woher willst du wissen, dass er sie sucht? Vielleicht will er auch zu Ivy«, erwiderte ich gereizt.

»Unmöglich«, antwortete mein bester Freund und blickte konzentriert zu ihm. »Sonst müsste ich ihm ziemlich wehtun.«

Auch ein Argument.

»Ivy hat mir erzählt, dass du dich mit Phoebs ausgesprochen hast«, schnitt Zach jetzt ein ganz anderes Thema an, während wir dabei zusahen, wie Porter mit Dan sprach.

»Hat sie das?«, fragte ich desinteressiert und beobachtete den gleichen Deppen.

»Und dass du am Ende das Verandadach als Fluchtweg genutzt hast. Danke übrigens. Damals wollte sie, dass ich aus dem anderen Fenster springe, damit niemand bemerkt, dass ich bei ihr gepennt hatte. Jetzt weiß sie, dass das Dach auch eine gute Option wäre.«

Ich erinnerte mich an das andere Fenster.

»Sie wollte, dass du an einem Nadelbaum herunterkletterst?«, fragte ich überrascht.

»O ja. Und ihr waren die Folgen scheißegal. Sie wollte nicht, dass die anderen Mädels mitbekamen, wie verknallt sie in mich war.« Zach schmunzelte über diese Tatsache. »Und wenn Phoebs nur annähernd wie mein Mädchen ist, dann kannst du dich auch schon auf solche Sachen vorbereiten.«

»Phoebs ist nicht ...« Ich seufzte und schloss kurz die Augen.

Was zum Teufel machte ich mir hier eigentlich vor? Kein Mädchen, keine Frau hatte mich bisher so lange am Hals wie sie. Um keine Frau hatte ich so kämpfen müssen und dabei ständig den Kürzeren gezogen. Caroline zählte nicht, die war einfach nur verrückt.

Aber Phoebs? Seit Monaten, seit fast einem Jahr ging sie mir nicht mehr aus dem Kopf.

Was an einem milden Septemberabend auf der Veranda angefangen hatte, hatte sich zu etwas anderem entwickelt.

»Es ist kompliziert«, sagte ich stattdessen und beobachtete, wie Dan etwas zu Porter sagte.

Zum Trinken war er also nicht gekommen.

Wie überraschend.

»Ein guter Freund würde jetzt sagen«, Zach blickte mich an, »das ist es ja immer.«

»Und der beste Freund würde sagen?«

»Der beste Freund würde sagen: Kompliziert sind nur die besten Dinge im Leben. Sonst wäre es doch auch langweilig.«

Ich grinste, sah aber aus dem Augenwinkel, wie Porter sich von der Bar wegbewegte.

Automatisch rief ich ihn.

»Wohin des Weges?«

Seufzend wandte er sich zu mir um. Seine Nase sah noch immer leicht lädiert aus. *Genugtuung pur.*

»Ich suche jemanden.«

»Ach? Tust du das, ja?«

»Du machst dich langsam wirklich zum Idioten, Will.«

»Sag das noch mal.«

Ich stellte mich direkt vor ihn, ohne ihn aus den Augen zu lassen.

»Und dann auch mit mehr Mut in den Augen. Sonst könnte ich meinen, du hättest schiss, dass ich dir heute wirklich die Nase breche.«

Porter und ich waren gleich groß. Und doch war klar, dass nicht er derjenige war, der jeden Morgen zehn Meilen lief und danach noch zwei Stunden Rugbytraining hatte.

»Gewalt ist immer eine Lösung bei euch, oder? Dein Präsident hat es schon nicht anders ...«

»Vorsicht ...«

Zach stand hinter uns. Ich hob abwehrend die Hand, ohne mich von Porter abzuwenden.

»Du wirst jetzt diese Tür benutzen und dich verziehen«, stellte ich klar.

Porter schmunzelte leicht.

Er will wirklich noch, dass ich ihm die Nase breche.

»Sonst was? Wirst du Phoebe noch mal vorführen, wie du wirklich bist?« Er hob provozierend die Hände. »Na los, schlag zu. Du willst es doch!« Dann machte er noch einen Schritt auf mich zu. »Du wirst niemals damit klarkommen, dass ich sie küssen durfte!«

Was zum …

Ich suchte die Lüge in seinen Augen, aber dieses miese Grinsen war alles andere als gelogen. Er fühlte sich wie ein Sieger, nur dass ich das Memo verpasst hatte, indem das hier als Spiel angekündigt wurde.

»O man«, hörte ich Zach seufzen.

Doch dann sorgte ein greller Schrei dafür, dass wir alle zur Küche sahen. Wir standen im Flur zur Küche und hatten freie Sicht auf Phoebs und Caroline.

Caroline? Was zum Teufel treibt sie bei Phoebs?

Und warum hielt Phoebs eine Dose Coke hoch, die sie Caroline gerade …

Oha.

Kapitel 9

Seufzend suchte ich im Kühlschrank nach etwas zu trinken. Da weder Wasser noch Saft zu finden war, griff ich nach einer Dose Coke.

Will hatte mich erneut mit tausend Fragezeichen im Kopf zurückgelassen.

Ich kletterte wieder auf die Küchentheke und öffnete die Dose.

Wann hatte ich das letzte Mal so etwas getrunken? Ich konnte mich beim besten Willen nicht daran erinnern.

Ich wollte gerade trinken, als eine Stimme ertönte.

»Wer bist du?«

Die dunkelhaarige Schönheit stand an der Küchentheke und musterte mich von Kopf bis Fuß. Anscheinend mochte sie nicht, was sie sah.

Nett. Der Blick ist mir tatsächlich bekannt.

»Ich habe dich gefragt, wer du bist!«

Ich erinnerte mich an sie. Sie hatte vorhin an Will geklebt, als ich hereingekommen war. Und mir war auch klar, wieso sie mir bekannt vorkam.

Damals war sie zwar nackt gewesen, als sie über das Rugbyfeld gerannt war, aber es war unverkennbar diese Caroline. Wills Stalkerin. Sie war wieder da.

»Phoebe«, antwortete ich, obwohl ich ihr gar nichts hätte sagen sollen.

»Phoebe? Wie die dicke Phoebe, die Will immer vollgelabert hat?«

Anscheinend hatte seine Stalkerin grandiose Arbeit geleistet.

»Nein, die bin ich nicht mehr.«

Den Satz auszusprechen fühlte sich ziemlich falsch und so endgültig an.

Ich hatte abgenommen, weil ich dachte, ich könnte dann die letzten Jahre hinter mir lassen. Aber alles, was ich bisher geschafft hatte, war ...

»Was willst du von Will?«

Ihr angriffslustiger Ton und dieser böse Blick gingen mir langsam gegen den Strich.

»Offensichtlich ist er nicht ganz bei sich, wenn er denkt, dich ansehen zu müssen, als wärst du ...«

Caroline wirkte leicht angewidert.

»Als wäre ich was?«

»Egal. Du lässt die Finger von ihm. Ist das klar?«

So langsam wurde ich wirklich sauer.

Obwohl mich sonst keine zehn Pferde auf eine Party drängten, wollte ich heute hier sein.

Ich hatte gedacht, es lag an Porters Kuss, aber das war es nicht wirklich. Während sich wohl viele Frauen über diesen Kuss gefreut hätten, dachte ich nur darüber nach, wie es wohl wäre, wenn Will mich auf dieser Decke geküsst hätte. Wäre ich dann auch einfach gegangen?

»Ich rede mit dir. Hast du mich verstanden? Will ist nichts für dich. Er gehört mir!«

»Ach wirklich?« Ich nahm einen Schluck von der Coke und genoss, wie die Kohlensäure meinen Hals entlanglief.

Caroline folgte der Bewegung meiner Hand, die die Dose hielt.

Normalerweise würde ich jetzt verschwinden. Mich verkriechen und mich darum bemühen, ihre Worte nicht an mich ranzulassen. Was wiederum eine Lüge wäre. Ich würde mich in den Schlaf weinen.

»Er liebt mich. Das ist doch offensichtlich. Wer weiß, wann du wieder fett wirst, immerhin ...«

An dieser Stelle würde ich jetzt gern sagen können, dass meine Bewegung nicht von mir gesteuert wurde. Aber hey ... das wäre einfach noch eine Lüge gewesen.

Ich hob die Dose und kippte den gesamten Inhalt über ihre hübsche Gestalt.

Caroline hob den Blick, hatte den Mund schreckgeweitet geöffnet, kreischte lauthals auf und sah aus wie ...

Ich grinste, weil meine Gesichtszüge sich auch nicht mehr steuern ließen.

»Warum hast du das getan?«, kreischte sie und wischte sich über das feuchte Gesicht.

Ich sprach die ersten Worte aus, dir mir einfielen. »Weil ich es wollte.«

Dann sprang ich von der Küchentheke und konnte nicht mehr aufhören zu grinsen.

Tatsächlich habe ich das getan, was ich machen wollte.

Aber mir fiel das Grinsen aus dem Gesicht, als ich Porter und Will im Flur stehen sah. Beide wirkten überrascht, bis Porter etwas sagte und Will instinktiv seinen Hemdkragen packte und etwas erwiderte.

Ich lief so schnell es mir möglich war zu den beiden, bevor es erneut so endete wie im Kino.

»Was soll das? Will, lass ihn los.«

Obwohl das Haus voll mit Leuten war, drängten sich viele um uns, weil sie sehen wollten, was als Nächstes passierte.

Zach stand neben mir, sagte und tat aber nichts.

»Willst du dich nicht einmischen?«, fragte ich ihn.

Zach blickte mich an, als hätte ich den Verstand verloren.

»Will, lass ihn los!«

»Geht nicht«, kam von ihm.

»Was? Warum nicht?«

»Weil er nicht kann, Phoebe. Er verträgt es nicht, dass ich dich als erster geküsst habe«, provozierte Porter ihn.

Ein Muskel an Wills Kiefer mahlte. Er ließ Porter einfach nicht los.

»Oder sollte ich erwähnen, dass du mir deine Erlaubnis gegeben hast? Klingt das ...«

»Halt die Klappe!«, fuhr Will ihn an. Noch immer hielt er ihn am Kragen fest und Porter machte keine Anstalten, von ihm loszukommen. Er grinste nur.

»Das erste Mal kann ich es gewiss sagen: Sie will mich und nicht …«

Bevor Porter den Satz beenden konnte, hatte Will ihn von sich gestoßen und in ein paar Studenten geworfen. Dann marschierte er aus dem Haus.

»Will!« Ich wollte ihm hinter her, aber Zach stellte sich mir direkt in den Weg.

Ach, auf einmal mischt er sich ein?

»Sicher, dass du da rausgehen willst?«, fragte er mich.

»Was soll das denn für eine Frage sein? Natürlich will ich …«

»Weil …« Er brachte etwas Abstand zwischen uns, um mich wachsam zu mustern. »… er mein bester Freund ist und du endlich wissen solltest, was du willst.«

Ich holte einmal tief Luft.

»Wenn du mich nicht vorbeilässt, wirst du gleich Bekanntschaft mit meiner 38er machen, Zach.«

Die trug ich zwar nicht bei mir, aber ich würde sie holen. Zach machte mir Platz.

»Na, dann los, Will kann schnell laufen.«

Zach wirkte amüsiert und nicht zu Tode verängstigt.

Verstehe mal einer die Männer.

Ich blickte kurz zu Porter, der sich gerade aufrappelte und mich schweigend musterte.

Dabei versuchte ich ein entschuldigendes Lächeln, aber Porter schien das gerade wenig zu interessieren. Er wirkte ziemlich wütend.

Aber gut, er wollte Will provozieren und hatte es geschafft.

Mir fielen als erstes die vielen Leute auf der Veranda auf. Aber dort war er nicht.

Ich stieg die Treppe herunter und rieb mir die nackten Oberarme. Es war frisch geworden. Kein Wunder, es war schon nach Mitternacht.

»Will?« Ich stand mitten auf der Straße und drehte mich um mich selbst. Erst Sekunden später bemerkte ich die dunkle Gestalt, die auf der anderen Bürgersteigseite lief.

Will!

»Warte!«

Er musste mich gehört haben und doch lief er stur weiter.

»Jetzt bleib doch stehen!«, rief ich ihm zu.

»Geh wieder zur Party, Phoebe.«

Phoebe. Nicht Phoebs.

Ich lief hinter ihm und traute mich nicht mal den gleichen Bürgersteig zu benutzen, so verschlossen und distanziert wirkte er auf mich. Ich befand mich noch halb auf der Straße.

Es war so dunkel, dass ich ihn immer nur richtig sehen konnte, wenn er an einer Straßenlaterne vorbeiging.

»Nein, ich will ...«

Bevor ich zu Ende reden konnte, schnaubte er.

»Was ist denn jetzt wieder dein Problem?«

»Mein Problem?«, fragte er, als würde er mit sich selbst reden und blieb dann stehen. Voller Zorn drehte er sich zu mir um, um mich anzusehen. »Mein Problem ist doch wohl offensichtlich. Und was ist deines?« So kannte ich Will nicht.

Ich wollte meinen Mund öffnen, aber da kam er mir schon zuvor.

»Ach vergiss es. Du wirst es mir ja doch nicht sagen und wenn, ohne mir die Chance zu geben, dich von etwas anderem zu überzeugen. Ich tue seit Monaten nichts anderes und ...«

Redete er jetzt mit mir oder mit sich selbst?

»So musste sich also Zach die ganze Zeit über gefühlt haben. Scheiße, es ist schlimmer als ich gedacht hatte.«

Definitiv redete er jetzt mit sich selbst, statt mit mir, und das machte mich wütend. Erneut würde ich gerne sagen, dass eine höhere Macht die Kontrolle über mich übernahm. *Aber hey, man kann es ja versuchen.*

»William Richard Miller!«

Er hatte mir mal seinen Zweitnamen verraten. Und einmal mehr hatte ich ihm versprochen, ihn deswegen nicht aufzuziehen. Seine Mom hatte ihn nämlich nach König Richard Löwenherz benannt.

»Was?«, rief er genervt und drehte sich wieder zu mir um.

»Warum bist du wütend auf mich? Du warst es, der Porter ...«

»Das fragst du mich allen Ernstes?«

»Ja«, gab ich offen zu.

»Großer Gott, Phoebs.« Er fuhr sich durch sein schönes Haar und blickte einen langen Moment in den sternenklaren Himmel. »Nicht nur, dass du absolut nicht weißt, was du willst ... Du siehst die offensichtlichen Dinge nicht. Selbst wenn sie direkt vor dir liegen würden, würdest du dich dennoch fragen, was das soll.«

»Das klingt ziemlich gemein«, stellte ich leise fest.

»Das ist ziemlich frustrierend. Das ist es, Phoebs!«

Unsere Blicke trafen sich. Will schaute mich wieder so an, als wüsste er mehr über mich als ich selbst.

Ein sehr merkwürdiges Gefühl, das mich überkam. Deswegen suchte ich schnell ein anderes Thema.

»Ich hab Caroline ...«

»Du hast ihr deine Coke über den Kopf gegossen«, stellte Will sachlich fest, konnte aber ein leichtes Schmunzeln nicht zurückhalten.

»Hab ich.«

»Warum?«

»Weil ich es wollte.«

»Ach?« Sein weiterhin nüchterner Tonfall machte mich fertig.

So war Will nicht. Nie gewesen. Und ich war dafür verantwortlich.

»Warum solltest du das wollen?«

So beiläufig wie er das fragte, im Schein einer Straßenlaterne, erwartete er vermutlich keine Antwort von mir. Normalerweise würde ich darauf auch keine geben. Denn dann müsste ich die Wahrheit sagen. Die Wahrheit, warum ich Caroline nicht mochte.

Ja, sie hatte mich beleidigt und es hatte mir nicht gefallen. Aber noch mehr gefiel mir nicht, wie sie über Will sprach. Als würde er ihr gehören.

»Ich ...« Die kühle Luft half, um nicht vor Scham rot anzulaufen.

»Ich mochte nicht, wie sie über dich geredet hat.«

Will runzelte die Stirn und sah mich an. Mehrere Fuß trennten uns voneinander. Jeder, der hier vorbeikommen würde, würde bemerken, wer hier gerade Herr seines Körpers war. Ich war es nicht.

»Außer meinem Dad hat noch niemand zu mir gesagt, ich soll sagen, was ich will.«

Will erwiderte daraufhin nichts. Ich spürte nur seinen Blick, der auf mir ruhte.

»Nicht mal ich selbst hätte gedacht, dass ich das jemals überhaupt denken könnte. Immerhin habe ich nie zu den Menschen gehört, die das bekommen, was sie wollen.«

»Warum hast du ihr die Coke über den Kopf geschüttet?«, wiederholte er seine Frage und hatte sich mir jetzt ganz zugewandt.

»Und dann dachte ich, dass ich mir nehmen sollte, was ich wollte.«

»Warum hast du ihr die Coke über den Kopf geschüttet?«

»Porter war da und ich dachte ...«

»Warum hast du ihr die Coke über den Kopf geschüttet?«

»Du weißt, warum!«

»Nein, das weiß ich nicht, wenn du es nicht aussprichst!«

Der Asphalt gefiel mir gerade besser. Zumindest starrte ich lieber dorthin als in Wills Gesicht.

»Du und dein verdammtes Ego«, murmelte ich mehr zu mir selbst. Aber er hörte es trotzdem.

Und als Will lauthals lachte, schaute ich endlich auf.

»Mein Ego? Phoebs, ich besitze so gut wie keines mehr. Seit Monaten versuche ich herauszufinden, warum du sauer auf mich bist. Dann finde ich es endlich heraus und merke erst dann, wie wenig du eigentlich von mir hältst.«

»Das stimmt nicht«, fuhr ich ihm schnell dazwischen.

»Ach nein? Du hast gedacht, ich würde dich nicht mögen. Du hast angenommen, dass ich dir nicht sagen würde, wenn du mich nerven könntest. Ich meine, ich hätte nie gedacht, dass so eine Ivy und Zach-Geschichte zwischen uns entstehen könnte. Allerdings ohne den Teil, bei dem wir zusammenkommen ...«

Ich biss mir auf die Unterlippe, weil ich wirklich nicht sagen wollte, was mir durch den Kopf ging. Aber war nicht eben das wichtig zu ändern?

Phoebe Minton sollte sagen können, was sie wollte.

»Ivy war noch nie so glücklich wie mit Zach«, stellte ich klar. »Es war für uns alle ziemlich ermüdend mitanzusehen, wie die beide sich lieber fetzen als ... Na ja, eben zusammen zu sein. Aber sie sind es jetzt. Und beide scheinen glücklich. Am Ende zählt das Ergebnis.«

»Am Ende zählt das Ergebnis?«, wiederholte er meinen Satz mit einer leichten Frage im Ton.

Ich zuckte mit der Schulter.

»Unser Mathe-Prof wäre da wohl anderer Meinung, aber soweit ich weiß, ist der auch das dritte Mal geschieden.«

»Ist er das?«, fragte Will leicht schmunzelnd.

»Jepp.«

Da standen wir nun. Von weitem klang die Musik der Party zu uns.

»Du solltest wieder reingehen. Es ist ziemlich frisch.«

Er wollte, dass ich wieder ging?

»Mir ist nicht kalt«, antwortete ich, obwohl das eine Lüge war. Ich war mir jetzt mehrmals über meine nackten Arme gefahren.

»Du lügst. Warum? Das tust du doch sonst auch nicht.«

Ich öffnete den Mund, um etwas darauf zu antworten, aber was sollte ich schon erwidern?

Die Party war mir gleichgültig, ich war aus einem Impuls herausgekommen, weil ... weil ...

»Phoebs?«

»Ich weiß es nicht.«

»Ich glaube, du weißt es doch.«

»Nein, weiß ich nicht!«, beharrte ich stur auf meine Antwort.

»Und schon wieder eine Lüge.« Will schien aber keineswegs wütend.

Er war auf mich zugekommen. Kam immer näher.

»Ich denke, du lügst, weil du dir selbst nicht eingestehen willst, warum du ausgerechnet zu unserer Party gegangen bist. Hab ich recht?«

Stur verschränkte ich die Arme vor der Brust und starrte auf seine Schulter. Jetzt in sein Gesicht zu sehen, traute ich mich einfach nicht.

Er seufzte. »Hab ich einen schlechten Einfluss auf dich?«

»Was?« Automatisch trafen sich unsere Blicke.

Will sah mich an, als würde er sich über meine Antwort tatsächlich freuen.

»Sag mir, warum du hier bist, Phoebs ... Warum hast du Caroline mit einer Coke übergossen? Und warum hast du *ihn* geküsst?«

Seine letzte Frage überraschte mich, weil ich darauf überhaupt nicht vorbereitet war.

»Ich wollte ...« Dann schluckte ich, weil mein Hals sich so trocken anfühlte. »Wissen wie es ist.«

»Was wissen?«, fragte er und strich mir eine Strähne aus dem Gesicht. Einen Moment lang schien er eben diese Strähne konzentriert anzusehen, dann blickte er mir wieder ins Gesicht.

»Ich wollte nicht weiter über dich nachdenken«, gab ich dann ehrlich zu und schloss beschämend die Augen.

»Und deswegen küsst du einen anderen?« Seine ruhige, fast schon sanfte Stimme ließ meinen Puls nur noch höher schlagen.

»Porter war da für mich.« Der Satz schlüpfte so aus mir heraus. Und das war ein Fehler.

Ich spürte nahezu, wie Will erstarrte. Dann trat er zurück und steckte die Hände in die Hosentaschen.

»Ich meine ...«

»Schon gut, Phoebs. Es stimmt. Du hast über mich sonst etwas gedacht und Porter war der nette Student von nebenan, der sich um dich gekümmert hat.«

»So war das nicht ...«

»Doch. So war es gemeint. Und es ist okay.«

Es war nicht okay. Das war mir sofort klar.

»Will.«

Ich trat auf ihn zu, aber er hatte sich schon halb von mir abgewandt.

»Geh zurück. Wir sehen uns.«

Und dann lief er weiter.

Meine Lippen bebten. Nicht, weil es kühl war. Ich hatte es vermasselt. Warum hatte ich das auch über Porter gesagt?

Weil es stimmt.

Er war da gewesen, weil ich Will ausgeschlossen hatte.

Ich hatte Dinge angenommen, die einfach völlig bescheuert waren. Will hatte mir nie wehgetan. Damals hatte ich es angenommen, weil jeder irgendwann …

Ich hob den Blick und starrte in den klaren Sternenhimmel.

Weil mich jeder irgendwann mal verletzt hat.

Aber Will hat nichts getan.

Er würde mir nie etwas tun.

Die ganze Zeit über hatte ich nur das Schlimmste über ihn gedacht und im Grunde wollte er … er wollte ein Date mit mir. Der Junge, den ich die ganze Zeit über geliebt hatte.

Quälend langsam schloss ich die Augen.

»Ich liebe dich doch, du Dummkopf.«

Plötzlich schlossen sich Arme um mich.

»Das ist schön zu hören«, antwortete Porter, der mir ins Ohr flüsterte.

Ich erstarrte und auch er erstarrte, weil er meine Reaktion bemerkte.

»Phoebe?« Fast schon drohend sprach er meinen Namen aus und ich drehte mich zu ihm um.

»Porter.« Ich lächelte, weil ich ihn auf keinen Fall verletzen wollte.

Er hatte Jessy und Ivy verloren. Was würde passieren, wenn auch ich ihm so wehtun würde?

»Will ist nicht hier?« Porter sah sich vorsichtig um, als würde er ihn gleich neben mir entdecken. Aber er war eben nicht mehr da. Will war gegangen.

Die Tatsache versetzte mir erneut einen kleinen Schlag.

»Nein, wie kommst du darauf?«

Seine Muskeln entspannten sich sichtlich, dann lächelte er mich an.

»Ich hab dich mehrmals gerufen.«

Deswegen nahm er an, dass mein Geständnis an ihn gerichtet war?

»Jessy hat das auch oft gemacht. Gedankenverloren vor sich hin gestarrt.«

Warum erwähnte er jetzt Jessy? Weil sie sich damals in Zach verliebt hatte und es ihm erst sehr spät gesagt hatte? Oder einfach nur, weil er Jessy mit mir verglich?

»Wirklich alles in Ordnung mit dir?«

»Klar. Bei mir ist alles in Ordnung. Und bei dir?«

»Du meinst wegen Will? Er weiß einfach nicht, wann es genug ist.«

»Ihr beide solltet euch aus dem Weg gehen, Porter. Was hast du überhaupt auf der Party gemacht? Du weißt, dass Zach auch nicht gut auf dich zusprechen ist.«

Porter biss den Kiefer zusammen. Es war offensichtlich, dass er sich um Beherrschung bemühte.

»Er denkt, er kann sich nehmen, was ihm nicht gehört.«

»Will?«, fragte ich, obwohl das überflüssig war. Es war klar, dass er gemeint war.

»Diese ganze Verbindung nimmt überhaupt nichts ernst. Sie nehmen sich, was sie wollen. Ich wollte nach dir sehen, nach dem ...«

Nach dem Kuss wollte er nach mir sehen.

»Mir geht es gut, Porter. Es gibt in letzter Zeit nur sehr viel, das mich beschäftigt.«

»Offensichtlich.« Erneut blickte er sich um, als würde er gleich auf Will treffen.

»Soll ich dich nach Hause bringen?«

Mehr als ein simples Nicken brachte ich nicht zu Stande.

Kapitel 10

KINDERGARTEN MIT TELENOVELA-NIVEAU

PHOEBE

»Ich bin fix und fertig.«

Sienna setzte sich zu mir auf die Bank, auf der ich seit ein paar Minuten saß und vor mich hingestarrt hatte. Will saß vier Reihen von uns entfernt mit ein paar Teamkollegen und Studentinnen, die gerade wegen irgendetwas lachten.

»Weißt du, da ich gewissen Serienfiguren hinterhertrauere und eine schlaflose Nacht hinter mir habe, für die du verantwortlich bist, würde ich mich zumindest freuen, wenn du etwas Mitleid heucheln würdest.«

»Was?«, fragte ich abwesend, während eine der Studentinnen gerade Wills Schulter berührte und ihren Kopf dann auch noch an ihn anlehnte.

Wer war sie? Warum tat sie das? Und warum zum Teufel ließ Will das überhaupt zu?

»Ich sagte, die rosa Schweinchen, die an uns vorbeigeflogen sind, könnten heute ein bisschen besser auf die Vorfahrt achten.«

»Ja, okay«, murmelte ich; Will flüsterte diesem Mädchen etwas ins Ohr und ich sah wie ein Masochist dabei zu, wie diese leicht erschauderte.

»Herrgott, Phoebs!«

Sie entriss mir mein Buch, an das ich mich wie eine Ertrinkende geklammert hatte, und erst dann sah ich sie wirklich an.

Wie fast immer trug sie diese große, dunkle Sonnenbrille. Vermutlich könnte sie stetig eine Skimaske tragen. Sie sah einfach immer wunderschön aus.

»Lass das arme Buch in Ruhe und beruhige dich.«

»Ich bin ruhig«, behauptete ich und erneut lachte die gesamte Truppe inklusive Will auf.

»Glaub mir, Süße. Ich sehe es, wenn eine Frau eifersüchtig ist. Und du, meine Liebe, du glühst förmlich.«

»Ich bin nicht ...«

Dieses Mal hörte man nur eine weibliche Stimme laut lachen. Vermutlich war das Wills Sitznachbarin. Vielleicht auch nicht.

»Wow. In dir steckt wirklich eine kleine Raubkatze, oder?« Sienna wirkte amüsiert.

»Dann erzähl mal, was gestern auf der Party los war. Ich hab gehört, wie du mit Ivy los bist.«

»Ich war nicht lange da ...«

»Auch das habe ich mitbekommen. Was war los?«

Hatte Ivy ihr noch nichts erzählt? Als hätte sie meine Gedanken gelesen, sprach Sienna schon weiter: »Ivy hat bei Zach gepennt. Also muss ich direkt die Quelle anzapfen. Was ist passiert?«

»Nichts ist passiert.« *Oder eben doch, aber nicht das, was sie meint.*

Seufzend schüttelte sie den Kopf.

»Ich kapier es nicht. Wir sperren dich mit Will in ein Zimmer mit Bett ein und nichts passiert. Du ziehst ein hübsches Kleid an und gehst auf die Party. Und wieder soll nichts passiert sein? Erst dachte ich ja, Ivy hätte ein paar Schrauben locker. Aber bei dir Fräulein? Bei dir hat man das Gefühl, als wäre die Gebrauchsanweisung auf chinesisch und niemand könnte sie jemals entschlüsseln.«

»Mandarin.«

»Hm?«

»Man nennt die Sprache in China Mandarin.«

»Das meine ich doch!«, rief sie laut und ein paar Tischnachbarn drehten sich kurz zu uns um. »Du kennst so gut wie jede Antwort auf jede verschissene Frage. Aber bei Will?« Sie schnipste mit den Fingern. »Vergeigst du es!«

»Ja, okay. Ich hab Will unrecht getan. Es stimmt!«, gab ich das zu, was sie anscheinend hören wollte.

Sienna nickte. Anscheinend war sie stolz auf mich wegen dieser Offenbarung.

»Klingt doch schon viel besser.«

»Klingt doch schon viel besser? Sienna, ich hab seiner Stalkerin Cola über das Kleid gekippt und bin ihm hinterher gerannt wie ihre Nachfolgerin!«

»Caroline hast du was über das Kleid gekippt?« Sie lachte. »Da geht man einmal nicht auf eine Party und verpasst so etwas.«

»Super, du kennst seine Stalkerin also auch ... Das ist wundervoll.«

Erneut hörte man dieses verdammte Gekicher.

»Jeder kennt Caroline, die Flitzerin.«

»Super. Einfach super.«

»Ah!«, rief sie aus, sodass sich erneut einige Leute nach uns umdrehten. »Lass mich raten: Die Flitzerin war damals gemeint, als du dieses ominöse Gespräch belauscht hast!«

Widerwillig nickte ich und erneut schrie sie herum, als hätte sie es von Anfang an gewusst.

»Ich wusste es! Und du hast nicht auf Tante Sienna gehört. Tja, war die Diät wohl umsonst ...«

»Ich hab es nicht wegen Will getan.«

»Natürlich nicht. Trinkst du das noch?«

Sie zeigte auf meine Wasserflasche und ich schüttelte den Kopf. Dann griff sie sich diese und trank einen kleinen Schluck.

»So, du hast also der Flitzerin die Leviten gelesen.«

Ich blicke sie grimmig an, weil sie schon wieder davon anfing.

»Sieh mich nicht so an. Ist doch wohl klar, dass die Kleine ihr Revier abstecken wollte. Wobei es dieses Revier nur in ihrem kranken Kopf zu geben scheint. Was ist dann passiert?«

»Dann ...«, begann Ivy, die sich neben Sienna setzte und mich ziemlich wütend anschaute. »Dann hat Porter Ärger gemacht.«

»Porter? Wo kam der denn her?«, fragte Sienna

überrascht und blickte zu mir. Ich wollte schon antworten, aber sie hob schnell die Hand.

»Lass es. Wenn Porter auftaucht, gibts immer Ärger. Er sollte einen Stempel auf der Stirn tragen samt der Aufschrift: Garantiert Ärger!«

»Porter ist nicht ... Okay, er hat schon für Ärger gesorgt, weil er Will provoziert hat, aber ...«

»Nichts aber, Phoebs. Schon klar, du stehst für den Weltfrieden und so, aber Porter? Du hast keine Ahnung, wie wütend er immer, fast schon gestört schaut, wenn Ivy an ihm vorbeiläuft«, sagte Sienna.

Ivy schien überrascht und blickte zu Sienna.

»Ehrlich?«

»Glaub mir, Porter ist ganz und gar nicht darüber hinweg, dass Ivy sich für Zach entschieden hat.«

»Was soll das heißen? Er spielt mir etwas vor?«

Siennas Augen verzogen sich zu kleinen Schlitzen.

»Und was soll das jetzt heißen? Hat er dich angemacht oder so etwas?«

»Er hat sie geküsst«, antwortete Ivy für mich.

»Hat dir schon mal jemand gesagt, das Zach eine Tratschtante ist?«, fragte ich seufzend.

»Wenigstens erzählt mir mein Freund, was bei dir los ist. Du tust es ja anscheinend nicht!«

»Was?«, fragte ich verwundert nach.

»So ganz unrecht hat sie ja nicht«, stellte Sienna fest.

»Du erzählst nichts über dich. Du haust ab, kommst verändert wieder ...« Ivy machte eine kreisende Bewegung mit ihrem Finger und schien meinen Körper damit zu meinen. »Und erzählst darüber auch nichts. Und die Sache mit Will? Der weiß auch nicht, was Sache ist. Niemand weiß das, wenn es um Phoebe Minton geht«, fuhr Ivy fort.

»Ich habe euch von Patrick erzählt und das ist mir nicht leichtgefallen«, gab ich zu bedenken.

»Stimmt. Aber erst, als du dich bedrängt gefühlt hast. Und nur, weil wir wollten, dass du Will endlich sagst, was er eigentlich falsch gemacht hatte.«

»Ich habe mich bereits bei ihm entschuldigt«, flüsterte ich und schämte mich erneut, dass ich so schlecht über Will gedacht hatte.

»Und warum sitzt er dann dahinten mit Jennifer Banks, der blonden Hexe, die gern auf Speed ist?«, fragte Sienna und automatisch blickten wir alle drei rüber zu Will und seiner neuen was-auch-immer.

Sie klopfte ihm tatsächlich gerade auf die Schulter, weil er irgendetwas Witziges zu ihr gesagt hatte. Ich konnte seinen Gesichtsausdruck nicht erkennen, aber vermutlich grinste er gerade. Warum auch nicht? Jennifer Banks war der fleischgewordene Traum eines jeden Mannes. Bis vor einigen Monaten war sie noch vergeben gewesen, aber das hatte sich scheinbar geändert.

»Sieh es dir ruhig an, Ivy. Soweit wir wissen, ist Simon auch für Jenny's Wandlung in dieses Sexbesessene, hohle Ding, verantwortlich«, erklärte Sienna.

Simon hatte mit Jenny rumgemacht und auch Drogen genommen. Seither war sie wohl selbst auf den Geschmack gekommen. Ihre Kleidung wurde Woche zu Woche knapper und ihr Schamgefühl ... nun, das war gänzlich verlorengegangen. Sie verlor ihren Platz im Cheerleaderteam und ihren Ex Jonas. Und eben diese Frau klebte jetzt an Will.

»Ach und weil Simon mal mein Freund war, bin ich jetzt auch dafür verantwortlich oder wie?«, fragte Ivy.

Will stand plötzlich auf und klopfte einem seiner Teamkollegen auf die Schulter.

»Wo willst du denn hin, Will?«, rief Jennifer, weil dieser im Begriff war zu gehen.

Will wandte sich um und lächelte. Er lächelte Jennifer Banks an!

»Ich muss los«, waren seine Worte und dann spürte ich, wie er kurz zu mir sah. Als hätte er gewusst, wo ich war.

Seine Augen lagen auf mir und es tat höllisch weh, weil er weder lächelte, noch irgendetwas Sanftes in diesem Blick lag.

Ich holte tief Luft, um sie erst auszustoßen, als er sich kommentarlos umdrehte und ging.

»Was. Zum. Teufel. War. Das. Denn?«, fragte Ivy völlig schockiert.

Atmen, Phoebe. Komm schon.

»Hm?« Ich war gerade nicht fähig zu antworten.

»Süße, atmest du noch?« Sienna wirkte leicht nervös.

Ein- und wieder ausatmen. Genau.

»O Gott. Er hat ihr den Atem genommen. Wie süß.«

Erst als ich dreimal wieder richtig geatmet hatte, war ich auch wieder in der Lage zu sprechen.

»Wovon redet ihr?«

Sienna blickte zu Ivy, die wiederum zu mir sah und seufzend den Kopf schüttelte.

»Was?«, fragte ich ungeduldig nach.

»Nur weil sie Sex hatte, heißt das anscheinend nicht, dass sie Ahnung von der Materie hat. Ich hab es dir doch gesagt.«

Ivy stieß Sienna den Ellbogen in die Seite.

»Aua!«

»Die Funken sind gerade quer über die Tischreihen geflogen, Phoebs. Er hat dich angesehen.« Ivy kreuzte die Finger übereinander. »Du ihn. Dann sah es so aus, als würden eure Augen einen Laserschwertkampf oder so etwas vollziehen und danach ... kam ich nicht mehr wirklich mit. Zwischen euch beiden brennt die Bude!«

»Das ist doch ...«

Ivy hob die Hand. »Bevor du das jetzt sowieso verneinst, schau mal zu Jennifer.«

Ups, wieso schaute Jenny *mich* an? Und soweit ich erkennen konnte, wünschte sie mir mit diesem bösen Gesichtsausdruck sicherlich keinen schönen Tag. Sie schien fuchsteufelswild.

»O ja, Phoebs. Sie weiß, wann sie verloren hat«, stellte Ivy belustigt fest.

»Na ja, Speedy da vorn scheint mir keine gute Verliererin zu sein«, erwiderte Sienna. »Hey Jenny! Schau mal im Fundbüro. Da wurden ein paar Höschen abgegeben und wir wissen ja alle, dass du an chronischem Mangel daran leidest!« Sienna rief das so laut aus, dass sämtliche Studenten im näheren Umfeld sie hörten. Selbst die Teamkollegen, bei denen Jennifer noch saß, lachten lauthals auf.

Jennifer Banks stand auf, zog ihren Minirock runter und stampfte mit ihren Pumps so würdevoll wie irgend möglich davon.

»Das war fies«, stellte ich fest.

Sienna seufzte und stand auch auf.

»Aber notwendig. Wenn du eine Tussi wie sie nicht direkt in die Schranken weist, dann taucht sie irgendwann in Wills Zimmer auf, weil sie meint, dir eins reinwürgen zu müssen.«

»Danke, dass du mich mal wieder an Zach und seine Tussi erinnert hast.«

Ivy hatte eben dies genau erlebt. Aber mit Kara. Eine von Zach's Ex-Freundinnen. Es war zwar nichts zwischen ihnen gelaufen, aber für Ivy hatte es zu Anfangs eben so ausgesehen.

»Will und ich sind nicht zusammen«, erklärte ich.

»Das liegt einzig und allein an dir, Süße.« Ich blickte zu Ivy, weil sie auch nickte, nachdem Sienna den letzten Satz gesagt hatte.

»Meine Güte. Warst du auch gerade anwesend, als er dich angesehen hat, als wärst du gleichzeitig seine Lieblingsspeise, sein Lieblingsspielzeug und das größte Wunder seiner Welt?«, fragte Sienna mich genervt.

Nein. Ich habe nur gesehen, dass er mich nicht angelächelt hat.

Anscheinend konnte sie meine Gedanken lesen, denn sie fluchte frustriert auf.

»Okay, ich bin raus. Ihr ist wirklich nicht mehr zu helfen!«

Dann ging Sienna.

»Du musst sie verstehen«, sagte Ivy, während wir Sienna hinterher schauten, bis wir sie nicht mehr sehen konnten.

»Sie ist sauer, weil ich das mit ihrer Lieblingsserie erzählt habe ...«

»Ja, sie ist sauer. Aber deswegen reagiert sie nicht so. Phoebs.« Eindringlich schaute sie mich an. »Seit Monaten geht das jetzt mit dir und Will schon so. Erst haben wir gedacht, dass es schon besser wird. Aber das wird es nicht. Will prügelt sich, Zach macht sich Sorgen um ihn und wir ... machen uns Sorgen um dich.«

»Müsst ihr aber nicht. Mir geht es gut.«

»Ach wirklich?«, fragte sie leicht genervt. »Die Wände im Haus sind dünn. Sienna hört dich weinen und ich weiß, dass du wenig schläfst.«

Sie bekamen viel zu viel mit.

»Will ist nicht Patrick, Phoebs.«

»Das weiß ich.«

»Ach ja? Warum sieht er dich dann an, als hättest du ihn schon vorverurteilt? Er sieht aus wie ein geprügelter Hund.«

Wirklich?

Ivy seufzte und schüttelte den Kopf, als sie meine Überraschung sah.

»Du bist so wunderbar empathisch. Dein Mitgefühl könnte ganze Staaten wieder versöhnen, Phoebs. Aber wenn es um dich geht? Dann glaubst du immer an das Schlimmste, das eintreten könnte.«

»Das stimmt nicht ...«

Ivy schnaubte, bevor ich wirklich darauf antworten konnte.

»Ach wirklich? Ist Will tatsächlich der Mistkerl, den du in ihm gesehen hast?«

»Nein.«

»Hat er jemals in dir die dicke, mitleidserregende Phoebe gesehen?«

»Nein.«

»Wo ist dann das Problem?«

Ich öffnete den Mund, weil ich etwas dazu sagen wollte, aber dann setzte sich plötzlich Porter zu uns auf die Bank.

»Hey Phoebe.«

Ivy gab einen undefinierten Laut von sich. Er ignorierte es und lächelte mich an, als wären wir allein.

»Hi.«

»Was gibt's Porter?«, fragte Ivy ihn in ihrem typisch kühlen Tonfall, wenn sie sauer war.

»Alles gut. Und bei dir Ivy?« Jetzt sah er auf und blickte ihr stoisch ins Gesicht.

»Keine Ahnung. Ich bin mir nicht ganz sicher, was du bei Phoebs zu suchen hast.«

»Phoebe und ich sind ...«

»Ihr zwei seid gar nichts!«, fuhr Ivy ihn an, stand auf und funkelte ihn wütend an.

»Hey, bitte beruhigt euch.«

Sie ignorierten mich, dann lächelte Porter mich wieder an.

»Wir sehen uns dann später, ja?« Er drückte mir einen Kuss auf die Wange und verschwand dann schnell wieder.

»Porter?«, fragte Ivy zornig.

»Bitte, Ivy ...«

»Porter? Bist du jetzt völlig bescheuert geworden?«

»Porter und ich sind ...«

»Was? Glaubst du wirklich, ein so kaputter Typ wie Porter ist der richtige für dich?«

»Ivy, das wollte ich doch ...«

»Vergiss es. Keine Ahnung, was da los ist, aber du machst einen Fehler. Und das sage ich nicht, weil ich eifersüchtig bin oder so etwas. Porter war mein Freund und ich weiß, dass er Jessy jahrelang hinterhergetrauert hat. Und er hat Zach dafür gehasst.«

»Ich weiß.«

»Und warum sieht er dich dann an, als wärst du ... du weißt schon, die neue Hoffnung auf Glück?«

Seufzend rieb ich mir die Stirn, weil ich selbst nicht mehr wusste, was ich tun sollte.

»Er hat da vielleicht was falsch verstanden.«

Ivy schnaubte. »Das hat er schon einmal. Und er war sauer. Sehr sauer. Was glaubst du, was passiert, wenn er erneut enttäuscht wird? Das kannst du nicht bringen, Pheobs.«

»Ich weiß. Ich rede mit ihm.«

»Schnell. Du musst schnell mit ihm reden. Und mit Will.«

»Will? Nein. Ich wollte mit ihm reden, aber er wollte es nicht.«

»Ach, und deswegen gibst du jetzt auf, oder was? Du hast dich geirrt, liebst ihn und er ...«

»Ich muss los.« Schnell stand ich auf, damit dieses Gespräch endlich ein Ende fand. Selbstverständlich durchschaute sie mich. Ivy schüttelte wieder nur den Kopf, ließ mich aber gehen.

Kapitel 11

WILL

Ich schulterte meine Tasche und ging aus der Kabine.

»Wir müssen reden.«

Porter stand an der gegenüberliegenden Wand und schien auf mich gewartet zu haben.

Großartig.

»Ich denke eher nicht«, antwortete ich und ging an ihm vorbei.

»Es geht um Phoebe.«

Ich blieb stehen und drehte mich langsam zu ihm um.

»Du weißt, dass du sie nur verletzen wirst«, begann er.

Mit unterdrückter Wut holte ich tief Luft.

Was zum Teufel dachte dieser Vogel sich eigentlich? Kam hierher, um über Phoebe zu reden, als würde sie zu ihm gehören!

Porter holte mich ein. »Du bist nicht der richtige für sie.«

»Und ich nehme mal an, du weißt, wer der richtige für sie ist, ja?«

»Du hast sie nicht verdient«, erklärte er, antwortete aber nicht auf meine Frage.

»Jemanden wie Phoebe muss man sich verdienen, Porter. Ich habe nie angenommen, dass ich sie verdiene.«

»Dann lass sie in Ruhe.«

Hatte ich getan. Ich hatte sie jetzt zwei Tage lang ignoriert. Wenn ich sie irgendwo gesehen hatte, war ich in die entgegengesetzte Richtung gelaufen. Wenn ich mich nach ihr umgesehen hatte, dann ... hatte ich sie heimlich weiter beobachtet.

Egal wie sehr ich mich anstrengte, es war vergebene Mühe gewesen, sie aus meinem Kopf zu kriegen.

»Damit du weiter um sie herumschleichen kannst?«, fragte ich ihn jetzt direkt.

Jedes Mal wenn ich Phoebs auf dem Campus gesehen hatte, war Porter nicht weitentfernt gewesen.

»Phoebe ist ein nettes Mädchen. Sie macht sich nichts aus Rugbyspielern, die jeder blonden Tussi hinterglotzen, nur weil sie ihre Klamotten zuhause vergessen hat.«

Er meinte Jenny. Die jetzt wie Caroline um mich herumschlich. Ich war erleichtert, dass Caroline bisher nicht mehr in meiner Nähe aufgetaucht war. Aber jetzt war da Jennifer Banks, die mich nicht mehr in Ruhe ließ. Wenn Porter das bereits mitbekommen hatte, dann auch Phoebs.

»Sollte ich mir Sorgen machen, weil du mich beobachtest? Porter, mein Lieber ... sind wir etwa eifersüchtig? Ich kann dir Jenny gerne vorstellen, wenn du willst.«

»Für dich ist das ein Witz, oder?«, fragte Porter und sein Kiefer mahlte, weil ich ihn provozierte. »Wen nehmen wir als nächstes aus? Ach, da ist ja Phoebe. Ist sie eben die nächste.«

»Wovon sprichst du?« Ich hatte echt keine Ahnung, was dieser Idiot meinte.

»Du warst nie auf etwas Ernstes aus. Genauso wie Zach.« Verächtlich musterte er mich. »Ihr legt eure Fährte aus und hofft, jemand beißt an. Egal ob es ein nettes, bodenständiges Mädchen wie Phoebe ist. Ihr nehmt sie euch und zerstört damit alles.«

»Mal ganz im Ernst, Porter. Sprechen wir hier von Phoebe? Oder doch eher von Jessy?«

Tatsächlich verdunkelte Porters Miene sich noch mehr.

»Jessy hat damit überhaupt nichts zu tun!«

»Ach nein? Jessy hat sich in Zach verschossen, der kein Interesse an ihr hatte. Ihr wart lange zusammen und trotzdem wollte sie mit ihm zusammen sein. Bist du dir ganz sicher, dass es nicht um sie geht? Oder um Ivy? Die hat sich nämlich auch in Zach verknallt und ...«

»Ivy hat sich entschieden. Soll sie doch in ihr Verderben rennen! Aber Phoebe hat sich noch nicht entschieden.«

Jetzt wurde ich langsam sauer. Was dachte dieser Penner sich eigentlich? Er redete über Phoebe und Ivy, als wären sie irgendwelche Güter, die auf keinen Fall unter Wert verkauft werden durften. Im Grunde gab ich ihm recht. Die Mädels, vor allem Phoebe, war mehr wert als ... als alles, was ich kannte. Und mir gefiel es überhaupt nicht, wie Porter über sie verfügen wollte.

Als hätte er ein Anrecht auf sie.

»Ja, man merkt, wie gut du Ivys Entscheidung weggesteckt hast«, schnaubte ich ironisch auf.

»Zach ist ein abgebrannter ...«

Bevor er weitersprechen konnte, hatte ich ihn an die nächste Wand gedrückt. Seine beschissenen Hemden waren wirklich prädestiniert dafür, um ihn zu packen.

»Überlege dir ganz genau, was du gleich sagst«, flüsterte ich ihm zu.

»Wieso? Meinst du, ich weiß nicht, das Zach ...«

Mein Druck an seinem Kragen wurde fester.

»Halt die Klappe!«

Porter grinste. »Hab ich da einen wunden Punkt getroffen?«

Hatte er. Dass Zach über viele Monate jeden Tag darum kämpfen musste, trocken zu bleiben ... jeden neuen Tag aufs Neue kämpfte ... Es war kein einfaches Leben und doch war er trocken. Zach war trockener Alkoholiker und ich als sein bester Freund würde alles dafür tun, dass das auch so blieb.

»Schnauze!«, blaffte ich ihn an.

Einen langen Moment fixierte er mich.

»Auch ein schmutziges Geheimnis? Oder warum so wütend, Will?«

Wieder traf er es auf den Punkt.

Ich ließ schnell von ihm ab und griff meine Tasche, die mir von der Schulter gefallen war.

»Du hast Glück, Porter. Heute habe ich absolut keine Lust, mich mit dir zu prügeln. Wir wollen ja auch nicht, dass dein hübsches Gesicht nicht mehr zu erkennen ist, oder? Immerhin scheint mir das, das einzige Merkmal an dir zu sein, das noch ansehbar ist.«

»Wichser!«

»Nein, Phoebes Zukünftiger, wenn sie mich noch will«, stellte ich klar, damit es keine Missverständnisse mehr geben würde.

»Was?«

»Du hast mir die Augen geöffnet, Kleiner.« Ich klopfte ihm schnell auf die Schulter, bevor er zurückweichen konnte. »Bis dann.«

Mit schnellen Schritten verließ ich das Trainingsgelände. Um zum Campus zurückzukommen, musste ich um eine Ecke biegen.

»Gut gelaufen?«

Zach stand an der Wand gelehnt und schien ... was? Darauf gewartet zu haben, dass ich mit Porter fertig war?

»Er sieht zumindest unversehrt aus«, stellte Zach fest, schaute noch mal um die Ecke und schien ziemlich enttäuscht zu sein.

»Na, wenigstens hast du deinen Spaß gehabt«, stellte ich fest.

»Wie kommst du darauf?«, wagte der Penner noch zu fragen, bevor er eine Tüte mit Erdnüssen aufriss und sie sich in den Mund steckte.

»Du machst Sienna Konkurrenz«, erwiderte ich und ging weiter. Zach folgte mir.

»Das ist kein Kompliment; denke ich.«

Ich lachte und Zach erstarrte wortwörtlich auf der Stelle.

»Du lachst? Du lachst sonst nicht so.«

»Ich lache nicht?«

»Du bist zwar bei allen der nette Will und so. Aber ich kenne dich. So warst du auch immer, wenn du versuchst hast, meinen Scheiß zu überspielen.«

Es war erstaunlich, was Zach in seiner schlechten Zeit doch alles mitbekommen hatte.

Oftmals hatte ich Ausreden gesucht, warum er lieber schlief, statt bei den Jungs abzuhängen. Als er in der Entzugsklinik war, kannte so gut wie niemand die Wahrheit.

Wir beide waren uns sehr, sehr ähnlich. Auch wenn Zach das nicht wissen konnte.

»Ich muss das einfach fragen, stehst du etwa jetzt auf Porter oder warum lachst du direkt nach eurem so konstruktiven Gespräch?«

Zwei Studentinnen, die kicherten und uns synchron grüßten, liefen an uns vorbei. Ich nickte ihnen nur zu, Zach blickte stattdessen mich an. Er ignorierte die Mädels völlig.

Mann, hat er sich verändert.

»Glaubst du, ich bin ein Player?«

Zach runzelte die Stirn, während er wieder ein paar Studentinnen vorbeiließ, die sich an uns vorbeischlichen.

Abwartend sah ich ihn an.

»Wir reden hier nicht über Call of Duty, oder?«

Ich verdrehte die Augen.

»Okay, schon gut. Also, du hattest ab und an deinen Spaß, aber du warst auch derjenige, der die Stalker magisch anzog.«

»Ist das jetzt besser?«, fragte ich und öffnete die Tür zum Café.

Es war nicht viel los, trotzdem schien es, als läge Zach auf der Lauer.

»Kein Apfelkuchen«, stellte er fest und wirkte erleichtert.

Zach reagierte hochallergisch auf Äpfel. Vor allem, wenn sie gekocht wurden. Ivy könnte dazu eine sehr witzige Geschichte erzählen. Aber wir sollten jetzt nicht vom Thema abkommen.

»Hey, Andy, bringst du uns zwei Kaffee?«

Zach bestellte bei unserem Barista, der sich sofort an die Arbeit machte.

»Kommen wir wieder zum Thema«, begann ich.

»Deine Stalker?«, fragte Zach und legte Andy ein paar Mäuse auf die Theke.

Andys kurzer Blick machte klar, das Zach viel zu laut sprach.

»Eine Stalkerin«, stellte ich klar, damit Andy nicht meinte, ich hätte bereits einen eigenen Stalker-Fanclub.

»Sag das mal Jenny.«

»Großer Scheiß. Da ist nichts zwischen ihr und mir.«

»Sieht aber anders aus«, stellte Zach fest.

»Was? Echt?« Mein Blick schoss fragend zu Andy, der sich nicht ganz sicher schien, ob er es bejahen oder verneinen sollte. »Ach, kommt schon. Sie saß ein paarmal neben mir.«

»Jepp, *sehr nah* neben dir. Ivy hat mich schon gefragt, was da läuft.«

Und wenn Ivy das fragte, fragte Phoebs sich das auch.

»Na super. Gib mir mal einen Donut. Mit doppelter Schokoglasur«, seufzte ich und Andy steckte mir einen in die Tüte und reichte diese mir.

»Du bist eben zu nett. Wenn da nichts läuft, dann sorg dafür, dass Jenny das auch kapiert. Ach, und dann hätte ich noch eine Frage.«

Zach nahm den Becher Kaffee entgegen, ich griff mir meinen und blickte ihn an.

»Wann zum Teufel klärst du das mit Phoebe?«

»Was klären?«, fragte ich so unschuldig wie möglich und nippte an meinem Kaffee.

Zachs Blick glitt zur Tüte mit dem Donut.

»Nun, ich sehe, du gehst da wie Ivy ran.«

»Was hast du gegen Donuts?«

»Was hast du dagegen, Phoebe endlich mal zu stecken, was du von ihr willst?«

»Ist das heute Wills Therapiestunde oder so etwas?«, fragte ich und setzte mich auf einen freien Platz am Fenster.

»Wir könnten uns ein Schild designen lassen. Sprechzeiten von Montag bis Donnerstag.«

»Was ist mit Freitag?«

»So spricht nur ein Kerl, der keine Freundin hat«, schnaubte Zach. »Pass auf. Weißt du noch, wie du mir klargemacht hast, dass ich wirklich auf Ivy stehe? Und dass das nicht nur irgendetwas Kurzes ist?«

Ich erinnerte mich vage an dieses Gespräch mit Zach zurück:

»Denkst du an ihren Hintern, wenn du keine Möglichkeit hast, ihn zu sehen?«, hatte ich ihn einst über Ivys Hinterteil befragt.

Damals hatte er nicht sofort geantwortet, weswegen ich die Fragerei auf die Spitze getrieben hatte.

»Denkst du an ihre Brüste, wenn ...«

»Okay, das reicht, Will. Wenn du mein bester Freund bleiben willst, rede einfach nicht mehr von ihren Brüsten oder ... hör einfach auf damit.«

Und dann war ihm klargeworden, dass er verrückt nach Ivy war.

Ich seufzte.

»So einfach ist das nicht. Phoebe ist so viel mehr als ... Es ist nicht rein körperlich, verstehst du?«

Jetzt schnaubte Zach.

»Ist es das nicht? Egal, was zwischen Ivy und mir passiert ist, es war alles auf einmal. Vielleicht war es schon viel länger da, als wir es uns eingestanden haben, aber ...«

Nun schnaubte ich, weil diese Sache schon viel eher losgetreten wurde und Zach das auch endlich mal begreifen musste. Sein finsterer Blick zeigte allerdings klar, dass die Diskussion noch nicht abgeschlossen war.

»Es ist nur ...« Ich spielte mit dem Zuckerstreuer herum. »Als Phoebs mir vorwarf, sie nur zu wollen, weil sie jetzt anders aussieht, da ... Scheiße, ich war wirklich sauer. Ich meine, sie hat wirklich gedacht, ich wäre so ein mieser ...«

»Du kannst es ruhig sagen. Sie hat gedacht, du wärst wie ich vor Ivy.«

»Ja, aber du hast dich geändert und ich ... klar, bislang hat keine Beziehung länger gehalten. Ich war zu sehr ...«

Abgelenkt von meiner eigenen Scheiße, Zachs Drama und von Phoebs.

»Sie hat dir immer im Kopf herumgespukt, oder? Keine Ahnung, was da bei euch lief. Ich meine, ich hatte genug mit meinem eigenen Scheiß zu tun. Aber da war was zwischen euch und ich glaube, das hat dich gehemmt, mit einer anderen irgendetwas Tiefes anzufangen. Oder?«

»Möglich«, antwortete ich, obwohl er definitiv den Nagel auf dem Kopf getroffen hatte.

»Ach, sieh mal einer an.«

Ich hob den Kopf und folgte Zachs Blick. Er sah hinaus.

Phoebs stand mit Sienna vor dem Wissenschaftsgebäude und unterhielt sich. Von hier aus konnte ich das sonnengelbe Kleid erkennen, das sie trug. Sie war wie die Sonne, die schien. *Verrückt.*

»Und? Gefällt sie dir?«

»Quatsch, mir sind ihr Hintern und die Brüste ... Ich meine ...«

Zachs belustigten Blick konnte er sich tief in seinen ... Er hatte nicht explizit von ihren Körperteilen geredet.

»Scheiße«, seufzte ich, weil ich einfach wieder zu ihr schauen musste.

Wie ein verdammter Stalker nahm ich alles mit den Augen auf. Das Kleid war lang, sodass ich ihre Knöchel sehen konnte. *Schöne Knöchel, wenn sie denn so nah stehen würde. Tut sie aber nicht. Dies alles geschieht gerade nur in meinem Kopf. Verflucht!*

»Erde an Will. Hey, hier spielt die Musik.«

Irgendwann schnipste er mir vor dem Gesicht herum.

»Was?« Irritiert blinzelte ich zu ihm.

»Meine Güte, war ich auch so drauf?«

»Bist du immer noch«, antwortete ich und versuchte, meinen Fokus wieder hier ins Café zu lenken.

»Also, warum holst du sie dir nicht?«

»Hast du gerade nicht zugehört? Sie hält mich für den fleischgewordenen Casanova, der sich alles nimmt, aber nicht zahlen will.«

»Versteh ich nicht.«

»Sie denkt, ich will sie nur, weil sie jetzt anders aussieht. Dabei ist mir das vorher schon scheißegal gewesen.«

»Dann sag ihr das«, erwiderte er lapidar, als wäre das überhaupt kein Problem.

»Habe ich bereits getan.«

»Dann sag es immer wieder. Bei Ivy war es nicht

anders. Sie war stur und uneinsichtig und ... Du kennst die Geschichte ja.«

Er machte eine wegwerfende Handbewegung, man bemerkte aber noch die leichte Verzweiflung in seinem Blick, weil es damals wirklich nicht einfach gewesen war.

»Ja, genau. Ivy war das Problem«, grinste ich, weil er einen großen Teil dazu beigetragen hatte, dass es nicht einfach war.

»Dir ist schon klar, dass Jenny schon bei Ivy und mir Ärger gemacht hat, ja?«

Damals hatte Jenny ihn einfach geküsst und Ivy hatte das mitbekommen. Der Stress war natürlich vorprogrammiert gewesen.

»Ich werde ihr klarmachen, dass da nichts läuft.«

»Und was ist mit Phoebe?«

Erneut blickte ich hinaus. Phoebe winkte Sienna gerade zu, die ihr übertriebene Luftküsschen hinterher schickte.

»Ein Versuch. Einer noch ...«, hörte ich mich selbst flüstern.

Kapitel 12

EIN ANRUF MIT FOLTERANGEBOT

PHOEBE

Ich kaute auf der Unterlippe herum und starrte auf mein Handy, während ich auf meinem Bett lag.

Soll ich oder soll ich nicht?

Irgendwann wählte ich dann doch seine Nummer.

Beim dritten Klingeln ging er heran.

»Kleines, was ist los?«

Der besorgte Tonfall ließ mich schmunzeln.

»Ich wollte nur ... mit dir reden.«

Lange blieb es auf der anderen Seite der Leitung still.

»Aha.«

Ich kannte sein vorsichtiges Herantasten.

»Wirklich, Dad.«

Obwohl er keine Ahnung hatte, dass er wieder mal ins Schwarze getroffen hatte, stritt ich es vehement ab.

»Sag mir nur eines, Kleines.«

»Hm?«

»Wenn es etwas Illegales ist, dann würdest du

darüber reden, oder? Denk dran, was ich dir immer wieder gesagt habe.«

Ich lächelte, weil er sich ständig wiederholte.

»Drogen sind etwas für Anfänger und Langweiler. Wer richtig cool sein will, zieht sich die Realität rein«, sagten wir im Chor.

»Und dass du das ja nicht vergisst!«

Ich verdrehte die Augen und lachte.

»Geht es um einen Jungen?«

Dads Frage ließ mich verstummen. Er seufzte, weil er die Antwort dahinter verstand.

»Hat er dir wehgetan?«

»Nein, Dad. Und du wirst hier jetzt nicht auftauchen und ihn erschießen.«

»Das würde ich nie tun«, behauptete er stolz.

»Dann schickst du eben keinen der Jungs zu uns.«

»Ach komm schon. Eine kleine Einschüchterungstaktik und schwups, lässt er dich in Ruhe.«

»Er soll mich aber nicht in Ruhe lassen!«

Da! Ich hab es zugegeben. Vor meinem Dad.

Dann hätte ich mich auch besser sofort als unzurechnungsfähig outen können.

»Soll er nicht? Kleines, mir ist klar, dass wir beide nicht oft *solche* Gespräche führen.« Seine Betonung machte klar, dass ihn dieses Thema im Grunde nicht gefiel. »Aber manchmal merken Männer erst was wichtig ist, wenn sie vor der Entscheidung stehen ...«

»Knieschuss oder das Mädchen?«, fragte ich ironisch.

»Ja, manchmal kann das schon helfen«, antwortete er und hörte sich tatsächlich überzeugt an.

»Dad, Will ist nicht so ein Kerl.«

Er ist nicht wie Patrick. Und Dad hat den Wink wohl verstanden.

»Will heißt er also. Hast du ihn nicht schon mal erwähnt?«

»Ein paarmal vielleicht«, murmelte ich, obwohl wir beide wussten, dass ich schon öfters von ihm erzählt hatte.

»Mir ist klar, dass du für diese Frauengespräche deine eigenen Freundinnen hast.«

»Ach Dad ...«

»Das ist okay. Ich meine, das gehört doch dazu. Aber wenn du Probleme hast, möchte ich, dass du zu mir kommst. Und nicht nur, weil ich die Leiche für immer verschwinden lassen könnte ...«

»Dad!«

»Ist schon okay. Ab und zu ist es allerdings gut zu wissen, dass es da jemanden gibt, der das für dich tun könnte. Die Leitung ist übrigens abhörsicher. Das weißt du?«

Wieder verdrehte ich die Augen, fand seine Fürsorge aber auch total lieb.

»Mir ist auch klar, dass du alle Männer von mir fernhalten willst, bis ich – keine Ahnung – dreißig bin.«

»Fünfunddreißig«, hörte ich ihn leise antworten.

»Du musst dir keine Sorgen machen. Will und ich, das ... Das wird nicht passieren.«

Die Wahrheit tat weh und deswegen schloss ich die Augen, damit die Tränen nicht gewannen. Ich wollte jetzt nicht weinen. Ich konnte jetzt nicht weinen.

»Ein Dad sollte sich darüber freuen. Schließlich gehörst du noch länger zu mir. Aber warum? Wenn er nichts getan hat, was dich zu diesem Entschluss gebracht hat, wieso dann?«

Eigentlich wollte ich nicht mit Dad darüber reden. Seine Stimme zu hören, reichte mir schon, damit es mir besser ging.

Aber jetzt hatte er gefragt und ich wollte unbedingt darauf antworten.

Vielleicht war dieses Gespräch auch längst überfällig. Dad hatte mich den gesamten letzten Sommer ständig gefragt, ob alles okay war. Ich hatte immer gelogen. Jedes Mal.

Heute wollte, nein konnte ich nicht wieder lügen.

»Ich habe Angst, dass alles nur eine Illusion ist«, flüsterte ich und dennoch konnte er mich gut hören.

»Was meinst du damit?«

»Ich, er. Einfach alles.«

»Da du in Rätseln redest, gebe ich dir dazu auch eine passende Antwort.«

Ich wartete gespannt auf das, was er zu sagen hatte.

»Wir Menschen brauchen die Illusion, um zu merken, was Realität ist. Schau dir die Fakten an, Kleines. Nicht das, was du dir in deinem Kopf zusammenbraust. Hat mir selbst oft geholfen. Wenn deine Mom noch leben würde, dann könnte sie ein Lied davon singen.

Hab ich dir mal erzählt, dass ich sage und schreibe zwei Jahre gebraucht habe, bis ich um ihre Hand angehalten habe?«

»Nein, hast du nicht.«

»Zwei Jahre habe ich vergeudet, weil ich dachte, sie wollte nicht heiraten. Irgendwann ist ihr der Kragen geplatzt und sie warf eines Mittags mit gekochtem Reis nach mir. Er klatschte auf den Boden und klebte in meinem Haar und sie rief laut: »Der hätte längst vor der Kirche geworfen werden sollen, wenn wir als Mann und Frau herausgekommen wären!«

Ich lachte, weil ich diese Geschichte von Mom und Dad noch nicht kannte.

»Nach dem Vorfall hat sie mir vierundzwanzig Stunden Zeit gegeben.«

»Für was?«

»Sie wollte einen Antrag, den Ring hatte ich längst. Und dann habe ich noch eine kleine Kapelle gefunden, die Trauungen vollziehen. Einen Tag später war sie meine Frau.«

Ich erinnerte mich an das Hochzeitsfoto. Beide strahlten um die Wette, so glücklich waren sie. Ein Jahr später war ich geboren worden.

»Das ist eine schöne Geschichte, Dad.«

»Ja.« Er seufzte. »Du verdienst auch so eine Geschichte, Kleines.«

»Ach, soll ich jetzt heiraten? Ich bin erst 21.«

»Deine Mom war 23. Auch wenn ich als verantwortungsvoller Vater sagen sollte, dass man tatsächlich 10 oder 15 Jahre warten sollte.« Den letzten Satz fügte er schnell hinzu. Wieder lachte ich.

»Mach dir keine Sorgen, Dad. Es gibt niemanden, der mich ...«

»Das kann ziemlich schnell gehen. Auf deine Mom hat mich auch niemand vorbereitet und ich sage dir, ich hätte nie geglaubt, dass ich sie treffen würde.« Die Liebe, die man aus seiner Stimme hörte, ließ mich aufschluchzen. Ich versuchte so leise wie möglich zu sein, damit Dad es nicht hörte. Er sprach nicht oft von Mom, aber wenn er es tat, dann mit so viel Gefühl, dass es einem das Herz zerreißen konnte.

»Liebst du diesen Jungen, Kleines?«

Er hatte schnell das eigentliche Thema wiedergefunden.

»Ja.«

Ich liebte Will, schon von Anfang an. Er war freundlich, nett und witzig. Dazu dieser Körper, der wirklich verboten und eingesperrt werden sollte. Wie konnte man nur so aussehen? Das Leben war nicht nur unfair, es besaß auch viel zu viel Humor für meinen Geschmack. *Irgendwie klinge ich auch ziemlich oberflächlich ...*

»Liebt er dich?«

»Das weiß ich nicht, Dad. Er ... er will mit mir ausgehen. Zumindest sagte er das.«

»Ein guter Anfang.«

Anfang? Will und ich hatten bereits so viel durch ... Das reichte von Anfang, Mittelteil bis zum Epilog, dass kein Happy End versprach.

»Ich möchte keine Partei ergreifen. Vor allem nicht für einen Jungen, der sich augenscheinlich für meine Tochter interessiert, aber ...«

»Aber?«

»Aber es ist klar, dass du in ihn verliebt bist und er dich anscheinend auch mag, sonst würde er nicht mit dir ausgehen wollen.«

»Was macht dich so sicher, dass er kein Serienkiller ist, der nur darauf wartet, mich in kleine Teile zu schneiden?«

Ich verbringe zu viel Zeit mit Sienna.

»Meine Tochter verliebt sich nicht in einen Serienkiller!«

Aber in Typen wie Patrick.

Dad musste das nicht erwähnen, wir dachten beide sicherlich dasselbe.

»Der Junge, der dein Herz geschenkt bekommt, der bekommt es, weil er es sich redlich verdient hat. Für nichts weniger.«

»Und wenn er mir sein Herz nicht schenkt?«

»Dann ist er ein Vollidiot und unwiderruflich verloren, wenn er nicht merkt, was für eine außergewöhnliche Frau meine Tochter ist.«

»Du musst das sagen, du bist mein Dad.«

»Und als dein Dad darf ich dir sagen, dass du endlich Komplimente annehmen musst.«

Ich murrte.

Dad seufzte.

»Hast du deswegen deine Ernährung umgestellt? Wolltest du diesem Will gefallen?«

»Nein«, sagte ich, weil ich ganz einfach etwas verändern wollte.

»Das ist gut. Denn wenn er dich nicht so will, wie du bist, dann ist er doch nicht der Mann, der dich …«

»Er mochte mich vorher schon. Zumindest behauptet er das. Es ist einfach kompliziert.«

»Wann ist es nicht kompliziert, Kleines? Es ist doch einfach wichtig, was du willst. Du hast mich angerufen, weil du reden wolltest. Auch wenn es dir nicht klar war. Das ist okay. Aber was willst du nun von mir hören? Soll ich dir von ihm abraten oder nicht?«

»Du sollst gar nichts dazu sagen.«

»Gut, dann tue ich das«, antwortete er lapidar.

»Nein! So war das nicht gemeint!«

»Dann soll ich doch etwas sagen?«

Ich seufzte. »Ich glaube, das ist nicht mehr nötig.«

»Schön«, erwiderte er, als wüsste er bereits eine Antwort auf eine Frage, die ich nicht gestellt hatte.

»Dad?«

»Hm?«

»Ich werde immer zu dir gehören«, erklärte ich, weil er vorhin etwas sagte, das ich klarstellen wollte.

Einen langen Moment sagte er nichts.

»Ich weiß.«

Dann benötigte ich einen Moment, bis ich wieder richtig atmen konnte, ohne gleich loszuheulen.

»Wir haben gestern übrigens eine Ladung neuer AK's bekommen.«

»Nein? Mit Zielfernrohr?«

»Natürlich!«

Und dann führten wir endlich unser unverfängliches Gespräch zwischen Vater und Tochter.

Kapitel 13

EIN KUSS MIT GEFÜHLVOLLEN FOLGEN

Sienna lag auf dem Sofa und schaute mit June einen Horrorfilm. *Keine große Überraschung also.*

Ich schnitt mir gerade Obst für einen frischen Salat; draußen wurde an der Veranda herumgehämmert, da sich eine der Holzstufen gelöst hatte. Ally war dabei, das Problem zu lösen.

»Was machst du?«

Ivy lehnte sich mit den Ellbogen über die Küchentheke und sah mir beim Schneiden zu.

»Ich schneide Obst«, war meine glorreiche Antwort.

»Ah und wie gehts dir so?«

Erneut blickte ich sie an, um herauszufinden, was sie genau wollte.

»Was?« Sie bemerkte meinen fragenden Blick. »Darf ich nicht mal mehr fragen, wie es dir geht?«

»Wir haben uns vor einer halben Stunde gesehen.«

»Ja-a«, dehnte sie das kurze Wort. »Aber da könnte ja theoretisch viel passiert sein.« Sie erhob sich.

»Immerhin hängst du plötzlich mit Porter ab, planst vermutlich schon Kids mit ihm. Wer weiß schon, was da in deinem Kopf vorgeht.«

Aha. Darum gehts also.

»Porter und ich sind kein Paar«, stellte ich klar und kippte die Bananen in die Schüssel.

»Weiß das Porter auch?«

Berechtigte Frage. Allerdings nicht mehr erwähnenswert.

»Ich habe ihm eine SMS geschrieben.«

Ivy runzelte die Stirn.

»Eine SMS a la ›Es tut mir leid, aber es war nur Sex?‹ oder aber ›Es wird nie etwas passieren?‹«

»Wir hatten keinen Sex!«

Ivy blickte mich einen langen Moment an, dann lockerte sich ihre Haltung.

»Puh, und ich dachte schon, wir müssten uns bald um kleine Porter und Phoebs kümmern.«

Mir war klar, dass das ironisch gemeint war, aber trotzdem war es schrecklich, dass sie so über mich dachte.

»Jetzt sieh mich nicht so an. Es sah wirklich merkwürdig aus, wie er immer um dich herumgeschlichen ist. Und auch wenn sich irgendwie alles zwischen Porter und mir geändert hat ... Ich will nicht, dass weder er noch du verletzt wirst. Er hat wirklich schon viel zu viel mitgemacht.«

Und dann schreibe ich ihm eine Sms.

Der kurze Satz war weder feinfühlig noch nett gewesen.

Ich mag dich, Porter. Aber nur als Freund. Ich hoffe, du verstehst das.

Erst dachte ich, ich hätte die richtigen Worte gewählt. Aber jetzt? Jetzt klang es wie ein Einheitsbrei, dass ihm sicher nicht helfen würde.

Aber als ich mit Dad telefoniert hatte, da war Porter nie ein Thema gewesen. Ich liebte ihn nicht. Mir war nicht mal klar, ob ich so mit ihm befreundet sein wollte. Er tauchte auf der Bildfläche auf, als ich mich allein und irgendwie verlassen gefühlt hatte.

»Ich will auch nicht, dass er verletzt wird. Aber er war da, als es mir nicht gut ging und irgendwie ... Ich wollte ihm nicht wehtun«, erklärte ich mich, wobei klar war, dass er genau das sein würde.

Porter hatte sein Interesse an mir offen gezeigt. Und ich nahm ihm jetzt die Hoffnung, mit mir zusammenzusein.

Er würde mich hassen. Schrecklich hassen.

»Du musst lernen, dass du nicht allen gerecht werden kannst.«

Ivys letzter Satz passte wie die Faust aufs Auge.

»Ich weiß«, seufzte ich.

»Also, das mit dem Wohltätigkeitsstand steht für morgen?«

Jedes Jahr gab es diesen einen Tag auf dem Campus, an dem wir Unterschriften für gemeinnützige Jobs sammelten. Diejenigen, die unterschrieben, würden dann einen Tag lang helfen. Wir übernahmen dieses Jahr den Stand für die Praktika in einem Kinderhospiz.

»Soweit ich weiß, ist alles vorbereitet. Ich habe ab 11 Uhr Standdienst«, antwortete ich.

»Super. Die Jungs wollen dieses Jahr für das Pflegeheim an der *Second* werben.«

»Cool.«

Würde Will auch dort sein?

Das Hämmern wurde immer lauter und schneller.

»Meine Güte, was tut Ally da draußen?«

»Kann mal jemand der Irren sagen, dass man keine Medaille bekommt, wenn man so viele Nägel wie möglich in das Holz ballert? Hier wollen andere nämlich noch Fernseh schauen!«, brüllte Sienna aus dem Wohnzimmer und dann hörte man tatsächlich, wie eine Kettensäge im Film angeschmissen wurde.

»Ja, eine Kettensäge ist ja so viel leiser«, murmelte Ivy.

»Ich geh zu Ally«, mischte ich mich ein, bevor Sienna oder Ivy sich noch auf Ally stürzten.

Die Haustür war angelehnt, sodass ich Ally laut auflachen hörte. Als ich sie öffnete, stand Ally an der Treppe und sah dabei zu, wie Will zwei Nägel in die Stufe hämmerte.

»Alles wieder fest.«

»O danke, Will. Ohne dich hätte ich das nie geschafft!«

Ach wirklich?

»Ja, zwei Nägel können schon ziemlich hartnäckig sein«, erklärte er leicht schmunzelnd.

Ally verstand den Wink mit dem Zaunpfahl nicht.

Sie grinste ihn einfach an, als wäre er ihr persönlicher Held.

Dann hob er den Blick und seine Augen fanden meine.

Automatisch hörte ich auf zu atmen.

»ALLY!«, rief Ivy unvermittelt aus der Küche.

»Was?«, fragte diese leicht gereizt.

»Beweg deinen süßen Hintern rein!«

Murrend verschwand Ally. Anscheinend wollte sie noch bei Will bleiben.

Wer will das nicht?

»Hey«, begrüßte ich ihn.

»Hey.« Er hielt noch den Hammer in der Hand. »Ich hab nur geholfen.«

»Ich weiß. Das ist auch okay.«

Ist es das?

»Nettes Outfit.«

Ich schaute an mir hinunter.

Da ich eigentlich nur den Obstsalat essen und dann ins Bett wollte, trug ich meine uralte rosa Jogginghose und ein langes Schlabbershirt mit Snoopy drauf gedruckt.

»Ich wollte gleich ins Bett.«

Dann verschränkte ich die Arme vor der Brust und hoffte, das er nicht zu sehr auf meine Klamotten schaute. Aber da er sie gerade angesprochen hatte, musterte er mich noch genauer.

»Sieht süß aus.«

Sieht süß aus?

»Süß?«, fragte ich leicht säuerlich.

Er legte den Kopf schief und ließ mich nicht aus den Augen.

»Nicht gut?«

»Keine Frau will als *süß* wahrgenommen werden.«

»Ah verstehe.« Er nahm die letzte Stufe und kam auf mich zu. Ich stand noch immer im Türrahmen und wusste nicht, was ich jetzt machen sollte.

Gehen? Platz machen? Rennen?

»Wie soll ich dich denn sonst wahrnehmen, Phoebs?«

Ich öffnete den Mund.

Ich will, dass du mich willst. Ich will, dass du mich hier und jetzt packst, küsst und mir sagst, wie sehr du mich liebst und dann gehen wir in mein Bett. Dort ziehst du mich aus, wirfst mich auf die Matratze und betrachtest mich wie einen Schatz. Ach und zwischenzeitlich wirst du mir noch sagen, wie sehr du mich anbetest, nie wieder eine andere willst und zwei kleine Kids in ferner Zukunft mit mir machen möchtest.

Ach du großer Schreck! Was zum Teufel befand sich denn heute im Trinkwasser?

»Ich möchte nicht, dass du mich süß findest«, kam stattdessen über meine Lippen.

»Wird schwierig mit Snoppy auf deinem Shirt«, erwiderte er leicht belustigt.

»Denk dir Snoppy einfach weg«, brummte ich und drückte meine Hände fester gegen meine Brust.

»Wie wäre es …« Er kam noch zwei Schritte auf mich

zu und stützte sich mit seinem Oberarm über dem Türrahmen ab. Dann blickte er zu mir herunter. »Wie wäre es, wenn ich mir einfach den Stoff wegdenke? Dann habe ich sicherlich keine *süßen* Gedanken mehr.«

Mein Mund öffnete sich vor Überraschung.

Hatte er das gerade wirklich gesagt, was er gesagt hatte?

Hatte ich gerade wirklich gehört, was ich gehört hatte?

Komm mal runter, Phoebs! Denk nach. Denk nach!

»Woher kommt das plötzlich?«

Will runzelte die Stirn.

»Ich meine, du hast seit Tagen kein Wort mit mir gewechselt und jetzt stehst du vor meinem Haus ...«

»Ally hat gefragt, ob ich helfen kann«, teilte er mir kurz und bündig mit.

»Natürlich wollte sie deine Hilfe. So wie Jenny sie ja auch seit Tagen braucht.«

Eigentlich wollte ich weder Jenny erwähnen, noch sein Verhalten mir gegenüber in den letzten Tagen. Aber das konnte er gut. Will schaute einen an und schon nahm man seine Vorsätze und warf sie in die nächste Ecke.

»Und Porter?«

Wills Frage überraschte mich, aber daraufhin schnaubte ich nur.

»Porter ist nur ein Freund.«

»Den man küsst?«, warf er mir vor.

»Ich habe ihn nur geküsst, weil du ...«

Ach du Schreck. DAS will ich definitiv nicht aussprechen.

»Weil ich was?«, ging er selbstverständlich darauf ein.

»Nichts.«

»Pheobs.« Der drohende Ton in seiner Stimme machte mich nervös.

»Ich raff es einfach nicht.« Er ließ den Arm vom Türrahmen fallen. »Ihn küsst du, mir machst du Vorwürfe, dass Jenny sich für mich interessiert.«

Mehr als ein Schnauben kam nicht von mir.

»Warum hast du ihn geküsst, wenn er nur dein *Freund* ist, Phoebs?«

»Darum.«

»Das ist keine Antwort!«

»Was willst du denn hören?«, fragte ich ihn gereizt.

»Ich will wissen, warum du es getan hast! Ich will … Ich will wissen, warum ich es nie durfte.«

Was?

Während ich ihn erschrocken anschaute, lief er immer wieder nach rechts und links.

»Nein, scheiße. Ich frage mich die ganze Zeit, warum ich es nie getan habe. Ich meine … Ich dachte, Anständigkeit würde mich bei dir weiterbringen. Erst das Date, dann der Kuss.«

Mein Herz wollte wohl aus meiner Brust springen, anders konnte ich mir dieses Hämmern nicht erklären.

Oder es möchte zu Will.

»Du hast ständig diese Liebesromane gelesen. Du hast von Prinzen, Kutschen und diesem ganzen Zeugs geredet. Ich dachte, du suchst auch danach.«

Redete er jetzt mit sich selbst oder mit mir? Dieses ständige Herumgerenne machte mich ganz verrückt.

»Ich hab ab und zu Liebesromane gelesen. Ich mag auch ...«

Plötzlich blieb er stehen und starrte mich an.

»Was magst du?«

Ich zuckte mit der Schulter; wie sollte ich ihm klarmachen, dass er einfach tun sollte, was er wollte.

»Jemand hat mir mal gesagt, das man tun soll, was man will«, wiederholte ich seine Worte mir gegenüber.

»Stimmt.« Er nickte und blickte mich weiter an.

»Ich habe dich nie gefragt, was du willst, Will.«

Ich biss mir auf die Unterlippe, bevor mir klar wurde, dass Will das sofort sehen würde.

Oh je.

Er war mit drei Schritten bei mir und nahm mein Gesicht in seine Hände. Unsere Blicke begegneten sich, mein Herz donnerte wie verrückt in meiner Brust.

»Ich weiß nicht, ob du gewisse Erwartungen hast und ich bin ehrlich. Ich hoffe, ich kann sie erfüllen, wenn es sie gibt.« Ich bemerkte, wie er schluckte und auf meine Lippen sah. »Aber ich will das schon so lange und ich weiß nicht, ob ...«

Ich küsste ihn, bevor er es tun konnte.

Meine Finger hatten sich in seinem Shirt verhakt. Eigentlich dachte ich, da ich am Ende die Initiative übernommen hatte, wäre ich diejenige, die diesen Kuss beherrschte.

Aber ich hatte mich völlig überschätzt.

Will griff sich meinen Nacken, drückte mich an den Türrahmen und stöhnte in meinen Mund. Oder stöhnte ich?

Die Geräusche um uns herum waren eh vergessen. Ich fühlte nur.

Seine Lippen, seine Hände, die meinen Nacken streichelten und sein warmer, fester Körper, der sich an meinen presste.

»Komm«, flüsterte er mir zu und ich fiel tatsächlich auf die Hollywoodschaukel, die auf der Veranda stand. Und Will schwebte über mir.

Das ist ein Traum.

»Nein, das ist keiner«, erwiderte er, ich hatte tatsächlich meinen Gedanken laut ausgesprochen.

Mir sollte das total peinlich sein, aber als Will meine Wange streichelte und den Punkt seiner Berührung fasziniert beobachtete, wurde mir klar, dass mir gar nichts peinlich sein musste.

Er mag mich wirklich.

»Was ist das für ein Geruch?«

Stank ich? Schwitzte ich?

»Es riecht wie Erdbeere ...«

»Ach so. Meine Lotion. Erdbeere ist wohl auch dabei«, antwortete ich schnell, damit er begriff, dass ich nicht auf einen Haufen Obst lag.

»Deine Lotion?« Er klang fast träumerisch und strich mir jetzt über die nackten Oberarme.

»Will ...« Automatisch drängte ich mich enger an ihn und spürte seine Reaktion an meinem Unterleib.

»Ich weiß nicht, was besser ist … Du unter mir oder dein Geschmack nach Erdbeeren. Ich inhaliere Erdbeeren, wenn ich sie nur sehe«, redete er drauf los und fixierte mich unter sich mit seinem intensiven Blick, während er langsam unter mein Shirt fasste.

»Du magst Erdbeeren?«, fragte ich fast schon zusammenhanglos, weil ich so konzentriert war, was er da mit seinen Fingern tat.

»Ich liebe sie«, antwortete er, ohne zu blinzeln.

Meine Atmung wurde schneller. Mein Herz rief vermutlich gerade innerlich nach einem Herzschrittmacher, weil es bald nicht mehr funktionierte, so schnell wie es schlug.

»Phoebs? Gleich esse ich deinen Obstsalat auf, wenn du nicht …« Ivy war mit der Schüssel voller Obst herausgekommen, sah sich um und erblickte uns dann. »Oha. Ja, dann gehört der Salat wohl mir.«

»Aber sowas von«, antwortete Will für mich. Erst jetzt bemerkte ich, dass meine Beine gespreizt waren und er sich direkt dazwischen befand. Wir waren zwar angezogen, aber dennoch war diese Situation total peinlich!

Wie ist das? Mir ist nichts mehr peinlich?

»Gut, dann noch viel Spaß.« Ivy schob sich ein Stück Obst in den Mund, kaute, nickte zufrieden und ging wieder zur Tür.

»Moment …« Keine Ahnung was ich sagen wollte, aber da hatte Will mich schon hochgezogen und auf seine Schulter geworfen.

»Was zum ...« Der Stoß über die Schulter nahm mir die Luft zum Atmen und zum Sprechen.

»Ich nehme mal an, euer Haus ist voll?« Wills Frage hörte ich zwar, aber ich brauchte erst ein paar Sekunden, um zu begreifen, dass er mich wie ein totes Tier über die Schulter geworfen hatte und nicht mal angestrengt klang.

Mit einer Hand hielt er mich fest. Ich würde eh nicht viel herumzappeln. Die Angst, mir etwas zu brechen, war viel zu groß.

»Brechend voll. Ich sage dir, so viel war noch nie los«, behauptete Ivy und versuchte die Lüge nicht mal zu verstecken.

»Hab ich mir gedacht«, erwiderte Will und es polterte auf einmal. Erst als ich die Stufe und die Entfernung zu Ivy bemerkte, war klar, dass er die Verandastufen mit mir auf der Schulter heruntergegangen war.

»Was soll ...? Warum sehe ich mein Haus kleiner werden? Will? Lass mich runter!«

»Nicht akzeptabel.«

Wutentbrannt starrte ich zu Ivy rüber, die anscheinend noch immer begeistert von meinem Obstsalat war.

»Ivy! Jetzt lass den Scheiß und hilf mir!«

»Es ist immer wieder eine Wohltat zu hören, dass du noch Schimpfwörter benutzt. Du tust ihr gut, Will!«, rief sie uns zu.

Wills Oberkörper vibrierte vor Lachen.

»Warte ab, wenn ich an meine 38er komme!«,

brüllte ich ihr jetzt wütend zu. Soweit ich das von hier erkennen konnte, schenkte sie mir einen Kussmund und verschwand dann im Haus.

Erneut rumpelte es. Will nahm gerade ihre Treppe und duckte sich, damit ich mir nicht den Kopf am Türrahmen stieß.

»Oha. Beute, Jungs!«, rief irgendeiner durch das Haus und ich hielt mir eine Hand vor die Augen.

Nach dem Prinzip: Wenn ich sie nicht sehe, dann sehen sie mich auch nicht.

»Halt die Klappe, Anthony. Wie viele von euch sind noch hier?«

»Keine Ahnung, eine Handvoll«, antwortete wohl Anthony. Ich konnte immer noch nichts sehen. Ich wollte nichts sehen.

»Die Handvoll verhält sich ruhig und keine dummen Sprüche über Phoebs«, erklärte Will.

»Ach, das ist Phoebs?«

Ich hob den Oberkörper, obwohl ich die Augen immer noch geschlossen hielt.

»Ist das Snoopy auf ihrem Shirt?«

»Süß.«

»Ich gebe dir gleich süß«, fauchte ich, obwohl ich nicht mal wusste, wer das gesagt hatte.

Erneut vibrierte Wills Oberkörper und stieg mit mir auf der Schulter die Treppe hoch.

Kapitel 14

WILL

»Du kannst die Augen ruhig öffnen, Phoebs. Hier ist niemand.«

Außer du und ich.

Ich hatte sie auf mein Bett gesetzt. Sie hielt sich immer noch die Augen mit der Hand zu.

Wie ein verschrecktes Reh blinzelte sie durch die Hand, die sie langsam öffnete.

»Wie gefällt dir mein Kerker?«, fragte ich sie grinsend.

»Du bist so unordentlich wie ich«, stellte sie fast schon zufrieden fest, nachdem sie sich in meinem Zimmer umgesehen hatte.

Die wenigen Male, die sie mal hier war, waren immer geplant gewesen. Damals hatte ich Zeit zum Aufräumen gehabt.

»Dann werden wir wohl eine Putzfrau einstellen müssen.« Ich legte mich neben sie, stützte meinen Kopf auf mein Ellbogen und sah sie lächelnd an.

Phoebs saß immer noch viel zu angespannt auf

meinem Bett. Wenigstens sah sie mir weiterhin in die Augen.

»Dir ist klar, dass du einfach hättest fragen können, ob ich mitkommen möchte, oder?«

»Schon, aber ...«

»Aber?«, fiel sie mir schnell ins Wort.

»Was würde deine 38er dazu sagen? Ich bin lieber auf Nummer sicher gegangen.«

»Und hast mich entführt?«

»Wäre es eine Entführung gewesen, hättest du mehr um deine Freiheit gekämpft.«

»Weißt du, wie das da unten ausgesehen hat? Du hast mich auf deiner Schulter herumgeschleppt und ...«

»Und alle wissen lassen, dass ich Phoebe Minton in meinem Arm trage, damit sie endlich mit mir das Bett teilt.«

Ich sah, wie sie schluckte. Es war ziemlich lustig, wie zweideutig sie meinen Satz verstand.

Sie denkt anscheinend genauso versaut wie ich, wenn wir zusammen sind.

Als Ally mich gebeten hatte, mal nach der Verandastufe zu schauen, da hatte ich nicht darauf gehofft, Phoebs zu treffen. Doch als sie dann vor mir stand, führte eines zum anderem.

Eigentlich war ich müde und wollte nur noch ins Bett. Die Tabletten hauten heute wirklich rein.

Dann küsste sie mich und verdammt, ich wollte sie auch so sehr küssen.

Die Sache mit Porter, Zachs Gespräche, die er mir ständig aufzwang, und Phoebs Hintern und dieser trotzige Mund ... Es war zu viel und jetzt hatte ich sie endlich hier bei mir.

Und die Tabletten machen mich k. o.

Ich beobachtete Phoebs, die anscheinend nicht wusste, was als nächstes passieren würde.

Deswegen entschied ich wieder für uns.

Ich griff mir die Fernbedienung von meinem Nachtschrank.

»Komm her.«

Dabei ließ ich ihr keine Entscheidung und zog sie einfach zu mir.

Stocksteif lag sie jetzt vor mir. Dann schaltete ich den Fernseher mit der Fernbedienung an.

Mein Kopf ruhte an ihrer Halsbeuge und ich atmete ihre Lotion, die nach Erdbeere roch, ein.

»Was machst du?«, fragte sie irritiert nach.

»Fernsehen.«

»Fernsehen?«, fragte sie verwundert.

Müde schloss ich die Lider.

Ich hasse diese Pillen.

»Hm«, murmelte ich und drückte sie noch näher an mich. Ihre Wärme war ein verdammter Kokon, den ich so schnell nicht wieder verlassen wollte.

Einen langen Moment sagte keiner von uns beiden was.

»Dann überlass mir aber die Herrschaft über die Fernbedienung«, sagte sie und schon schaltete sie um.

Ich grinste, während ich die letzten Töne einer Kettensäge hörte und in den Schlaf fiel.

***

Mein Kopf hob sich abrupt aus dem Schlaf, weil ich von irgendeinem Bonbonmonster träumte, das Zach und mich in einen Käfig einschloss, um uns bei nächster Gelegenheit zu verspeisen.

Scheiße. Was ein verrückter Traum.

Dann spürte ich den warmen Körper neben mir. Wir lagen noch immer in Löffelchenstellung in meinem Bett. Nur das Phoebs jetzt in meinen Armen schlief. Der Fernseher lief noch, sodass ich sie gut erkennen konnte.

Mein Wecker zeigte halb fünf an. Bald würde die Sonne aufgehen.

Also legte ich mich wieder zu ihr und inhalierte ihr Shampoo.

Auch wenn ihr Shampoo nicht nach Erdbeeren riecht, bilde ich mir ein, eben diese zu riechen.

»Wie spät ist es?«, murmelte sie verschlafen.

»Viel zu früh, um aufzustehen«, antwortete ich ihr und drückte sie wieder an mich.

Dieses Mal wirkte sie weder verspannt noch nervös und dann kuschelte sie sich mit ihren Hintern noch näher an meinen ...

Pheobs erstarrte.

»Bevor du ausrastet«, sagte ich. »Die 38er ist ganz sicher in deinem Zimmer, ja?«

Sie lachte urplötzlich und bekam sich kaum noch ein. Irgendwann beruhigte sie sich wieder, während ich einfach nur grinste.

Ich war verrückt nach ihrem Lachen. Und wenn ich dann noch dafür verantwortlich war, dass sie es mir schenkte ...

Als Armstrong den Mond bestieg? Eine Kleinigkeit.

Als der kalte Krieg beendet werden musste? Machbar.

Aber ihr ein ehrliches Lächeln zu entlocken? Unmöglich!

Umso mehr freute ich mich, weil ich das Unmögliche geschafft hatte.

»Will?«

Erst jetzt bemerkte ich, dass sie nicht mehr lachte. Sie lag still vor mir.

»Ja?«

»Was tun wir hier?«

Ah. Sie braucht einen Namen für dies hier.

»Ich denke, wir tun das, was wir die ganze Zeit über wollten«, erklärte ich, ohne diese Situation groß auszuschmücken.

»Miteinander schlafen obwohl ...«

»Wir keinen Sex hatten?«

Phoebs drehte sich zu mir um und sah mich an.

Ihr Haar brauchte eine Bürste und sie wirkte auch noch ziemlich müde.

Aber genau so sollte es sein. So wollte ich sie hier in meinem Bett liegen haben. Wir lachten, wir redeten ... Wir ...

»Ich dachte, du wolltest ...«

»Du weißt sehr gut, dass ich will, Pheobs.« Zum besseren Verständnis drückte ich noch mal meine Erektion an ihren Po. »Aber es geht hier nicht nur um Sex. Auch das müsste dir bereits klar sein.«

»Irgendwie schon.«

»Irgendwie schon? Phoebs ...« Stöhnend schnupperte ich den Erdbeerduft an ihrem Hals ein. »Wenn es mir um Sex ginge, hätte ich Sex haben können.«

Sie versteifte sich, aber die Reaktion hatte ich erwartet.

»Du hättest ihn auch haben können, Phoebs. Aber du hast nicht.« Eigentlich klang es eher wie eine Frage, aber als ich spürte, wie sie leicht den Kopf schüttelte hätte ich am liebsten ein *Halleluja* herausgebrüllt.

Plötzlich lachte sie kurz auf. »Hast du gerade Halleluja gesagt?«

Hatte ich?

Ich hob den Kopf und begegnete ihren lachenden Augen.

»Dir ist gar nicht klar, wie sehr ich dich will, oder?«

Aus ihrem lachendem Gesicht wurde ein sprachloses. *Sie weiß es wirklich nicht.*

»Seit einem Jahr spukst du mir im Kopf herum.«

»Ein Jahr?«, wiederholte sie, als würde ich über etwas Heiliges sprechen.

»365 Tage«, seufzte ich und begann ihren Hals zu küssen. »Rusty würde mir vermutlich noch die Minuten und Stunden ausrechnen, damit ich noch völlig den ...«

»Das wären dann 8760 Stunden, die Minuten müsste ich ...«

Mit einem Ruck hatte ich sie unter mir liegen.

»Du willst mich umbringen, oder?«, seufzte ich und begegnete wieder ihrem Blick.

»Wenn ich dich umbringen wollte, bräuchte ich meine 38er.«

»Also wenn du mich wirklich aufhalten willst, damit wir nicht weitergehen, rede nicht von deiner 38er.« Ich küsste wieder ihren Hals und sie kicherte.

»Warum?«

»Eine Frau, die schießen kann?« Ich biss zart in ihren Hals, sie stöhnte und drückte sich mir entgegen. »Das ist absolut heiß!« Meine Erektion wollte aus meiner Jogginghose. Wer hätte gedacht, dass Jogginghosen tatsächlich ungemütlich werden konnten?

»Ich kann aber schon immer schießen«, seufzte sie gegen mein Ohr und streichelte über meine Oberarme. Ich entwickelte Gänsehaut.

»Noch heißer«, antwortete ich und zog ihr langes Snoppyshirt hoch, um ihren Bauch zu küssen.

»Und was magst du noch an mir?«, fragte sie leicht außer Atem, während ich ihren Bauch mit Küssen bedeckte.

»Deine Unterlippe«, flüsterte ich, weil mir diese Lippen als nächstes durch den Kopf gingen.

»Meine Unterlippe?«

»Sie verrät dich.« Ich sah auf, während sie zu mir schaute. Ihre Wangen waren leicht gerötet, aber dieser süße Unglaube in ihrem Gesicht war das, was mir direkt auffiel. »Ich habe mich von Anfang an gefragt, was du denkst. Du warst das erste Mädchen, dessen Gedanken ich wissen wollte. Es war zum Haare raufen, wenn ich dich auf der Veranda gesehen habe und du, in irgendein Buch vertieft, gegrinst hast. Warum lächelt sie? Was hat sie so glücklich gemacht? Und ehe ich es mich versah, tauchte auch eben dieser andere Gedanke auf, der mir klarmachte, dass ich mich in dich verliebt habe.«

Ich hielt noch immer das Shirt hoch, mein Kopf lag auf ihrem Bauch und Phoebs beobachtete mich mit feuchten Augen.

Doch all das war gerade nebensächlich, denn ich dachte eben an diesen Moment zurück.

Ich stand auf der gegenüberliegenden Straßenseite und hatte Phoebs beobachtet. Sie saß – wie immer – auf der Hollywoodschaukel und las. Sie schmunzelte, lächelte fast.

»Und ich habe mich gefragt, was muss ich tun, damit sie mich so anlächelt?«

Ich spürte, wie sie zitternd Luft holte.

»Wann war das?«, fragte sie plötzlich.

»Kurz vor der Abschlussparty.«

Unsere Blicke begegneten sich und sie öffnete den Mund.

»Ich hätte nie gedacht, dass du dich jemals für mich interessieren könntest«, flüsterte sie.

Phoebs besaß große Selbstzweifel. Woher sie rührten, wusste ich nicht. Aber war das wichtig zu wissen?

Nein, nicht im Moment. Phoebs sollte begreifen, wie ich über sie dachte.

Ich griff mir ihre Arschbacken und riss sie hoch, sodass sie jetzt auf meinem Schoß sitzen konnte. Meine Hände hielten weiterhin ihren Hintern, dabei ließ ich sie nicht aus den Augen.

Phoebs klammerte sich an mich.

»Du bist eine wunderschöne Frau, Phoebs. Aber das warst du eben schon immer.«

Phoebs schien neugierig, auf das, was ich als nächstes sagen würde.

»Du meinst das wirklich ernst.«

»Du schaltest schnell«, stellte ich belustigt fest. Sie schlug mir auf die Schulter, dann blickte Phoebs mir wieder konzentriert ins Gesicht.

»Ich brauche Zeit, um zu vertrauen, Will.«

»Verstehe«, antwortete ich ernst und erwiderte ihren Blick, der mich vermutlich erschrecken sollte. Aber das tat ihre Antwort nicht. Immerhin wusste ich sehr gut, wie es war, Menschen etwas zu verheimlichen.

»Ich ... ich bin vielleicht nicht so hübsch, wie du denkst. Durch das schnelle Abnehmen habe ich ein paar Hautrisse und ...«

»Ich hab eine fürchterliche Narbe am Hintern«, erklärte ich ihr.

»Was?«

»Ja, ich zeig sie den wenigsten. Damals hat mein Dad immer Spiritus benutzt, um den Grill anzuschmeißen und ich bückte mich halt zum falschen Zeitpunkt am falschen Ort ...«

»Du lügst«, behauptete sie völlig fassungslos.

Kopfschüttelnd verneinte ich.

»Wenn du jetzt noch eine dritte Brustwarze oder so etwas erwartest, dann muss ich dich enttäuschen. Außer der Narbe fühle ich mich körperlich gesehen ziemlich perfekt, weißt du.«

Erneut schlug sie mich und lachte daraufhin. Auch wenn ich sie gern zum Lächeln brachte, wollte ich noch etwas klarstellen.

»Wir tragen alle unsere Narben, Phoebs. Sichtbare. Unsichtbare.« Sie hatte keine Ahnung, wie groß meine unsichtbaren waren. Aber hier ging es gerade nicht um mich. Phoebs musste sich wohlfühlen. Sie musste mir vertrauen.

»Wichtig ist, was wir daraus machen. Was *wir* daraus machen.« Ich legte ihre Hand auf meine Brust. Mein Herzschlag war nicht mehr so stark wie gerade eben noch. Aber es schlug für sie. Nur für sie.

Ihr Blick war auf unsere verschränkten Hände gerichtet.

Sie schluckte, dann sah sie mich an.

»Kann ich mal in dein Bad?«

Die Enttäuschung, dass sie die Flucht wählte, statt sich dem hier zu stellen, war groß. Aber ich würde sie nicht drängen.

»Klar. Direkt nebenan.«

Da ich Vizepräsident war, hatte ich ein eigenes Badezimmer.

Sie stieg schnell von mir herunter und rannte schon fast ins Bad.

Kapitel 15

DAS ERSTE MAL ERDBEERCUPCAKE

PHOEBE

Das Bad von Will war klein, aber eben ein perfekter Rückzugsort.

Ich starrte mein Spiegelbild an.

»Was zum Teufel tust du da?«

Ja, was tat ich hier eigentlich?

»*Wir tragen alle unsere Narben, Phoebs. Sichtbare. Unsichtbare. Wichtig ist, was wir daraus machen.*«

Will hatte es auf den Punkt gebracht. Warum zum Teufel versteckte ich mich hier noch?

Meine Haare ähnelten eher einem Vogelnest. Mein Gesicht war ungeschminkt und über meine *süßen* Klamotten musste ich erst gar nicht sprechen, oder?

Und doch hatte Will mich angesehen, als wäre dies eben genau die Phoebs, die er wollte. Die, die eben nicht perfekt war.

Die, die ihre Fehler hatte, aber eben normal war.

War ich normal?

Wenn, dann war normal okay, oder?

Für Will war ich nicht nur normal. Ich war ... *wunderschön.*

Mir wären die Tränen erneut gekommen, hätte ich mich nicht endlich zusammengerissen. Ich nickte meinem Spiegelbild zu und wollte wieder zu ihm.

Aber eines wollte ich unbedingt noch erledigen.

Ich zog mir schnell mein Shirt über den Kopf und meine Jogginghose von den Beinen.

Dann sah ich erneut mein Spiegelbild und nickte mir aufmunternd zu.

Du schaffst das, Phoebs.

Du willst es!

Er soll dich so sehen, wie du bist.

Ich riss die Tür auf, bevor ich es mir doch noch anders überlegen konnte.

Will saß auf seinem Bett, hatte die Ellbogen auf seinen Knien gestützt und sah auf.

Jegliche Scham versuchte ich schnell zu überspielen, indem ich mich ganz auf meine Atmung konzentrierte.

Er starrte mich immer noch an.

»Will?«

Er hob schnell die Hand.

»Warte.« Ich sah, wie sein Oberkörper sich hob und senkte. »Dir ist nichts über das Shirt gekippt, oder so?«

Die Frage irritierte mich zwar, aber ich schüttelte den Kopf.

»Über der Jogginghose?«

Erneut verneinte ich.

»Gott sei Dank«, hörte ich ihn leise sagen, dann

stand er auf und kam auf mich zu. Er riss mich praktisch an sich und verschlang meine Lippen mit seinen.

Ich erwiderte seinen stürmischen Kuss.

»Das hier ist für mich. Nur für mich«, flüsterte er fast schon ehrfürchtig gegen meine Lippen. Wir torkelten zusammen zum Bett.

Mittlerweile spielte es keine Rolle mehr für mich, ob ich nur noch mit Unterwäsche vor ihm stand. Als er mich auf die Matratze warf, lachte ich laut auf.

Er zog sein Shirt schnell aus, die Jogginghose folgte und dann sprach er ein ernstes »Gleichstand« und legte sich wieder auf mich.

Mir war nicht ganz klar, wann ich meine Unterwäsche verlor, aber das spielte auch keine Rolle mehr.

Alles was ich wollte, war Will zu fühlen.

Es war keine Lüge. Er wollte mich. Er wollte meinen Körper.

Bevor es tatsächlich dazu kommen konnte, drehte er sich plötzlich auf den Rücken, sodass ich auf ihm saß.

»Will?« Die Unsicherheit kam zurück, weil er dank des Badezimmerlichts jetzt viel von mir sehen konnte.

»Ich nehme mir, was ich will, Phoebs. Und jetzt will ich, dass du dir nimmst, was du brauchst«, antwortete er und wir sahen uns beide einfach nur an.

Er trug noch seine Shorts. Ich war splitterfasernackt und normalerweise wäre ich jetzt vermutlich hinausgelaufen.

Ich sollte mir nehmen, was ich wollte?

Jetzt?

Aber statt zu laufen, bewegte ich meine Hüften auf seiner harten Erektion in der Boxershort.

Will schnappte nach Luft und mich stachelte das nur noch mehr an. Das Kribbeln in meinem Bauch hatte sich ausgeweitet. Ich wollte ihn. Ich wollte Will.

Meine Hände drückten sich auf seinen muskulösen Bauch, während ich weiter meine Hüften kreisen ließ. Dabei entstand ein angenehmes, fast schon explosives Gefühl zwischen meinen Beinen. Ich legte den Kopf in den Nacken, um leise aufzustöhnen.

»Heilige ... Ich komm gleich, Phoebs. Nicht ...«

Und doch spornte mich genau dieser Satz an, einfach weiterzumachen.

Ich bewegte mich rascher, meine Atmung wurde stockender, das Kribbeln zwischen meinen Beinen immer schlimmer und dann spürte ich den Orgasmus, der mir durch Leib und Seele ging.

»Scheiße!«, fluchte er und stöhnte auf. Ich spürte die Wärme und die Feuchtigkeit durch seine Boxershorts und dann kicherte ich und beugte mich zu ihm herunter. Mein Kopf ruhte an seiner Halsbeuge.

»Du machst mich fertig«, sagte er mit einer Spur Verwunderung. »Wirklich. So richtig fertig.« Behutsam strich er mir über den nackten Rücken. Erneut stöhnte ich auf. Mit einem festen Ruck drückte er mich an sich, um uns dann zu drehen, sodass ich jetzt auf den Rücken lag. Meine Hände waren zwischen unseren Körpern eingedrückt. Dabei spielte ich an den wenigen Brusthaaren, die er besaß.

»Du hast mich jetzt in der Hand«, sagte er atemlos und beobachtete mich dabei, wie ich weiter an seinen Brusthaaren spielte.

»Hab ich das?«

»O ja. Niemand darf je erfahren, dass ich bei dir die Kontrolle verliere. Wortwörtlich verliere ...« Statt geschockt zu sein, schien es ihn ziemlich zu amüsieren.

»Ich mag es, wenn du die Kontrolle verlierst, denke ich.«

»Ach, denkst du das?«

Grinsend nickte ich.

Es fühlte sich so normal und schön an, nackt unter ihm zu liegen.

»Wie wäre es, wenn wir unter der Dusche noch einmal über Kontrolle und so reden?«

Sein Angebot überraschte mich.

»Unter der Dusche?«

Er ließ mich die ganze Zeit nicht aus den Augen.

»Ja, unter der Dusche.«

Ich konnte gar nicht antworten, aber nach wenigen Sekunden hatte er mich wieder über die Schulter gepackt, wurde die Boxershorts – wie auch immer – los und drückte mich in die kleine enge Dusche.

»Und jetzt zeige ich dir, dass man mich nicht unterschätzen sollte.«

Ich verdrehte die Augen, aufgrund seines großspurigen Spruches.

»O bitte. Was soll da denn noch *kommen*?«

Ich betonte das letzte Wort absichtlich und Will verstand das sehr gut.

»Na warte!«

Er griff sich meine Pobacken, hob mich hoch und ich spürte seine Erektion direkt zwischen meinen Beinen.

Ich schnappte überrascht nach Luft, während er mich langsam an die Fliesenwand der Dusche drückte.

Panisch hielt ich seinen Hals umschlungen.

»Bin ich dir auch nicht zu ...« *Schwer?*

»Du bist vieles, Phoebs. Aber nie das, was du annimmst«, antwortete er und küsste mich.

Keuchend war ich es jetzt, die am liebsten in ihn hereinkriechen wollte. Will küsste wie ein Gott. *Mein Gott.*

Unsere Zungen, unsere Lippen ... Sie nahmen sich, was sie brauchten.

Mein Bauch kribbelte, aber zwischen meinen Beinen brannte es!

»Will ...«

»Gott, du schmeckst so gut«, flüsterte er und dann lehnten wir Stirn an Stirn aneinander. »Ich weiß, wenn ich das jetzt tue, will ich nichts anderes mehr. Nie wieder.«

Die Ehrfurcht, die Ehrlichkeit und seine Worte waren eine bunte Mischung, die mich völlig wahnsinnig machten.

»Ich will es«, flüsterte ich ihm zu und er fluchte einmal, dann spürte ich, wie er sich langsam, sehr langsam vorwärts kämpfte.

Das stetige Gefühl, ausgefüllt zu werden. Wills

Wärme, sein Geruch und die leisen Worte, die er mir voller Ehrfurcht zuflüsterte, katapultierten uns in einen Strudel voller Lust.

Will wurde schneller, ich kratzte meine Fingernägel an seinem Rücken. Die Küsse wurden hastiger und unkoordinierter.

Es brauchte nicht lange, bis ich die Kontrolle verlor und kam.

Will folgte nicht weniger schnell.

Keuchend und völlig außer Atem drückte er mich noch immer an diese kalte Fliesenwand.

»Wolltest du nicht duschen?«, fragte ich irgendwann, nachdem ich wieder Worte in meinem Kopf bilden konnte.

»Hm?« Er sah auf und sah mich fragend an.

»Wir haben das Wasser vergessen«, stellte ich amüsiert fest und Will lachte lauthals auf.

Wir brauchten noch lange, bis wir damit aufhörten und noch länger, bis wir endlich das Wasser in der Dusche anstellten.

* * *

»Du trägst deinen Namen ein, vergiss die Adresse dabei nicht, und schon bist du für das Praktikum angemeldet.«

Ivy sprach gerade mit einem interessierten Studenten, während ich gedankenverloren in meinem Kaffee rührte.

Seit 11 Uhr saß ich nun hier an unserem Stand und versuchte nicht daran zu denken, was Will und ich den ganzen Vormittag über angestellt hatten.

»Erde an Phoebs? Würdest du bitte auch unterschreiben?«

Ivy hielt mir den Antrag hin, ich setzte schnell meinen Namen darunter und schon waren wir wieder allein am Stand.

Der halbe Campus war mit irgendwelchen wohltätigen Ständen bestückt. Dementsprechend waren viele Studenten hier, die sich umsehen und einschreiben lassen wollten.

»Schmeckt das Wasser?«

»Hm?«

Ivy's Blick glitt zu meinem Becher mit Wasser, in dem ich bereits geraume Zeit mit einem Löffel herumrührte.

»Oh.«

Schnell legte ich den Löffel beiseite. Ich hatte angenommen, es wäre Kaffee.

»Ja, oh. Was ist …«

Bevor sie mich darauf ansprechen konnte, verfinsterte sich ihr Gesicht, weil sie etwas hinter meiner Schulter entdeckt hatte.

Daraufhin rannte sie wortwörtlich in die genannte Richtung.

»Oh nein! Du kannst schnell wieder das Weite suchen!«, rief sie.

Ich drehte mich um. Sienna war mit ihrer typischen Sonnenbrille im Gesicht auf dem Weg zu unserem

Stand. Sie benutzte natürlich nicht den gepflasterten Weg. Nein. Sie lief quer über den Rasen.

»Wieso? Nichts Interessantes zu sehen?«, fragte Sienna und blickte zu unserem Stand.

»Verflucht noch mal. Du sollst hier keinen Scheiß anstellen! Wir suchen Freiwillige und Niemanden, der sich vor Angst in die Hose macht, weil du ihnen drohst oder so etwas.«

»Ich drohe doch nicht«, stellte Sienna klar. »Ich benutze meinen Charme und meine Ausgeglichenheit …«

Im selben Augenblick lief ein Pärchen eng umschlungen an uns vorbei.

»Gibt es irgendein Problem?«, fragte Sienna mit sehr, sehr dunkler Stimme.

Das Pärchen zuckte regelrecht vor Schreck zusammen, weil sie eben kein Problem mit ihr hatten.

»Wow, du bist ja heute so ausgeglichen. Sagst du mir, wie das geht?«, fragte Ivy zuckersüß und der Sarkasmus dahinter tropfte ihr praktisch vor die Füße.

»Ärger im Paradies?«

Wills Stimme ließ mich sofort lächeln und ich wandte mich ihm zu.

Er stand direkt neben mir und verfolgte das Wortgefecht der beiden, dann schaute er mich an.

»Hey.«

»Hi.« Ich kicherte albern.

»Eine Nacht und dann dieser Blick?« Er seufzte zufrieden auf. »Was mache ich nur mit dir, wenn du morgen immer noch so schaust.«

»Ich hoffe, dasselbe wie vorhin«, gab ich mutig zurück.

Will beugte sich lächelnd zu mir herunter und stellte mir plötzlich etwas hin.

Ein Erdbeercupcake?

»Halt mich für verrückt, aber die Dinger bringen mich in eine seltsam angenehme Stimmung. Je nach Moment auch in einer sehr unangenehme«, flüsterte er mir ins Ohr und ich biss mir auf die Unterlippe, weil ich mir genau denken konnte, was er in diesen Momenten dachte.

»Ich muss heute noch lernen, aber abends solltest du zu mir kommen.«

»Und wenn ich nicht zu dir kommen will?«

Warum auch immer. Aber das erste Mal fand ich es wahnsinnig toll, ihn zu provozieren.

»Keine Chance«, antwortete er und drückte mir einen leichten Kuss auf die Lippen. Er schmeckte nach einem Versprechen, das mich jetzt schon nervös vor lauter Vorfreude machte.

»Ich muss zurück zu unserem Stand«, sagte er, blickte mich noch mal lächelnd an und verschwand dann zwischen den vielen Menschen.

»Erzähl!«

Ivy setzte sich auf den linken Stuhl, Sienna auf den rechten.

Vergessen ist die Diskussion zwischen ihnen.

Sienna zog wie immer die Sonnenbrille ein Stück vom Nasenrücken und musterte mich kurz.

»Bin stolz auf dich.«

»Ihr seid also wirklich ... zusammen, ja?« Ivy grinste wie ein Honigkuchenpferd und das erste Mal durfte ich es tatsächlich laut aussprechen.

»Ja, das sind wir.«

»Nicht schlecht, Süße«, lächelte Sienna.

»O mein Gott!« Ivy klatschte befreit in die Hände, als ein uns unbekannter Student einen Antrag nahm und ihn direkt vor uns ausfüllen wollte.

»Sorry, aber du siehst ja wohl, dass wir beschäftigt sind, oder?«, stellte Ivy kühl fest.

Der Student war so schnell weg, wie er gekommen war.

»Also, erzähl jetzt. Was ist gestern passiert?«, fragte Ivy eifrig und ich stellte mir automatisch die Frage, wer eigentlich glücklicher darüber war, dass Will und ich jetzt zusammen waren.

»Du meinst, nachdem du zugelassen hast, dass er mich über seine Schulter geworfen und wie ein Neandertaler in seine große, dunkle Höhle getragen hat?«

Mein Vorwurf interessierte sie nicht die Bohne.

»Ich dachte eher an den süßen Prinzen, der seine Prinzessin auf seine Burg holt.«

»Was habt ihr alle nur mit dieser Märchenge-schichte«, seufzte ich.

»Unsere Phoebs steht auf den bösen Neandertaler-Typen. Du solltest mich noch überraschen, aber irgendwie haben wir doch wohl völlig falsch eingeschätzt, oder?« Siennas Frage ergab irgendwie Sinn. Vieles, was sie über mich dachten, stimmte einfach nicht. Aber das lag zu einem großen Teil daran, weil ich nichts richtigstellte.

Sie dachten, Phoebe Chloe Minton wäre schüchtern. Also stand sie auch nicht auf heißblütige Männer.

Aber Will vereinte irgendwie einige tolle Charakterzüge und keinen davon wollte ich jemals mehr missen.

»Stille Wasser sind tief, sage ich da nur«, erklärte Sienna grinsend.

»Na wunderbar. Wenn man vom Teufel spricht.«

Ivys Satz ergab für mich keinen Sinn, bis ich Porter sah. Er steuerte direkt unseren Stand an.

»Natürlich taucht jetzt Porter auf. Wie sollte es auch anders sein?«, hörte ich Ivy murmeln.

Ich war schon aufgestanden und ging ihm entgegen, damit es nicht noch Ärger zwischen meinen Mädels und ihm gab.

»Hi Porter.«

»Deine SMS habe ich bekommen«, stellte er sofort klar.

Das hier war kein Höflichkeitsbesuch. Er war stinksauer.

»Es tut mir leid. Ich hätte es dir vielleicht schon eher sagen sollen.«

»Spielt das überhaupt eine Rolle? Hatte *ich* je eine Rolle gespielt? Ich meine, dieses Liebesgeständnis. Das war nie für mich gewesen, oder?«

»Ich ... Es tut mir leid.«

Was hätte ich sonst noch sagen sollen?

»Bist du jetzt mit ihm zusammen?«

Porter brauchte seinen Namen nicht mal aussprechen. Es war auch so klar, wen er meinte.

Ich verschränkte die Arme vor der Brust und nickte leicht. Ihn anzulügen wäre noch grausamer.

Plötzlich spürte ich seine Hand an meiner Wange und ich schaute auf.

Ein fast wehmütiger Ausdruck lag auf seinem Gesicht, der sich allerdings schnell änderte.

»Er wird dich enttäuschen. Selbst jetzt läßt er dich deine Schlachten allein austragen.«

Was meinte er damit?

Porter gab mir keine Zeit, nachzuhaken. Er drehte sich um und verschwand wieder zwischen den vielen Studenten.

»Alles okay?«

Ivy stand neben mir und musterte mich besorgt.

»Hat er irgendwas Blödes gesagt?«

Ich schüttelte den Kopf, weil ich einfach keinen Ärger mehr wollte.

Sienna hatte die Füße auf den Tisch gelegt und schien zu schlafen. Dank der Sonnenbrille konnte ich das nicht wirklich erkennen.

»O Gott. Ist das Jason Mamoa?«

Ivy setzte sich grinsend neben sie, nachdem sie das laut ausgerufen hatte.

»WO?«

Sienna stand auf, riss den Stuhl zu Boden und die Sonnenbrille vom Kopf.

»Ich wusste es. Du fandest *Aquaman* doch gut!«, lachte Ivy.

»Sehr witzig. Nur weil ich einen Hintern ansehnlich finde, muss ich den Film, in dem dieser Hintern herumläuft, nicht gut finden«, antwortete Sienna bissig und runzelte die Stirn. »Sag mal, Phoebs. Du hast Will doch die ganze Nacht ordentlich rangenommen, oder?«

»Denk dran, meine 38er möchte dieses Semester noch gern benutzt werden«, seufzte ich.

»Ja ja. Droh mir gern weiter. Du weißt, ich steh da drauf. Was zum Teufel ist da hinten mit ihm los?«

Automatisch blickten wir in die Richtung, in die Sienna sah. Es war nicht einfach etwas zu erkennen, da die Sonne bereits hoch am Himmel stand und viele Studenten größer waren als ich.

Aber Will war zu erkennen. Er hielt sich am Stand der Kappa Alphas auf. Zach stierte ziemlich genervt zu Will, der sich mit Jenny unterhielt, die – wie wir es gewohnt waren – nicht viel trug.

»Was zum Teufel ist das für ein Stoff? Soll das überhaupt Stoff sein?«, fragte Ivy gereizt. Heute trug sie einen so kurzen Rock, dass jeder sehen konnte, welche Farbe ihr Slip hatte. *Rosa.*

»Na, das ist doch total klar, was das ist«, erklärte Sienna, als hätte sie ein Patent auf diese Antwort.

Wir beide schauten sie abwartend an.

»Alufolie.«

»Alufolie?«, fragte ich stockend.

»Na klar.« Sienna zuckte mit der Schulter. »In

Alufolie packen wir alles. Auch Scheiße, wenn ich mir Jenny so ansehe.«

Ivy schnaubte belustigt und ich versuchte mein Lachen mit einem Hustenanfall zu überdecken.

»Wir benutzen Alufolie, um Dinge frisch zu halten, oder?«, fragte Sienna.

»Schon«, antwortete Ivy.

»Was passiert wohl, wenn wir ihr das Dingen ausziehen?«

Bei Siennas Frage fielen mir die verschiedensten Varianten ein.

»Da fällt mir als erstes *The Walking Dead* ein.« Ivys Antwort ließ uns alle lauthals auflachen.

»Daryl hätte sicher richtig Bock, mit Pfeil und ...«

Ich spürte Ivy und Siennas Blick auf mir ruhen.

»Was?«

»Vorsicht Madame. Man könnte meinen, dass du doch mehr als ein paar Folgen von *The Walking Dead* gesehen hast«, schlussfolgerte Sienna mit einem Grinsen im Gesicht.

»Womöglich«, antwortete ich vage und beobachtete erneut Will, der sich weiter mit Jenny unterhielt. Ich konnte weder sein noch ihr Gesicht dabei sehen.

»Ach Phoebs ...« Sie legte mir den Arm um die Schulter. »Du überraschst mich immer wieder. Aber erst einmal müssen wir *das* Problem dahinten loswerden.«

»Problem?«, fragte ich irritiert nach.

»Will ist einer von den guten Jungs. Keine Frage,

aber das wissen eben auch die anderen, wie zum Beispiel die Alufolie-Mädels.«

Mein Blick folgte ihrem. Jenny strich ihm behutsam über den Arm. Will nahm etwas Abstand. Eine Reaktion, die mich lächeln ließ.

Sienna hatte Recht. Er war einer von den guten Jungs.

»Frauen wie Jenny raffen es nicht, wenn du hoffst, er bleibt anständig.«

»Will würde nicht ...«

»Würde Zach auch nicht. Und was hat Kara geschafft?« Ivy setzte sich hin und machte ein Gesicht, als hätte sie in eine Zitrone gebissen.

Richtig. Zachs Ex hatte so getan, als hätten die beiden was miteinander gehabt und Ivy fast das Herz gebrochen.

»Wenn ich gewusst hätte, was da auf mich zukommt ... Ich hätte klarstellen müssen, dass Zach zu mir gehört.«

Sie hatte gelitten. Sehr sogar. Und ich würde lügen, wenn ich nicht zugab, dass mich das auch mitgenommen hatte. Ivy war meine Freundin. Ich wollte sie nicht leiden sehen. Und die beiden wollten mich auch nicht so sehen.

Mein Blick schoss zu dem Erdbeercupcake.

»Okay«, kam mir über die Lippen, bevor ich darüber wirklich nachdenken konnte. »Ich stell das klar.« Schnell kippte ich mir das Wasser mit einem großzügigen Schluck in den Rachen.

Sienna grinste stolz. Als ich allerdings mit Hilfe meines Stuhles auf den Tisch stieg, wirkte sie nicht nur stolz, sondern vollkommen entsetzt.

»Pheobs?« Ivys leise Frage in der Stimme ließ mich den Kopf schütteln.

»Nichts sagen. Unterstützt mich einfach.«

Es sahen bereits einige Studenten zu mir herüber.

»Was zum Teufel war in dem Becher?«, hörte ich Ivy Sienna zu flüstern.

»Wasser. Nehme ich zumindest an.«

Ich holte tief Luft und ignorierte meine innere Stimme, die mich gerade für bekloppt hielt.

Kapitel 16

MEIN MUTIGES MÄDCHEN, DAS DIE KRALLEN AUSFÄHRT

WILL

»Ich finde dich klasse. Wie wäre es, wenn wir mal was trinken gehen würden?«

Jenny berührte meinen Unterarm leicht.

Ich war ziemlich genervt. Langsam tauchte auch wieder dieser so typische Kopfschmerz auf, obwohl ich das gerade nicht gebrauchen konnte.

Zach sprach gerade mit einem Studenten, der sich für ein Praktikum interessierte. Aber ich spürte seinen Blick, der mich immer wieder mahnend beobachtete.

Echt jetzt? Jenny soll mich interessieren? Komm schon, Alter. Du müsstest es besser wissen.

Wobei er auch nicht wusste, das Phoebs die Nacht bei mir verbracht hatte.

»Jenny, dein Angebot ist schmeichelhaft. Wirklich.«

Eigentlich nicht, aber ich will sie halt auch nicht verletzen.

»Dann geht das Date also klar?« Strahlend blickte sie mich an, als hätte ich ihr gerade eben genau dies vorgeschlagen.

Ich seufzte.

»Nein, ich …«

»Darf ich alle mal um eure Aufmerksamkeit bitten?«

Ich runzelte die Stirn, weil ich die Stimme kannte. Aber was zum Teufel tat sie da?

Schnell sah ich zu ihrem Stand. Phoebs hatte sich auf den Tisch gestellt und sah sich um. Fast alle blickten sie an.

»Danke!«

Ich grinste, weil sie sich tatsächlich dafür bedankte, dass wir sie alle anstarrten. Sie trug ein hübsches, hellblaues Kleid. Ihre Haare trug sie offen und sie war praktisch ungeschminkt. Eine Naturschönheit.

»Ich …« Phoebs krallte ihre Finger in ihr Kleid und holte tief Luft.

Jetzt war ich wirklich gespannt, was sie zu sagen hatte.

Und dann blickte sie zu mir. Herausfordernd, fast schon rebellisch.

Ich zog fragend eine Augenbraue in die Höhe.

»Viele kennen mich. Der Rest nicht.«

»Soll das zu irgendetwas führen?«, fragte Jenny genervt.

»Schh«, sagte ich, ohne Phoebs aus den Augen zu lassen.

»Ich lese gern«, begann sie.

Stimmt.

»Ich rede nur, wenn es wirklich wichtig ist.«

Das hat mich immer schon an dir fasziniert.

»Deswegen will ich einfach nur sagen ...«

Sie senkte den Blick, schluckte und schaute dann wieder auf.

»Ich liebe Will Miller!« Ein paar schnappten nach Luft – ich würde meinen, es waren irgendwelche Mädels. Andere wiederum starrten einfach in meine Richtung, weil Phoebs mich jetzt ansah. »Und wenn das immer noch nicht jeder verstanden hat.« Der Satz ging jetzt definitiv an Jenny. »Dann kann er gern mit mir reden. Ich bringe meine 38er mit und wir reden wie erwachsene Menschen darüber.«

Ein paar Studenten pfiffen beeindruckt. Andere wiederum schlugen mir auf die Schulter. Ich konnte mein Grinsen kaum zurückhalten.

Phoebs hatte vor all diesen Leuten gerade einen Anspruch auf mich erhoben. Obwohl sie nicht der Typ war, sich in den Vordergrund zu stellen.

»Na los. Schnapp dir die Süße«, lachte irgendein Fremder.

»Hab ich vor«, grinste ich und schritt zu ihrem Stand.

Man hatte mir Platz gemacht, sodass sie mich beobachten konnte.

»Will ...« Sie wirkte ziemlich nervös. »Du musst nicht. Also, ich wollte nur klarmachen ...«

»Ich weiß.« Ich umschlang ihre Beine, hob sie hoch und ließ sie langsam an mir herunterrutschen.

»Und ich muss den vielen Typen hier klarmachen, dass nur ich unter dieses hübsche Kleid darf«, flüsterte ich ihr zu und küsste sie stürmisch.

Die Menge jubelte, Sienna oder Ivy pfiffen.

Phoebe liebt mich.

Der Gedanke wollte sich einfach nicht in meinem Kopf festsetzen.

Hatte ich es wirklich geschafft? Phoebe hatte es wirklich endlich begriffen?

Ich sah sie an und sie strahlte mich an.

Scheiße, was bin ich nur für ein Glückspilz.

***

Es dauerte genau zehn Stunden und schon war der tolle Vormittag und die Nacht zuvor fast vergessen.

Ich lag quer auf meinem Bett und starrte müde an die Decke.

Die Pillen halfen nicht. Ich fühlte mich völlig groggy.

»Verflucht«, murmelte ich, weil ich jetzt seit gefühlt einer Stunde versuchte, endlich wieder hochzukommen.

Schon als ich heute Morgen neben Phoebs aufgewacht war, wusste ich, dass ich nicht gerade im Vollbesitz meiner Kräfte war. Schon da hätten meine Alarmglocken schrillen sollen. Aber Phoebs duftete so gut, und ich wollte sie einfach nicht loslassen.

Jetzt kam die Quittung mit voller Wucht. Das Training war heute Nachmittag schon beschissen gewesen. Jetzt fühlte ich mich einfach nur noch wie Pudding. Meine Arme fühlten sich bleischwer an, mein Kopf taub.

Ich hatte das Licht ausgestellt, weil es unangenehm in den Augen stach.

Nicht mal durch mein Gesicht konnte ich mir fahren, obwohl ich so verdammt müde war.

Plötzlich glitt die Tür auf.

»Zach?«

Keine Antwort.

Ich sah zur Seite und blinzelte mehrmals, konnte aber nur eine kleine Silhouette erkennen.

»Phoebs?«

Mist. Wir sind verabredet und ich habe vergessen, ihr Bescheid zu geben.

Mein Handy hatte bereits mehrmals vibriert, aber ich war einfach so Scheiße müde.

Phoebs stieg plötzlich auf mich und küsste mich.

Ich erwiderte den Kuss nur leicht, weil er so überraschend kam.

»Schh.«

Irgendetwas stimmte nicht. Wobei das wohl an mir lag.

»Phoebs, warte ...«

Dann stieg mir ihr Parfum in die Nase.

Warte ... Parfum? Phoebs trägt kein Parfum.

Scheiße.

»Hey Alter, dein Mädchen ist hier!«, rief plötzlich Zach durch die Tür.

Was?

»Er ist in seinem Zimmer. Zumindest ist er vorhin nach oben gegangen.«

Mit wem redete Zach da?

Ein Kichern an meinem Hals machte mich noch nervöser. Wer zum Teufel war das auf meinen Beinen?

Ich griff mir ihre Hüften, damit ich sie endlich mal stabilisieren und ansehen konnte. Aber da wurde bereits das Licht eingeschaltet und ich musste mehrmals gegen die Helligkeit anblinzeln.

Kapitel 17

MANCHMAL IST EIN TRAUM AUCH NUR EIN ALBTRAUM

PHOEBE

Ich machte mir Sorgen. Große Sorgen!

Will hatte mir gesagt, er wollte abends vorbeischauen. Als er nicht auftauchte, rief ich ihn mehrmals an. Er ging weder an sein Handy noch antwortete er auf meine Nachricht.

Jetzt war es nach elf und ich hatte ein mulmiges Gefühl.

War er verletzt?

War er vielleicht einfach nur eingeschlafen oder …

Schon heute Vormittag hatte ich meine innere Stimme ignoriert, die mich

ermahnte, ihm nicht zu sagen, was ich fühlte. Aber ich hatte es getan. Und jetzt versuchte sie es wieder.

Was, wenn er es bereits bereut? Wenn er wie Patrick ist?

Das war schwachsinnig. Will war nicht so wie Patrick. Will gehörte zu den Guten!

Zach hatte mir die Tür geöffnet und brachte mich freundlicherweise zu seinem Zimmer. Die ganze Zeit grinste er mich an, das ging schon den ganzen Tag so. Der halbe Campus hatte von meiner öffentlichen Liebeserklärung gehört. Die meisten wirkten ziemlich zufrieden, sobald sie mich sahen. Als hätten sie nur darauf gewartet, dass mal jemand auf einen Tisch stieg, um einfach zu sagen, was man wollte. Es war wirklich überraschend. Klar, es war auch ziemlich unangenehm. Aber damit könnte ich leben, weil Will mit mir zusammen war. Mit mir!

»Er ist in seinem Zimmer. Zumindest ist er vorhin nach oben gegangen«, erklärte Zach und grinste immer noch schief.

»Hör auf so dämlich zu grinsen«, sagte ich.

»Sorry, kann ich nicht nach deinem süßen Auftritt heute morgen.«

Ich verdrehte die Augen.

»Du bist ja nur neidisch.«

»Ich bin vermutlich einer der wenigen, der es nicht ist.« Er zwinkerte mir zu und ließ mir den Vortritt.

Erneut augenrollend öffnete ich die Tür und musste erst einmal das Licht einschalten.

»Sicher, dass er hier …«

Und dann sah ich es. Auf dem Bett lag eine nackte Frau. Eine splitterfasernackte Frau!

Sie drehte sich zu mir um und erst jetzt bemerkte ich, dass sie auf jemanden saß.

»Uups.«

Jenny.

Jennifer Banks lag nackt auf meinem Freund, der

sich nicht mal die Mühe machte, den Kopf zu heben.

»Was, verdammte Scheiße …«, hörte ich Zach fluchen.

»Ich glaube, die kuschelige Zweisamkeit ist beendet«, kicherte sie, stieg von Will runter und zog sich ihren Mantel an, den sie auf dem Boden zurückgelassen hatte.

Lasziv stakste sie zu uns, grinste diabolisch und flüsterte Zach noch ein »Du hattest deine Chance« zu. Dann verschwand sie aus dem Zimmer.

Will lag immer noch auf dem Bett.

»Lass uns allein.« Ich sah Zach nicht an. Es war so schon demütigend genug. Aber meine kleine Stimme wollte es nicht glauben. Die, die mir die ganze Zeit zugeflüstert hatte, dass er wie all die anderen war. Diese Stimme wollte mir jetzt etwas anderes beweisen.

Zach schloss die Tür hinter sich und ließ uns allein.

Ich wollte zu Will gehen. Irgendetwas tun. Aber er rappelte sich von selbst auf und fuhr sich müde durch sein Haar. Er war noch angezogen. *Gott sei dank.*

»Phoebs?«, fragte er völlig unschuldig.

Er lehnte seine Ellbogen auf die Knie und wirkte müde.

Wunderbar.

»Was hat sie hier zu suchen, Will?«

Ja was wohl, du naives Ding.

»Phoebs …«

Wieder stockte seine Stimme.

Was soll er auch sagen, Phoebe? Dass es nicht so ist, wie es aussieht?

265

Hör auf, dir etwas vorzumachen!

»Verdammt noch mal!«, rief ich laut aus und versuchte die Tränen zu unterdrücken, weil ich sie ihm auf keinen Fall zeigen wollte. »Sag irgendetwas. Erklär mir, warum sie in dein Zimmer gekommen ist.« *Idiotin, du weißt, was hier los war.* »Sag mir, dass das nicht von dir kam.« *Natürlich nicht.* »Sag irgendetwas!«

Aber er tat es nicht. Will hatte die Augen geschlossen und ... tat nichts.

»Das ist doch wohl ein Scherz. Ein Witz, der wieder mal auf meine Kosten geht«, hörte ich mich sagen. Als die erste Träne floss, wandte ich mich schnell um.

»Phoebs«, hörte ich ihn wieder sagen, aber dieses Mal blieb ich hier nicht wie eine dumme Pute stehen und wartete darauf, dass er mir noch mehr das Herz brach.

Zach stand angelehnt an der Wand, als ich rauskam und hielt mich auf, obwohl ich nur noch weg wollte.

»Phoebe, warte. Bist du dir absolut sicher, dass ...«

»Er streitet nichts ab, Zach. Gar nichts!«, fuhr ich ihn an, damit er begriff, dass das hier nicht *seine* Situation war. Dann blickte ich ihn an und es stand ihm ins Gesicht geschrieben, dass er weder meine Tränen gut fand noch die Info, die ich ihm gerade gestanden hatte.

»Will ist nicht ...«

»Ich weiß. Jeder dachte das. Jeder!«, schrie ich fast schon hysterisch und spürte von unten die Blicke der Jungs.

»Ich glaube nicht ...«

»Mir ist scheißegal, was du glaubst! Jetzt lass mich endlich vorbei!«

Einen Moment lang zögerte er, aber dann seufzte er ergeben und ließ mich vorbei.

Die Jungs, die mir nachsahen, ignorierte ich. Rusty rief meinen Namen, auch den überging ich.

Als ich endlich über die Straße lief, holte ich tief Luft und schluchzte auf.

»Phoebe?«

Weil es bereits dunkel war, erschrak ich regelrecht, als Porter direkt auf dem Bürgersteig vor unserem Haus stand.

Er wirkte erschüttert.

»Was ist passiert?«

»Nichts!« Ich konnte und wollte jetzt nicht darüber reden. Dann ließ ich ihn stehen und rannte in unser Haus zurück.

Sienna stand am Telefon und starrte auf den Hörer, als sie mich bemerkte.

»Was ist los?«

»Nichts«, antwortete ich automatisch, blieb aber vor der Treppe stehen. Plötzlich wollten meine Beine nicht mehr ihre Arbeit erledigen. Ich wollte gar nichts mehr tun außer ...

»Hey. Das sieht mir nicht nach *nichts* aus.« Sienna drückte mich an sich, und jetzt ließ ich alles heraus.

»Er hat ... er hat ...« Meine Schluchzer wurden lauter, herzzerreißender und völlig unkontrolliert.

Warum hatte er das getan? Warum nur?

»Was ist los?«, hörte ich Ivy, dann kam noch jemand.
»O Gott.« Es war June.

***

Es hatte auf der Highschool viele schlimme Momente gegeben. Ich war immer Spott und Hohn ausgesetzt. Oft konnte ich sie ignorieren, manchmal eben nicht. Dann ging ich aufs College. Hunderte Meilen entfernt von den Schülern, die mich wegen meines Gewichts und meines schüchternen Verhaltens nicht akzeptierten.

Aber war das hier groß anders?

»Sieh dir doch mal an, wie gut dir die Luft tut«, sagte Ivy und wippte mit mir

auf der Hollywoodschaukel.

Am liebsten wäre ich wieder in mein Zimmer geflüchtet.

Drei Tage waren vergangen. Drei Tage, die ich am liebsten vergessen hätte.

Jetzt hatten Ivy und Sienna mich hier herausgeschleppt, weil der Abend schön war.

Es stimmte. Es war mild und der Vollmond war riesig, der Himmel sah wunderschön aus.

»Ich muss schon sagen, die Limonade schmeckt super«, sagte Sienna und nippte an ihrem Glas.

»Was für ein Zufall, dass du sie heute gemacht hast«, erwiderte Ivy.

»Ja, was ein Glück, nech.«

Ich schmunzelte leicht, weil es so gut tat, dass die

beiden sich einfach normal verhielten. Der Rest tat das nämlich nicht.

»Willst du nicht probieren?«, fragte Sienna mich und sah kurz auf mein noch unberührtes Glas.

»Sie stellt dir auch ein Garantieschein aus, dass sie *umwerfend* schmecken wird«, witzelte Ivy.

»Ich hab kein Durst«, antwortete ich.

Der Blick, den Sienna und Ivy miteinander tauschten, entging mir nicht.

»Mir geht es gut.«

»Ja-a«, dehnte Sienna das Wort. »Das sagte Ivy auch ständig, falls du dich daran erinnerst.«

Daran erinnerte ich mich noch sehr gut. Aber das änderte nichts an meiner Aussage.

»Ich bin enttäuscht worden. Das ist eben so. Und jetzt werde ich damit leben müssen. Alles ist super!«

Ich trug zu dick auf. Siennas Augenbraue schob sich fast zu ihrem Haaransatz. Ivy schnaubte, bevor sie von der Limonade trank.

»Deswegen isst du nichts mehr? Stimmt. So ne Null-Diät ist *totaaal normal.*«

Ivy schüttelte wegen Siennas Spruch den Kopf.

»Sienna, wir hatten doch mal über Empathie geredet und wann man sie einsetzen soll, oder?«

»Kann sein.«

»*Jetzt* wäre ein sehr guter Moment dafür.«

»Wollen wir tatsächlich drumherum reden, anstatt direkt auf den Punkt zu kommen? Sieh sie dir doch mal an, Ivy. Sie ist fix und fertig!«

»Sienna!«

»Nichts, Sienna! Er hat ihr das Herz gebrochen und so wie ich Phoebs verstanden habe, hatte er die Chance, sich zu erklären. Sie hat sich die verdammte Zeit genommen, Würde gezeigt und was tut dieser miese Lügner? Er verletzt sie wie dieser Schlappschwanz Patrick. Nur mit dem Unterschied, dass wir als ihre Freundinnen noch eifrig daneben standen und sie wortwörtlich in Wills Arme getrieben haben. Wir sind im Grunde nicht besser als dieser Hornochse da drüben!«

Sie stand auf und stampfte über die Veranda ins Haus.

»Was war das denn?«, fragte ich überrascht. »Sie ist doch sonst eher abgeklärt.«

»Im Grunde kann ich sie sogar verstehen. Erst kam ich mit der Zach-hat-mein-Porno-und-erpresst-mich-Story und jetzt das mit Will und dieser ... Ich weiß gar nicht, was ich über Jenny sagen soll, ohne dafür wegen Beleidigung in den Knast zu wandern.«

»Sienna wüsste da wohl ein paar Wörter«, schnaubte ich und Ivy lachte kurz auf.

»Sorry, Reflex.«

»Nein. Es ist doch auch zum Lachen. Diese ganze Situation ist ...«

Müde fuhr ich mir durch die Haare, die ich schon ein paar Tage nicht mehr gekämmt hatte.

»Ich hatte die ganze Zeit diese Ängste. Immer wieder tauchte da diese Stimme auf, die mich gewarnt hat. Und dann ignoriere ich sie und falle noch tiefer als jemals zuvor. Es ist so demütigend.«

»Hey.«

Ich holte tief Luft und sah Ivy an, die mich in den Arm nahm. Das taten beide die ganze Zeit über, wann immer ich es nötig hatte.

»Du kannst stolz auf dich sein.«

»Was?« Ich zog den Rotz in der Nase hoch und betrachtete meine beste Freundin.

»Du hast dich deinen größten Ängsten gestellt. Du hast vor allen gesagt, was du willst und wen du willst. Weißt du eigentlich, wie viele Bewunderer du hast? Sienna und ich gehören auch dazu.«

»Wirklich?«

»Wirklich«, bestätigte Sienna, die wieder herausgekommen war und sich setzte. Sie wirkte immer noch wütend, versuchte sich aber zusammenzureißen. »Du hast Eier bewiesen. Große Eier, Phoebs. Ich könnte mich nicht vor allen auf ein Podest stellen und verkünden, wen ich haben wollte.«

Eine leichte Melancholie schlich sich in ihre Augen.

Sienna sprach nie viel über ihre Gefühle. Dass sie das jetzt tat, bedeutete mir viel.

Seit drei Tagen war ich nämlich nur noch ein kaputtes Wrack.

Kapitel 18

DREI TAGE MACHEN ES AUCH NICHT BESSER

WILL

Als ich aufwachte, holte ich erst einmal tief Luft. Ich war wieder mal eingeschlafen, nur dieses Mal konnte ich ohne zögern die Lider öffnen.

Dann starrte ich an die Decke und mir fiel wieder ein, woran ich als letztes gedacht hatte, bevor mich die Müdigkeit völlig ausgeknockt hatte.

»Scheiße!«

Ich setzte mich im Bett auf und bemerkte Zach. Er saß in meinem alten Sessel und wirkte angespannt.

»Wo ist ...« Ich sah mich schnell um.

»Suchst du Phoebe? Da bist du ein paar Tage zu spät, mein Freund«, erklärte Zach mir schnaubend.

»Wie viele Tage?«

»Drei.«

»Drei?«, fragte ich fassungslos nach. Die letzten Tage waren wie im Delirium vonstattengegangen. Ich ging zur Toilette, wenn ich musste, oder trank etwas aus meinem Wasservorrat hier in meinem Zimmer.

Ich drehte mich zur Seite, um meine Beine auf den Boden abzustellen. Die Muskulatur fühlte sich gut an und spielte mit.

»Wo ist sie?«

»Redest du von Phoebe?«

»Natürlich rede ich von ihr!«, fuhr ich ihn an, bemerkte aber dann, dass ich meinen Frust nicht an ihm ablassen durfte. »Sorry, ich ...«

»Nein, nein. Entschuldige dich ruhig. Habe ich von dir mehr als verdient.«

Stirnrunzelnd sah ich ihn an und mein Blick schoss zur Pillendose, die er anscheinend in meinem Nachtschrank gefunden hatte.

»Warum hast du mir nichts davon erzählt?«

»Warum? Weil du vielleicht genug mit deinen eigenen Problemen zu tun hast!«

Und weil ich – sobald ich merke, dass ich wieder in dieses tiefe Loch falle – nach Hause gefahren bin.

»Will, ich bin nicht derjenige von uns beiden, der gerade tief in der Scheiße steckt wegen Jenny.«

»Da war nichts. Sie hat sich in mein Zimmer geschlichen. Mir war nicht mal ganz klar, dass sie es war. Wenn ein Schub kommt, dann funktioniert bei mir gar nichts mehr ...«

»Und genau deswegen hätte ich es wissen müssen. Phoebe hat dich zur Rede gestellt. Sie hat dir Zeit gegeben, *das* hier zu erklären ...« Er machte eine Handbewegung zu mir.

Ich versuchte mich zu erinnern und ich meinte, ihre Stimme zu hören. Ihre Frage, was das hier sollte ...

»Hast du Ivy davon erzählt?« Ich blickte kurz zur Pillendose, die er noch hielt.

»Das hier ist deine Geschichte, Will. Du hast sie nicht mal mir anvertraut, wie könnte ich es jemand anderem erzählen?«

»Danke«, antwortete ich erleichtert.

»Ich habe es nicht nur deswegen getan. Du hast es verkackt. Ordentlich, Will. Und ich werde dir nicht aus der Scheiße helfen, wenn du absichtlich allen von dem Kram hier ...«, er schüttelte die Packung und warf sie mir zu, »nichts erzählt hast.«

Mir war klar, dass er sauer war. Dass er im Grunde auch sich damit meinte. Immerhin hatte ich ihm nie von meinen Depressionen erzählt. Es hatte einfach keinen Grund dazu gegeben. Ich hatte es immer vorzeitig nach Hause geschafft. Dort hatte ich mich in mein altes Zimmer verkriechen können, bis die Phase vorüber war.

Zach stand auf und ging zur Tür. Er atmete kurz durch und blickte mich dann noch einmal an.

»Geht es dir sonst gut? Brauchst du etwas?«

»Ein Sandwich wäre gut«, antwortete ich ehrlich, weil der Hunger nach so einem Schub immer groß war.

»Okay. Geh duschen und danach werden wir eine Strategie besprechen müssen.«

»Du hilfst mir?«, fragte ich überrascht nach.

»Du hast mir damals auch geholfen, Bruder. Das vergesse ich nicht.«

Dann verschwand er und zog die Tür etwas zu laut zu.

Er war trotzdem noch wütend auf mich. Das konnte ich ihm nicht mal übel nehmen.

***

Nach einer langen und ausgiebigen Dusche, die meiner Muskulatur gut tat, zog ich mir schnell irgendein Shirt und eine Jeans an. Die ganze Zeit über dachte ich an Phoebs und das, was sie zu sehen bekommen hatte.

Drei Tage.

Verflucht.

Dann rannte ich schon fast die Treppe herunter.

»Hier, dein ...« Zach hatte mein bestelltes Sandwich auf einen Teller gelegt und hielt es mir hin. Ich lief daran vorbei. »Wo willst du hin? Ach, was frag ich eigentlich noch ...«

Es war bereits Abend geworden. Es gab kaum Verkehr, dafür brannte im Haus gegenüber Licht und jemand saß auf der Veranda.

Meine Atmung wurde automatisch schneller.

Phoebs sitzt auf der Veranda. Wartet sie auf mich?

Mein Handy hatte mehrere Anrufe von Phoebs angezeigt. Eine SMS hatte sie auch geschickt. Sie hatte sich Sorgen gemacht. Und ich hatte es vermasselt ...

Noch bevor ich die Stufen hochgestiegen war, wurde die Haustür schon geöffnet.

Ivy.

»An der Tür geirrt?« Die sachliche Frage passte nicht zu ihrem wütenden Gesichtsausdruck.

»Ich hab echt keine Lust, mich mit dir auseinanderzusetzen, Ivy. Ich weiß, was ich getan habe und das möchte ich mit Phoebs bereden.«

Ivy schnaubte.

»Lass ihn ruhig vorbei, Ivy«, ertönte Phoebs Stimme, die mich sofort beruhigte. Sie zu hören, gehörte schon immer zu dem Geheimnis, das ich stetig bewahrt hatte.

Ivy ließ mich nicht aus den Augen, als ich zu Phoebs ging.

»Wenn du ihn loswerden willst, sag Bescheid. Ich bin nur wenige Fuß entfernt.«

Ja, Ivy. Die Drohung ist angekommen.

Sie ließ uns allein und ich setzte mich Phoebs direkt gegenüber. Sie saß – wie ich es erwartet hatte – in der Hollywoodschaukel und hatte ein Buch in der Hand.

Ihre Augen wirkten geschwollen, als hätte sie geweint.

Und ich muss kein Genie sein, um zu begreifen, dass ich der Grund für diese Tränen bin.

Phoebs hatte sich eine Strickjacke übergeworfen. Darunter trug sie ein schönes Kleid. Wann würde ich wohl mal ein Kleid ansehen können, ohne an sie zu denken?

»Phoebs, ich ...« Es war eine nichtssagende Bewegung, als ich mich vorbeugte, um meine Ellbogen auf den Knien abzustützen. Sie hatte es wohl nicht kommen sehen und nestelte nervös an ihrer Strickjacke. »Ich weiß, du denkst, es sei mir egal, was du über mich denkst. Aber ...«

»Ich weiß wirklich nicht, was du von mir willst, Will.«

Ich runzelte die Stirn und sah in ihr ungeschminktes, schönes Gesicht.

Ohne Scham blickte sie mir ins Gesicht. Anklagend. So wie ich es verdiente.

»Ich habe dir die Möglichkeit gegeben, dich zu erklären. Ivy hat das damals nicht getan und ich wollte nicht ...« Sie schloss kurz die Augen, um sich zu sammeln. »Es gab jemanden vor dir. Patrick. Eigentlich sollte er keine Rolle mehr spielen, aber er war der Grund, warum ich Männern misstraue, die an mir interessiert sind.«

»Okay«, gab ich schnell von mir, weil ich dachte, etwas sagen zu müssen.

Patrick. Ihr Ex, so wie sich das anhört. Habe ich schon erwähnt, dass ich den Namen Patrick nicht mag?

»Es war nicht schön. Und es endete nicht schön ...« Sie zog sich die Strickjacke enger an den Körper, wenn das noch möglich war.

»Egal, was er getan hat«, redete ich schnell dazwischen, weil man ihr ansehen konnte, dass es mehr als schwierig für sie war. »Ich bin nicht dieser Patrick. Ich ...«

»War Jenny in deinem Zimmer? Lag sie auf dir?«

»Ja, aber ich wusste nicht ...«

»Was wusstest du nicht? Will, warum kommst du erst nach Tagen hierher und willst reden? Worüber willst du überhaupt reden, wenn du alles getan hast? Damit ich begreife, dass das alles zwischen uns bloß ...«

»Warte.« Ich hob die Hände und bat sie darum, sich zu beruhigen.

Ihre Zerrissenheit konnte ich verstehen. Tagelang hatte ich sie alleingelassen. Tagelang hatte ich sie mit schlimmen Gedanken zurückgelassen.

»Lass es mich erklären, Phoebs, und ich schwöre dir, dann lass ich dich in Ruhe.«

Sie schien unsicher, sagte daraufhin aber nichts.

Dann war ich derjenige, der sich überwinden musste. Ich holte tief Luft und lehnte mich zurück. *Geschlagen von einem Mädchen, das mich verlassen würde, wenn ich nicht bereit war, mich zu öffnen. Ihr die Wahrheit zu sagen.*

»Ich habe nicht bemerkt, dass es Jenny war, die sich auf mich gelegt hat.«

Phoebs schnaubte, weil sie es wie eine übliche Ausrede hielt.

»Es liegt daran ...«

Ich fuhr mir durch mein noch feuchtes Haar, weil ich dieses Thema immer vermieden hatte. Selbst mit meinen Eltern redete ich kaum darüber. Es existierte nicht für mich.

»Ich habe die Dosis meiner Medikamente erhöht, weil ich bemerkt habe, dass ... mein depressiver Schub schlimmer wird.«

Ich sah sie an. Phoebs blinzelte mehrmals.

»Was?«

Natürlich war sie überrascht. Das erste Mal in meinem Leben bereute ich das Verhalten gegenüber meiner Erkrankung wirklich.

»Ich bin schon seit meiner Kindheit depressiv.«

»Das ist doch ein Scherz.«

Ich schüttelte den Kopf.

»Du musst Medikamente nehmen?«, fragte sie noch mal nach.

Ich nickte.

»Und deswegen hast du nicht bemerkt, dass ich angerufen habe und Jenny sich in dein Zimmer geschlichen hat?«, hakte sie weiter nach.

Erneut nickte ich.

»Dir ging es nicht gut, du hast die Tabletten genommen und nicht mehr wirklich mitbekommen, was um dich herum geschieht«, sagte sie, als würde sie mit sich selbst reden. Dann sah sie mich an. »Geht es dir denn jetzt gut?«

Sie hatte es sehr gut auf den Punkt gebracht und ihre Sorge erinnerte mich daran, warum ich mich in Phoebs verliebt hatte. Sie war einfach so wunderbar echt.

»Normalerweise nehme ich nur eine Pille. Ich hab aber schon ein paar Tage lang bemerkt, dass ich wohl wieder einen starken depressiven Schub bekomme und war deswegen ziemlich müde. Da ich wusste, wir würden uns noch treffen, habe ich zwei Pillen genommen, die mich aber ziemlich ausgeknockt haben und ...«

»Moment mal. Was bedeutet das, du hast schon tagelang bemerkt, dass es dir nicht gut geht? Hast du das öfters?«

»Ein paarmal im Jahr, manchmal seltener«, antwortete ich vage, weil die Depressionen wirklich nicht oft kamen.

»Ich hatte keine Ahnung.«

»Niemand hatte das.«

Phoebs sah mich lange an.

»Und wenn du diese Schübe hast, was tust du dann normalerweise?«

Ich zuckte mit der Schulter. »Ich fahr nach Hause.«

»Du fährst ...?« Sie schüttelte den Kopf. »Nicht mal Zach weiß davon?«

»Niemand.«

Phoebs stand auf und stellte sich direkt an die Verandabrüstung.

»All die Abende hier auf der Veranda. Ich dachte wirklich, wir wären Freunde.«

»Wir sind mehr als das«, stellte ich schnell klar und ging zu ihr. Sie sollte wissen, dass sich nichts zwischen uns geändert hatte.

»Sind wir das?«, fragte sie provozierend und starrte weiter hinaus. »Ich meine, wann hättest du mir die Wahrheit gesagt?«

Ich runzelte die Stirn.

»Eben. Du hättest es wohl nie gesagt, oder? Ich hätte nie erfahren,

was dich im Grunde die ganze Zeit über beschäftigt. War das der Grund?«

»Grund?«

Jetzt kam ich wirklich nicht mehr mit.

»Dass du ständig zu mir auf die Veranda gekommen bist. Wolltest du abgelenkt werden?«

Ich öffnete den Mund, weil ich etwas sagen wollte, aber dazu kam ich gar nicht.

»Ich bin so eine Idiotin.«

»Wovon sprichst du ...«

»Hör auf!« Sie hob die Hand. »Ich ... ich habe mich schon in dich verliebt, bevor das überhaupt angefangen hat, Will.« Sie machte eine ausladende Bewegung über die Veranda. »Die dicke und dumme Phoebe hat wirklich gedacht, dass dir das hier etwas bedeutet hat. Es gab Tage, da haben mich eben diese Abende wortwörtlich am Leben gehalten, Will. Und jetzt sagst du mir, dass das alles nur darauf gemünzt war, dass du nur so getan hast, als würde dir das hier etwas bedeuten.«

»Warte, dass habe ich nicht ...«

»Genau, du hast nichts gesagt. Ich weiß, dass ich kompliziert bin. Ich habe dir schlimme Vorwürfe gemacht, Dinge angenommen, die so nicht stimmten. Aber ich habe es zugelassen und dir meine schlimmsten Ängste erzählt. Aber du hast nichts erzählt. Ich kenne dich praktisch gar nicht!« Ihre Finger krampften sich um ihre Strickjacke. »Ich habe alles zugelassen und dir gesagt, was ich fühle. Vor allen habe ich das getan, Will!«

»Ich weiß, wie viel dir das abverlangt hat, Phoebs. Und ich finde das bewundernswert und unglaublich, dass ich derjenige sein darf, dem du ... Ich meine, du hast genug zu tun gehabt mit dir selbst. Was hätte es gebracht, wenn ich dir gesagt hätte, ich bin krank. Ich meine, ich wollte dich beschützen.«

»Verstehst du das nicht, Will? Ich habe mich dir geöffnet. Ich habe versucht … Ich. Habe. Es. Versucht. Verstehst du?!«

Nein. Ich verstehe es nicht.

»Und du hast nicht mal vorgehabt, mir zu sagen, dass es da etwas in deinem Leben gibt, das dich in manchen Situationen wortwörtlich umhaut. Dann hätte ich das mit Jenny verstanden, hätte *dich* verstanden! Aber du hast ja nicht mal vorgehabt, es mir zu erzählen.«

»Phoebs, ich …«

Ich griff nach ihrer Hand, weil ich sie berühren wollte, aber sie riss sich von mir los und nahm Abstand.

»Wie wäre das abgelaufen? Du merkst, dass es dir nicht gut geht, und du fährst zu deinen Eltern?«

Genauso läuft es ab, aber ich fürchte, wenn ich die Wahrheit sage, macht es die Sache nur noch schlimme.

»Und jetzt bist du hiergeblieben, weil …?«

»Es war einfach viel los in letzter Zeit, ich habe die Anzeichen ignoriert und …«

»Also bin ich schuld, dass das alles passiert ist?«

»Was? Nein, Phoebs. Du trägst daran keine Schuld. Ich hätte besser auf mich achten sollen. Es ist … es ist mein Problem und ich werde damit …«

Phoebs schnaubte.

»Natürlich ist es dein Problem. Immerhin hast du auch niemandem davon erzählt!«

»Komm schon, Phoebs. Es ist nichts zwischen Jenny und mir gelaufen. Ich habe kein Interesse an anderen. Jenny ist mir vollkommen egal.«

»Es geht aber nicht mehr um Jenny! Verstehst du es nicht, Will? Ich wollte dir vertrauen. Ich wollte es wirklich. Und jetzt erfahre ich, dass du da die ganze Zeit über ein Geheimnis hast, das du mit niemanden teilen möchtest. Du tust das hier nur ...« Sie zeigte auf mich und sich. »Aus der Not heraus!«

»Und? Ich sage es dir, damit du begreifst, dass ich nichts getan habe!«, fuhr ich sie an, weil auch bei mir so langsam der Geduldsfaden riss.

»Weil du keine Wahl mehr hattest!«, rief sie wütend aus. »Du willst es einfach nicht verstehen, oder? Man musste dir erst die Wahl nehmen, damit du offen zu mir bist. Von selbst hättest du mir nie etwas gesagt! Was ist das für eine Basis, um eine ehrliche und offene Beziehung zu führen? Will, mir ist bewusst, dass ich vieles noch lernen muss. Ich hätte dir all die Zeit helfen können. Es verstehen können. Aber das funktioniert nur, wenn der andere Teil der Beziehung auch bereit dazu ist!«

»Und ich bin das nicht, oder was?«, schnaubte ich, weil ich nicht fassen konnte, in welche Richtung sich dieses Gespräch entwickelte.

»Nein, bist du nicht!«, antwortete sie schnell.

Fassungslos fuhr ich mir durch das Gesicht. Die Dusche hatte zu anfangs noch geholfen meine Geister zu wecken. Aber jetzt fühlte ich mich mental völlig platt.

»Damit ich dich richtig verstehe. Du bist nicht mehr sauer, weil sich Jenny in mein Zimmer geschlichen hat, sondern weil ich dir nicht gesagt habe, dass ich depressiv bin?«

»Es geht um Vertrauen, Will. Wie soll das funktionieren mit uns, wenn du nicht mal verstehst, wie wichtig es ist, dass wir offen zueinander sind?«

»Wie offen soll ich denn noch sein? Ich liebe dich, Phoebs, und nur das zählt!«

»Ist das wirklich Liebe, wenn ich zur Ablenkung benutzt werde?

Und bevor das mit uns noch weitergeht, ist es lieber schnell vorbei, damit ... damit wir uns beruhigen können und ...«

Ungläubig blickte ich sie an. »Und dann was? Und dann so tun, als wäre nie etwas zwischen uns passiert?« Das war doch vollkommen bescheuert!

»Ja.« Sie klang unsicher, blickte mir aber aus Trotz in die Augen.

Und da Phoebs und ich uns irgendwie auch ähnlich waren, wurde ich auch trotzig.

»Wie du willst!«

Ich ließ sie stehen und machte mich auf den Weg.

Mit jedem Schritt wurde ich wütender, aber auch verlorener als jemals zuvor.

Während ich ins Haus eintrat, bemerkte ich Zach, der auf den Treppenstufen saß. Den Teller samt Sandwich neben sich.

Als hätte er geahnt, dass das Gespräch schnell enden würde.

»Wow, du scheinst ja wahnsinnig viel von mir zu

halten, wenn du hier auf mich wartest«, sagte ich und schlug die Tür laut zu.

»Darum geht es gar nicht, aber mir ist klar, wie sie darauf reagiert, wenn du ihr alles erklärst.«

Ich brummte nur, weil er genau ins Schwarze getroffen hatte.

»Phoebs ist sich sicher, dass ich sie nur zur Ablenkung benutzt habe.«

»Und? Hast du?«

»Bist du jetzt völlig bescheuert? Phoebs ist einfach die einzige Person, die nicht mit meiner Depression in Berührung kommen sollte. Und jetzt komm mir nicht damit, dass ich es dir hätte sagen sollen ... Du hattest ganz andere Probleme und ich weiß, dich hätte das womöglich runtergezogen.«

Einen langen Augenblick sah er mich an, dann nickte er knapp. Er wusste auch so, dass ich recht hatte.

»Ich hab mir einfach die komplizierteste von den Mädels ausgesucht«, seufzte ich.

»Könnte ich wohl widerlegen«, kommentiere Zach mit großer Belustigung in der Stimme.

»Ich liebe sie, aber sie ist so ... Aaargh. Dafür gibts gar kein Wort.«

Verzweifelt fuhr ich mir durch die Haare. Phoebs und ich waren schon mal in dieser Situation. Sie glaubte mir kein Wort und ich hatte keine Ahnung mehr, wie ich ihr das begreiflich machen konnte.

»Jepp, das ist Liebe«, grinste Zach.

Langsam schloss ich die Augen. »Ich weiß, ich hätte

es euch allen sagen sollen. Phoebs hätte es wissen müssen.«

»Hätte sie. Hat sie aber nicht. Und jetzt musst du es halt ausbügeln. Ihr kriegt das wieder hin.«

Ich blickte meinen besten Freund an, der meine Schulter drückte.

»Ihr zwei seid füreinander bestimmt. Das sieht ein Blinder.«

Danach schmunzelte ich, weil das für mich auch glasklar war.

Plötzlich ertönte ein lauter Knall und ich starrte Zach erschrocken an.

»Das klang wie …«, sagte ich und Zach nickte, weil er es auch gehört hatte.

Dann stürmten wir hinaus.

Kapitel 19

OHNE PSYCHOPATH - KEINE GESCHICHTE

PHOEBE

Er ging einfach. Will war einfach gegangen.

Was hast du auch erwartet?

Und doch musste es sein.

Will hatte die ganze Zeit über seine eigenen Gespenster, mit denen er kämpfte. Warum hatte ich es nicht bemerkt?

Weil du vielleicht zu viel mit dir selbst zu tun hattest?

Bevor ich noch zu lange hier draußen stand und über Dinge nachdachte, über die ich auch drinnen nachdenken konnte, wandte ich mich zur Haustür.

Seufzend schlüpfte ich in meine Strickjacke, ging zur Tür und öffnete sie.

»Phoebe, warte ...«

Porter kam die Treppe gerade rauf.

»Du siehst nicht gut aus ...«

Danke, genau das brauche ich jetzt.

»Mir geht es gut, Porter.«

Ich wandte mich erneut ab und wollte nur noch

hier weg. Die Tür war halb offen, da berührte er meinen Oberarm.

»Sicher? Ich hab zufällig gesehen, dass Will hier war.«

Warum hörte sich das Wort *zufällig* so gar nicht zufällig an? War es etwa ganz anders gemeint? Hatte er auf mich gewartet? Uns beobachtet?

Bitte, jetzt spinn nicht herum, Phoebe. Er ist vermutlich nur spazieren gegangen.

»Will und ich ...«

»Will und du?«, fragte er leise nach und sein Druck auf meinem Oberarm wurde etwas fester.

»Porter, kannst du mich bitte loslassen?«

Sein Blick folgte seinen Händen.

»Du wirst niemals zugeben, dass er dir wehtut, oder?«

»Momentan tust du mir weh, also lass mich los, okay?«

»Nein!« Er drückte mich ins Haus hinein, schloss sie hinter mir und funkelte mich immer noch an. Meinen Oberarm hielt er nach wie vor fest umklammert.

»Du wirst mir jetzt zuhören!«

»Was ist denn hier los?«

Ivy kam aus dem Esszimmer, bemerkte Porters Hand, die mein Arm umschloss, und zählte eins und eins zusammen.

»Lass sie sofort los, Porter!«

»Und du denkst, ich höre auf dich? So wie ich dir damals zugehört habe, als du mir weismachen wolltest, dass du Zach liebst?«

Ivy verdrehte die Augen. »Nicht schon wieder diese Leier. Wir waren Freunde, Porter. Ja gut, ich stand auf der Leitung, weil ich es nicht wirklich wahrhaben wollte, dass du mehr von mir wolltest. Aber das ist jetzt kein Grund, Phoebs dafür verantwortlich zu machen. Also lass sie los!«

»Phoebe war eine von den guten Mädchen. Unauffällig, nett und sie wusste, dass Will nicht gut für sie war! Und jetzt hat er sie auch um den Finger gewickelt und mit welchem Ergebnis?« Sein Blick schoss zu mir und er wirkte fast wehmütig. »Sie ist gebrochen.«

Ich war was?

»Ich hätte besser auf dich aufpassen müssen. Dich beschützen müssen.«

Meine Sicherungen brannten durch.

Ich musste beschützt werden? Selbst Will nahm an, dass er das mit seinen Lügen tun musste. Was war ich? Aus Butter? Dass ich in der Sonne schmelzen würde, wenn ich zu lange draußen stand?

Ich griff Porters Hand, die meinen Arm umschlang und bog mit einem Kraftakt seinen Zeigefinger um. Er brüllte auf, ließ mich los und wurde von Ivy attackiert.

»Nicht!«, rief ich aus, weil sie versuchte auf seinen Rücken zu klettern und Klammeraffe zu spielen.

»Ivy!«

Porter war so überrascht von dem Angriff, dass er taumelte und mit Ivy an die nächste Wand donnerte. Meine beste Freundin schlug mit dem Kopf gegen die Wand und fiel um wie ein toter Sack.

Ich rannte sofort zu ihr und fühlte ihren kräftigen Puls. Sie war okay. Einigermaßen.

Gott sei dank.

Porter saß gebückt auf dem Boden.

»Sie wollte nicht hören. Wie immer.« Er schnalzte kurz mit der Zunge und stellte sich wieder auf seine zwei Beine.

Langsam stand ich auf und dachte darüber nach, wer noch im Haus war. Wo war Sienna? Die anderen Mädels waren hoffentlich noch in einer Vorlesung oder ganz einfach nicht hier.

»Ich wollte reden. Mehr nicht«, beantwortete er endlich meine Frage, beruhigte mich damit aber nicht, denn das hier fühlte sich nicht wie ein üblicher Smalltalk an.

»Du hast sie verletzt.«

»Nicht absichtlich!«, rief er völlig fassungslos aus. »Ich will ... ich will doch nur mit Ivy und dir reden. Ihr könnt so nicht weitermachen.«

»Weitermachen?«

Meine Gedanken arbeiteten auf Hochtouren. Was war der nächste Zug?

Automatisch ging ich rückwärts, um Abstand zwischen uns zu schaffen. Aber Ivy konnte ich hier nicht allein zurücklassen.

Im Augenwinkel bemerkte ich plötzlich Sienna, die bewaffnet mit einem Baseballschläger auf ihn zu schlich. Porter bemerkte sie noch nicht, aber das würde er, wenn ich ihn nicht ablenken könnte.

Die Schrotflinten befanden sich im Keller. Ohne Schlüssel kämen wir da jetzt nicht hin. Und der lag in meinem Zimmer!

Aber die 38er! Die hatte ich nach Simons Einbruch unter dem kleinen Tisch, auf dem das Telefon stand, gebunkert.

Für den Fall der Fälle. Der jetzt eingetroffen ist.

»Ich weiß, wie er dich verletzt hat, Phoebs.«

Jetzt benutzte er noch meinen Spitznamen.

Mir wurde speiübel, als er den Abstand zwischen uns überwand, um mein Gesicht in seine Hände zu nehmen und mich eindringlich, fast manisch anschaute.

»Erst Jessy, dann Ivy und jetzt du. Sie verletzen. Sie zerstören. Ich bin anders, Phoebs. Ich könnte dich glücklich machen. Ich könnte dich beschützen.«

Das war doch wahnsinnig! Porter war wahnsinnig!

Ich sah im Augenwinkel, wie Sienna ausholte und den Baseballschläger auf seinen Rücken schlug. Er keuchte, fiel auf die Knie und meine Chance war gekommen! Ich griff unter den Tisch, riss die Waffe an mich, entsicherte und ... Porter war nicht so ausgeknockt wie gehofft. Er griff sich meinen Arm und ich kämpfte gegen ihn an. Ein Schuss löste sich und Putz rieselte von der Decke herunter. Jetzt wurde ich wirklich sauer.

Sienna hatte vor Schreck den Baseballschläger fallen gelassen, sodass sie ihn erst wieder packen musste, um noch einmal zuzuschlagen.

Aber ich antwortete auf meine ganz eigene Art.

Mein Knie hob sich und ich traf gekonnt zwischen seine Beine.

»Fuck!«, fluchte er und fiel auf die Knie.

Ich holte tief Luft und versuchte mich zu beruhigen, aber ich konnte es einfach nicht.

Sienna sah mit schockgeweiteten Augen zu mir. Auch ihr ging es ziemlich nah.

»Was ist passiert?« Ivy richtete sich langsam auf und hielt sich leicht den Kopf.

»Ich hab es wirklich satt, wenn man mir sagt, dass ich beschützt werden soll«, redete ich drauf los, sicherte die Waffe und legte sie behutsam auf dem kleinen Tisch ab.

»Was tust du?« Sienna war zu Ivy gegangen und half ihr auf die Beine, sah mich dabei abwartend an.

»Das, was mein Dad mir immer schon gesagt hat: Kannst du einen Feind ohne Waffen schlagen, vergiss nicht, es mit ordentlich Wucht in der Schlaghand zu tun.«

Die Tür wurde aufgerissen, ich konzentrierte mich allerdings gerade auf Porter, der bereits wieder aufstehen wollte, um mir seinen Wahnsinn einzureden.

Ich ballte die Faust und schlug ihm mitten ins Gesicht.

Porter fiel rückwärts zu Boden und blieb dort liegen.

Schnell schüttelte ich die Faust, um dem Schmerz zu entkommen. Es half nicht, aber Hauptsache, er gab Ruhe.

»Ivy.« Zach stürmte auf sie zu und umarmte sie.

»Alles okay? Was zum Teufel ...« Er blickte mich an. »Super rechter Haken.«

»Danke.« Ich lächelte leicht, aber als ich zu Will schaute, war auch das wieder schnell aus meinem Gesicht verschwunden.

»Hat es unsere Phoebs nicht drauf?« Sienna legte stolz ihren Arm um mich und grinste.

»Hat sie«, bestätigte Will, nachdem er sich zu dem bewusstlosen Porter stellte und ihn eingehend musterte.

»Was wollte dieser Idiot hier?«, fragte Zach und strich Ivy behutsam über den Rücken. Sie schien sich genau dort, wo sie war, wohl zu fühlen.

»Er wollte zu dir, oder?« Wills Frage ging an mich, aber da er mich nicht ansah, sondern lieber Porter anstarrte, antwortete ich erst verzögert.

»Er hat Mist geredet. Und ich kann Mist nicht ausstehen«, murmelte ich.

»Sieht man«, stellte Will belustigt fest und suchte jetzt wieder meinen Blick.

Den ich gekonnt ignorierte.

»Geht es dir gut, Ivy?«

»Hab nur Kopfschmerzen«, murmelte sie in Zachs Shirt und blickte mich

dann aber kurz an, um mir beruhigend zu zulächeln.

Ich soll mir keine Sorgen machen um sie.

»Wie ist er hier überhaupt reingekommen?«, fragte Zach.

»Durch die Haustür. Der Mistkerl hat wieder irgendetwas von *beschützen und behalten* geredet. Ich hab mir den Baseballschläger geholt, aber Kamikaze-Königin war schneller als ich«, erklärte Sienna und grinste mich an. Dann klopfte sie mir fast mütterlich auf die Schulter. »Glückwunsch!«

»Danke«, antwortete ich gespielt sarkastisch und Sienna gab natürlich noch ein »Gern geschehen« von sich.

»Die Cops sind schon unterwegs. Will hat sie verständigt, als wir zu euch rübergelaufen sind«, erklärte Zach und ging mit Ivy im Arm in Richtung Küche. Vermutlich wollte er sich ihre Kopfverletzung noch genauer ansehen.

»Gut, ihr passt dann mal auf die Fracht auf, ja? Ich brauche etwas zu trinken«, erklärte Sienna, hob den Baseballschläger auf ihre Schulter und ging auch Richtung Küche.

»Geht es dir gut?«, fragte Will plötzlich, ohne sich von der Stelle zu rühren. Mir fiel auch jetzt auf, dass ich immer noch an der Wand stand.

»Ja, wie oft soll ich es noch sagen? Ich kann auf mich ...«

»Du kannst auf dich selbst aufpassen. Ist mir schon klar. Ich meine, ob du das wegstecken kannst. Er war dein Freund, Phoebs.«

Oh. Er will wirklich nur wissen, wie es mir damit geht, weil Porter mein Freund gewesen ist.

»Keine Ahnung. Im Grunde hat sich das zwischen Porter und mir immer schon falsch angefühlt.« Es war das erste Mal, dass ich es wirklich laut aussprach. »Er hat jemanden gesucht, an dem er sich festklammern konnte. Und ich habe ...« Ich verschränkte die Arme vor der Brust und versuchte mich vor irgendetwas zu schützen. Aber wovor? Das konnte ich nicht wirklich sagen.

»Du hast das auch getan«, schlussfolgerte er ruhig. »Weil du dachtest, wir beide wären nicht mehr ...«

»Egal. Es ist nicht mehr wichtig«, antwortete ich schnell.

»Phoebs, ich ...«

Die Sirenen der Polizei ertönten.

»Ich geh raus und sage ihnen, dass alles unter Kontrolle ist. Kommst du hier ...«

Will beendete den Satz nicht, schüttelte nur den Kopf und ging hinaus.

Kapitel 20

WIE MACHE ICH MIR KLAR, DASS ICH EINE VOLLIDIOTIN BIN?

PHOEBE

Erneut waren wir Mädels das Gesprächsthema auf dem Campus. Immerhin war bereits ein zweiter Student bei uns eingebrochen und wollte uns ... Keine Ahnung, kuscheln wollte er auf jeden Fall nicht.

Seit drei Tagen waren wir also schon DAS Gesprächsthema auf der Georgetown. Das hieß natürlich auch, dass ganze drei Tage vergangen waren, seitdem Will und ich uns gesehen hatten. Porter musste sich jetzt um den Haftrichter kümmern, der ihn wohl gern im Knast sehen würde. Vom College war er ohne großes Tamtam geflogen.

»Gibt es da irgendetwas zu glotzen?«

Sienna machte gerade den dritten Studenten an, der sich zu uns umgedreht hatte.

»Sienna, lass sie doch«, bat ich sie, aber Sienna schnaubte nur und hob das Kinn noch etwas höher.

Das tat sie oft, wenn ihr etwas nicht geheuer war.

»Warum holst du nicht einfach deine 38er und dann ist das sowieso vorbei mit diesem Geglotze«, sagte Sienna und zeigte dem nächsten, der uns entgegenkam und starrte, den Mittelfinger.

»Ja, weil eine 38er auf dem Campus so unauffällig wäre«, erklärte Ivy.

Wir drei wollten eigentlich in die Mensa, aber vor dem Gebäude tummelten sich hunderte von Studenten.

»Na, was ist denn da los?«, fragte Ivy und wirkte irgendwie nicht wirklich ernst. »Komm.«

Sie zog mich mit sich. Sienna folgte uns seufzend.

Je näher wir kamen, umso mehr konnte ich sehen. Die Studenten tummelten sich alle um eine Bühne, auf der der Coach des Rugbyteams stand und gerade irgendetwas von Sieg und wehe keinen Sieg schwafelte.

»Ach ja. Morgen ist doch dieses wichtige Spiel gegen das Team aus Iowa. Keine Ahnung, wie das noch mal hieß«, erklärte Ivy und wirkte erneut völlig aufgesetzt.

Dann tauchten plötzlich ein paar Spieler auf. Unter ihnen auch Will und Zach. Die Menge klatschte, schrie und ich meinte auch ein T-Shirt fallen gesehen zu haben.

»Flittchen«, hörte ich Ivy murmeln, weil es wohl tatsächlich ein Shirt gewesen war.

»Und jetzt will der Captain des Teams ein Wörtchen zu euch sagen!«, beendete der Coach seinen Redeschwall.

Alle klatschten erneut wie verrückt, als Will nach vorn ging.

»Will ist Captain? Seid wann?«, fragte ich neugierig. Das hatte er mir gar nicht erzählt.

Er hat dir vieles nicht erzählt, Phoebe.

»Zach wird nächstes Jahr seinen Master machen. Dazu braucht er mehr Zeit zum lernen. Er hat Will gebeten, seinen Job zu übernehmen, damit er sich besser darauf vorbereiten kann«, antwortete Ivy mir.

Ich nickte, obwohl ich es gern von ihm selbst erfahren hätte.

Aber worüber beschwerte ich mich hier eigentlich? Es war doch klar, dass er mir solche Dinge nicht erzählte.

»Okay Leute«, sprach er ins Mikro. »Mir ist klar, dass wir Iowa schlagen, deswegen muss ich euch sicher nichts Neues erzählen!«

Die Menge jubelte, als hätten sie bereits gesiegt.

Will wartete ab, bis es etwas ruhiger wurde.

»Und ihr wisst sicher, dass das halbe Team aus echten Kappa Alpha's besteht!« Ich erkannte Anthony, Horses und noch ein paar andere hinter ihm, die auch zur Verbindung gehörten.

Erneut jubelte die Menge. Es war kein Geheimnis, dass die Kappa's die beliebteste Verbindung auf dem Campus war.

Wer kann sich schon einer Verbindung entziehen, die es bereits seit Freimaurerzeiten gibt?

»Und dass wir das Glück haben, direkt gegenüber eine nette Mädchen-WG zu haben.« Will grinste und erneut jubelte die Menge. Der männliche Teil der

Menge. Sienna neben mir gab auch ein »Yeah!« von sich.

»Okay. Ihr wisst anscheinend ganz genau, wen ich meine.« Will grinste wieder und ein paar Jungs pfiffen frivol.

Ivy neben mir schüttelte seufzend den Kopf. »Männer.«

»Gut Leute. Es ist nämlich so: Ich habe mich in eines der Mädchen wirklich ... so richtig ...« Will schmunzelte und automatisch lächelte ich, weil es einfach ansteckend war, wie er die Menge für sich einnahm. »Verliebt.«

»Uuuuh!«, kam es aus der Menge und ich verlor mein Lächeln, weil ich mich doch verhört haben musste.

Was hatte er da gerade gesagt? Vor allen anderen?

Bereits jetzt schielten ein paar der Studenten zu mir herüber, als wüssten sie bereits, von wem er sprach.

»Und bevor ich euch noch weiter auf die Folter spanne ... Natürlich ist es das hübsche Mädchen von letzter Woche. Sie stand nicht weit von hier auf einem Tisch und hat vor euch allen mutig zu dem gestanden, was sie fühlt. Wäre sie ein Kerl gewesen, hätte man ihr die größten Eier dieser Welt zugeschrieben.«

Ein paar lachten, immer mehr drehten sich zu mir um und blickten mich an.

Ich fühlte mich immer unwohler.

»Jungs, ihr seid dran!«, rief er plötzlich und Zach und das gesamte Team liefen von der Bühne, um durch die Menschenmenge zu gehen. Sie stellten sich plötzlich in zwei Reihen auf und sorgten so dafür, dass ein langer Gang entstand. Niemand war mehr zwischen Will und mir. Er konnte frei zu mir sehen. Niemand beschwerte sich darüber, alle wirkten eher neugierig, was als nächstes passierte.

Da sind sie nicht allein.

Ich musste schlucken, weil er jetzt genau zu mir sah. Zach stand direkt vor uns, als einer der letzten und lächelte mich an. Neben mir stand Ivy, ihr zwinkerte er zu.

»Falls du das noch nicht begriffen hast«, flüsterte Sienna mir belustigt zu. »Will meint dich. Und denk dran, Phoebs. Was tun wir, wenn wir unsicher sind? Einfach schwimmen ... Einfach schwimmen, schwimmen, schwimmen.«

Jetzt musste sie natürlich auch wieder Disney zitieren.

»Ihr fragt euch, warum ich das hier tue? Nun, sie hat auf einem Tisch gestanden. Ich nehme diese Bühne hier.« Ein paar Mädels hörte man verzückt aufseufzen. Vermutlich fielen andere auch in Ohnmacht. Ich würde mich nämlich gleich im selben Zustand befinden.

Mein Herz klopfte wie verrückt und meine Hände waren schweißnass. Das Kleid, das ich trug, fühlte sich viel zu eng an, obwohl das gar nicht möglich war.

»Phoebs, du hast mir mal gesagt, dass du schon in mich verliebt warst, als ich es noch nicht war.«

Jemand kicherte und ich wäre am liebsten im Boden versunken.

»Ich müsste lügen, wenn ich sagen würde, ich hätte mich sofort in dich verliebt. Aber das lag nicht an dir. Es lag ganz allein an mir.«

Stirnrunzelnd sah ich ihn weiter an und hörte ihm zu.

»Ich habe meine Zeit gebraucht, um zu erkennen, dass du es bist, die ich will. Und nach diesem ganzen Hin und Her habe ich nie vergessen, warum ich mich in dich verliebt habe.«

»Wow«, hörte ich irgendeine Studentin in der Nähe sagen.

»Du bist clever, witzig und wunderschön. Egal, was du trägst oder was du isst. Du bist mir von Anfang an aufgefallen, weil du dich nicht verbiegst. Wenn du ein Buch liest, während bei uns die CIA aufschlägt, dann liest du einfach weiter.«

»DAS WAR EIN EINZIGES MAL, VERDAMMT NOCH MAL!«, rief Rusty, trat einen Schritt aus der Reihe aus und zeigte Will den Mittelfinger.

Einige in der Menge lachten.

Will schenkte ihm ein kurzes Grinsen, dann blickte er wieder zu mir.

»Du hörst zu, wenn man redet und gibst danach nicht irgendwelche dämlichen Antworten, nur weil du denkst, ich will sie hören. Du hinterfragst. Du stichelst, flirtest aber auch, ohne dass du es wirklich mitbekommst. Du bist echt, Phoebs.«

Ich erzitterte, weil ich mich nie so gesehen hatte. Nie!

»Ich redete mir ein, dass du jemanden brauchst, der dich beschützt. Obwohl ich auch wusste, dass vieles einfach Fassade war. Du schießt wie ein verdammter Seal.«

Erneut spürte ich die Blicke auf mir. Ich ignorierte sie und blickte weiter Will an.

»Jedes Mal wenn ich mir einen Film ansehe, in denen wie verrückt herumgeballert wird, dann stelle ich mir dich und ...« Er räusperte sich, als wäre ihm gerade wieder eingefallen, wo er sich befand. »Na ja, darüber sollte ich wohl jetzt nicht sprechen.«

Die Menge lachte und auch ich musste mir ein Lächeln verkneifen.

»Ich kann es mir jedenfalls denken«, grinste Zach und Ivy schlug ihm sofort auf die Schulter. »Hey! Das tat weh!«

»Gut und jetzt halt die Klappe. Es wird gerade spannend.«

Stirnrunzelnd sah ich zu Ivy, die mir nur vielsagend zuzwinkerte und eine Geste machte, damit ich wieder zu Will schaute.

Nichts lieber als das.

»Wo war ich stehengeblieben?«, fragte Will nachdenklich. Dann nickte er sich wohl selbst zu und holte tief Luft.

»Phoebs?«

Ich erwiderte nichts, sondern sah ihn einfach weiterhin an.

»Statt dich beschützen zu wollen, hätte ich dich

einfach machen lassen sollen. Gut, das hast du mit Porter ja dann anscheinend gemacht.« Er sah kurz zur Menge. »Sie hat ihm einen Finger und das Nasenbein gebrochen.« Will klang mehr als stolz auf mich. Die Menge reagierte entsprechend und jubelte.

Ich senkte kurz den Kopf, weil *so viel* Aufmerksamkeit dann doch zu ...

»Ich liebe dich, Phoebs«, sprach er dann plötzlich ins Mikro. Die Menge wurde sofort still. Ich hob den Blick und sah wieder zu ihm. Er war näher an den Bühnenrand getreten. »Und vielleicht habe ich gedacht, dass ich gerade deswegen meinen Scheiß aus unserer Sache herauslassen sollte.«

Erneut musste ich schlucken, weil wir beide wussten, worüber er sprach.

»Ich leide unter Depressionen und nehme Medikamente dagegen.«

Jetzt war es mucksmäuschenstill.

Weil es kaum noch auszuhalten war, hielt ich meine Hände über Mund und Nase. Meine Sicht verschwamm, weil ich versuchte, die Tränen zu unterdrücken.

»Und ...« Er senkte leicht den Kopf. »Und anstatt mich von sich zu stoßen, weil ich krank bin .... Da ist sie sauer ...« Will lachte ungläubig. »Da ist sie sauer, weil ich ihr nicht genug vertraut habe, es ihr zu sagen.«

Er holte tief Luft, blickte wieder auf und sah in die Menge.

»Kein Wunder, dass die beiden sich ständig streiten. Sie hat mega Komplexe und er verheimlicht ihr etwas, dass vermutlich jeder erst einmal für sich behalten hätte«, hörte ich Sienna Ivy zuflüstern.

»Die ganze Zeit über springt sie über ihren Schatten. Sie öffnet sich, gibt mir eine Chance und ich lüge sie an. Das einzige Mädchen, das ich jemals geliebt habe«, redete indes Will einfach weiter.

Irgendjemand schrie ein »Nein!«. Ich konnte nicht sehen, wer es war.

»Arme Caroline. Aber drüben beginnen sie gleich mit dem Tennis. Vielleicht kann sie da gleich noch eine Runde nackt herumspringen«, sagte Sienna so beiläufig, als würde sie über die Menükarte in der Mensa sprechen.

Ich musste gerade erst einmal verkraften, dass Sienna Will irgendwie verstehen konnte. War das mein Problem? Ich hatte zu viele Komplexe und sah den Wald voller Bäume nicht?

»Okay Leute. Ich finde, ich habe euch schon genug aufgehalten«, redete Will weiter, als hätte es keine schreiende Caroline gegeben.

»Verzeih ihm!«, rief plötzlich jemand aus der Menge.

»Hol sie dir zurück!«

»Du bist der Hammer, Will!«

»Wenn sie dich nicht will, nehme ich dich!«

Dass der letzte Ruf eindeutig von einem Kerl stammte, brachte die Menge erneut zum Lachen.

»Süße, ich will dich nicht unter Druck setzen oder so«, flüsterte mir Sienna wieder zu. »Aber das wäre der perfekte Augenblick, um nach vorn zu gehen.«

Ich schluckte, weil die Leute, die um uns herumstanden, schon zu mir sahen.

Will wollte gerade das Mikro zur Seite legen, als ich es nicht mehr aushielt, einfach hier herumzustehen.

»Es gibt aber ein Problem!«, rief ich ihm laut zu und ging den Gang, den die Jungs immer noch frei für mich hielten, entlang.

Will wirkte erst überrascht, dann lächelte er.

»Welches?«

»Du hast mir mal gesagt, ich soll dir sagen, wenn ich etwas will. So unbedingt«, redete ich weiter. Wills Miene wirkte erst unentschlossen, dann sprang er ohne große Mühen von der Bühne, um direkt vor mir zu landen.

»Was willst du, Phoebs?«

»Keinen Gentleman, der sich jetzt zurückhält. Der sich nie wieder zurückhält!«

Keine Lügen oder Halbwahrheiten.

Mir war klar, dass ich auch mich damit meinen musste. Sonst würde das nie zwischen uns funktionieren.

»Das krieg ich hin«, lächelte er und küsste mich.

Die Menge jubelte. Sie hörte gar nicht mehr auf und wurde noch lauter, als er mich durch die Reihen des gesamten Teams trug.

Habe ich mal gesagt, ich brauche keinen Prinzen und all den Kram?

Nun ja, in manchen Situationen fühlt es sich doch nicht so schlecht an, ab und an getragen zu werden.

Kapitel 21

MANCHMAL HILFT EINFACH EINE FRAGE

WILL

Sie lag in meinen Armen und unsere Füße waren ineinander verschlungen.

Ich grinste, weil ich es nicht fassen konnte, dass ich es geschafft hatte.

»Du grinst, ich kann es spüren«, sagte Phoebs und malte Kreise um meinen Bauchnabel.

»Darf ein Mann nicht grinsen?«

»Nach dem Sex?«

»Nachdem ich dich wieder habe«, flüsterte ich ihr zu und küsste ihr Haar.

Und nach dem Sex.

»Du hast mich nie verloren«, behauptete sie und ich schnaubte.

»Sagt das sturste Mädchen dieser Welt.«

»Ich bin nicht stur«, erklärte sie und hob den Kopf, um mich anzusehen.

»Ach nein?«

»Nein!«, antwortete sie stur und verdrehte dann die

Augen, weil sie sich damit gerade ein Eigentor geschossen hatte. »Ich mag dich nicht.«

Ich lachte und drückte sie fest an mich. Dann inhalierte ich ihren Duft und erinnerte mich automatisch an reife, schöne Erdbeeren.

»Du liebst mich. Und glaub mir, das nehme ich nicht als selbstverständlich hin«, antwortete ich ihr ehrlich.

Es ist ein Geschenk.

Phoebs hob erneut den Kopf und sah mich an.

»Ich muss mich erst daran gewöhnen, dass du das wirklich denkst.«

»Keine Zweifel«, antwortete ich, ohne sie aus den Augen zu lassen. »Ich liebe dich, Phoebs. Egal was ist.«

Ihr Blick wurde weicher, dann beugte sie sich vor, um mich lange und intensiv zu küssen.

»O-okay, du unersättliches Ding. Gib mir fünf Minuten, dann können wir gern da weitermachen, wo wir aufgehört haben«, murmelte ich gegen ihre Lippen und ließ sie nur ungern zurück.

Sie grinste erwartungsvoll und ich erwiderte es.

Als ich nackt aufstand, sah Phoebs mir seufzend nach. Eingewickelt in ihrer Decke sah sie einfach ...

Nein, Will. Du musst erst mal pinkeln.

Da sich das Badezimmer direkt neben Phoebs Zimmer befand, störte es mich nicht, kurz nackt rüberzugehen.

»Dein Handy klingelt«, rief Phoebs mir zu.

»Geh ran und frag was los ist!«

Vermutlich war es der Coach, der mich immer noch zusammenscheißen wollte, weil ich die Leute nicht auf das morgige Spiel heiß gemacht hatte. Wobei die Menge wirklich ziemlich zufrieden wirkte, als ich mein Mädchen vom Platz trug.

Ich verrichtete schnell meine Notdurft, wusch mir die Hände und grinste, weil ich Phoebs reden hören konnte.

»Was hat er denn so von mir erzählt, Mrs. Miller?«
Sie redete mit Mom.

Statt direkt rauszugehen, lehnte ich mich mit dem Rücken an die Tür und hörte dabei zu, wie die zwei wichtigsten Frauen in meinem Leben miteinander redeten.

»Nein, Sie mögen auch Goethe? Ich fand ja Faust ziemlich gut, aber ...«

Mein Mädchen rekelte sich nackt in ihrem Bett, während sie mit meiner Mom über Bücher quatschte.

Unglaublich.

Immer noch grinsend öffnete ich die Tür und starrte auf eine völlig in Schwarz gekleidete Sienna. Trug sie etwa einen schwarzen Schleier?

Automatisch hielt ich mein bestes Stück mit meinen Händen vor Blicken geschützt.

Sienna hob den Schleier und starrte selbstverständlich zu meiner Hand. Dann grinste sie.

»Olala. Phoebs hat ja tatsächlich alles richtig gemacht.« Dann legte sie den Schleier wieder über ihr Gesicht und ging die Treppe herunter.

Ich ließ das mal jetzt unkommentiert und ging zurück in Phoebs Zimmer.

Sie lag mitten im Bett, die Decke über ihren nackten Körper gezogen und telefonierte selig weiter.

»Woher wissen Sie das?« Sie zog die Augenbraue in die Höhe. »Ach, er hat von mir erzählt, ja?«

Ich machte ein unschuldiges Gesicht, das sie mir selbstverständlich nicht abkaufte.

Mein Kinn ruhte auf ihrem Bauch, während ich langsam die Decke von ihren Brüsten zog.

Schon viel besser.

»Nein, diese Info hat er mir tatsächlich nicht gegeben«, redete sie weiter und haute auf meine Finger, weil diese Finger ihre Brüste berühren wollten.

»Möchten Sie vielleicht noch mit Will ... Okay, alles klar. Hat mich auch gefreut, Olivia.«

Sie legte auf und legte das Handy neben mich.

»Olivia?«, fragte ich nach und streichelte über ihre Brustwarze, die sich sofort aufrichtete.

»Hat sie mir angeboten«, sagte sie so sachlich, als wäre das nichts Wichtiges.

Aber das war es!

»Ihr habt über Faust geredet?«, fragte ich belustigt nach.

»Hat da etwa jemand gelauscht?« Ich zuckte mit der Schulter und sie redete weiter, während sie mir wie selbstverständlich durch die Haare fuhr. »Sie liest gern.«

»Ich weiß.«

»Du hast ihr von mir erzählt.«

»Du wirst es mir nicht glauben, aber auch das weiß ich.«

»Sie sagt, dass du das bereits seit einem Jahr tust.«

»Und?«, fragte ich und zog eine Augenbraue in die Höhe.

»Nichts«, antwortete sie schnell, grinste aber dabei.

Ihr Lächeln war wirklich ein Grund, für immer in diesem Bett zu bleiben.

Und dann tauchte da dieser Gedanke auf. Ein Gedanke, der mir bisher wirklich nicht gekommen war, weil ... weil ... Es nie eine Option gab, ob Phoebs und ich wirklich ...

»Meine Mom mag dich«, sagte ich. »Sie ist dir sehr ähnlich.«

Mom und Dad waren schon ewig zusammen. Und immer noch glücklich.

»Und das weißt du nach einem Telefongespräch, ja?«

»Ich weiß das, weil ich ihr nie ein Mädchen vorgestellt habe und statt dich zur Sau zu machen, weil du ans Handy gehst, redet ihr über eure Hobbys. Ich würde sagen, es war ein gutes Telefongespräch.«

Sie verdrehte die Augen, weil sie es sich nicht vorstellen konnte.

»Sie hat dir ihren Vornamen angeboten.«

»Und?«, fragte sie mit Vorsicht nach.

Ich verdrehte die Augen.

»Sie geht seit dreiundzwanzig Jahren zum selben Metzger und der darf sie auch nur mit Mrs. Miller anreden.«

»Wow, ich bin also beliebter als der Metzger, ja?«, fragte sie belustigt nach. Ich blieb stumm und sah sie einfach an.

Mein Kinn lag weiterhin auf ihrem Bauch.

»Was?«, fragte sie nach einer Weile, weil ich sie nicht aus den Augen ließ. Sie streichelte weiter über meine Haare.

»Es ist vielleicht völlig verrückt, aber ...«

»Aber?«

Einmal wagte ich es noch, tief Luft zu holen.

»Willst du mich heiraten?« Phoebs Hand erstarrte in der Bewegung.

Mein Puls brachte mich an den Rand eines Nervenzusammenbruches, weil Phoebs mich anstarrte, als wäre sie gerade ganz woanders.

»Phoebs?« Ich rappelte mich auf, weil sie durch mich hindurchzuschauen schien. »Alles okay?«

Ihre Stimme zitterte, dann wirkte ihr Blick klarer.

»Hab ich mich gerade verhört?«

»Würde es dir dann besser gehen? Wir könnten warten. Selbstverständlich können wir das. Es war nur so eine Idee. Gut, eine Idee, die sich wirklich nicht schlecht anfühlt, aber ...«

Sie drückte ihren Finger auf meine Lippen. Ich hörte auf zu reden.

»Ich würde dich gern heiraten, Will.«

»Großer Gott, wirklich?«

Ich packte ihre Oberarme, damit sie nicht fliehen konnte, falls sie das nur aus Spaß gesagt hatte. Aber statt zu rennen, lachte sie befreit.

»Ja, ich will. Ich will es wirklich!«
Mich hielt nichts mehr und wir feierten.
Drei weitere Runden lang.

Kapitel 22

PHOEBE

Ich zitterte, als ich mir die Jeans anzog. Ich zitterte, als ich die Bluse überstreifte und ich zitterte, als wir aus meinem Zimmer kamen.

»Hey.«

Will hielt mich zurück und sah mich lächelnd an.

Habe ich schon gesagt, dass ich sein Lächeln liebe? Vor allem, wenn er meinetwegen lächelte.

»Alles klar?«

»Wir sind verrückt, oder? Ich meine, wir wollen wirklich heiraten?«

»Wenn du willst ...« Er strich mir die Haare zur Seite. »Können wir es auch erst einmal keinem sagen und ...«

»Ja, gute Idee!«, rief ich schnell und Will schüttelte seufzend den Kopf. »Nur für eine Weile.«

Mir war klar, dass sich das fies anhörte. Aber bevor Dad nicht erfuhr, was Sache war, konnte ich es keinem anderen erzählen.

»Dein Wunsch ist mir Befehl.«

313

Er ergriff meine Hand, verschränkte seine Finger mit meinen und wir gingen gemeinsam die Treppe herunter.

Als wir im Erdgeschoss ankamen, wurde gerade der Esstisch im Nebenzimmer gedeckt.

»Essen ist gleich fertig«, erklärte Ivy, die mit Jules und Ally alles vorbereitete. »Hungrig?«

Gestern hätte ich mich deswegen vermutlich geschämt, aber jetzt konnte ich einfach nicht aufhören zu grinsen.

»Natürlich sind sie das«, mischte sich Sienna ein, die ganz in Schwarz und mit einem Schleier verkleidet an uns vorbei lief.

»Jetzt mal im Ernst, was ist das für ein Aufzug?«, fragte Will mich, ohne mich aus seinen Armen zu entlassen.

»*Criminal Minds* endet diese Woche. Das ist ...« Will sah mich mit hochgezogener Augenbraue an. »Das ist so ein Sienna-Ding.« Diese Antwort schien ihn zumindest verständlicher, als wenn ich ihm alles erklärt hätte.

»Holst du das Essen, Phoebs?«, fragte Ivy und schob ein paar Stühle zusammen.

»Sicher.« Ich küsste Will und lief zur Küche.

Ich hörte ein Klopfen an der Tür.

»Kannst du mal die Tür öffnen, Will?«, rief Sienna ihm zu.

»Klar.«

Ich griff mir aus dem Ofen die große Auflaufform. Und ja, ich hatte wirklich Hunger. Fand zumindest mein Magen, der schon knurrte.

Lächelnd kam ich ins Esszimmer und erstarrte. Im Flur stand nämlich Will und ... mein Dad. In vollständiger Militäruniform.

Oho.

Schnell stellte ich den Auflauf auf den Tisch und lief in den Flur.

»Dad!«, rief ich überrascht und strahlte ihn an.

Dad wirkte ziemlich konzentriert, als er von Will und dann zu mir schaute. Daraufhin wurde sein Blick direkt sanfter.

»Phoebs.« Wir umarmten uns, dann hörte ich Will, der sich neben mir räusperte.

»Sir, es ist mir eine Freude, Sie endlich kennenzulernen.«

War er etwa nervös?

Dad schaute sich die ausgestreckte Hand von Will sehr lange an.

»Dad, komm schon.«

»Ist das der Kerl, wegen dem du so traurig warst?«, brummte er.

»Dad!«

»Sir, ich versichere Ihnen ...«

»Versichern?« Mit hochgezogener Braue schaute er erst ihn, dann mich an. Ich verdrehte die Augen. Jedes Mal, wenn einer seiner Rekruten ihm etwas »versprach« oder »versicherte«, zeigte er ihm mit Extrarunden, wie wenig Wert er auf so einen Mist legte.

»Ach Mr. Minton!«, rief Sienna überrascht. So überrascht, dass ich es ihr fast abgekauft hätte. Sie hob den Schleier und lächelte ihn strahlend an. »Ich meine, Major Minton.«

Mit hochgezogener Augenbraue nahm er ihr Kostüm in Augenschein.

»Hallo Sienna.«

»Falls es Sie beruhigt. Wenn Will sagt, er versichert Ihnen das, dann können Sie davon ausgehen, dass das auch so ist. Immerhin hat er Phoebs die ganze Nacht über versichert, dass es Gott wirklich gibt. Oder Phoebs? Du hast sehr oft und sehr laut nach ihm gerufen!«

Will bekam einen Hustenanfall, aber nicht, weil er lachte. Da half auch nicht, dass Dad das halbe Waffenarsenal umgeschnallt hatte, wie ich gerade bemerkte.

Ivy zog Sienna von uns weg.

»Du hast ihn angerufen, oder?«, flüsterte sie ihr zischend zu.

Sie würde nachher sterben, zuallererst musste ich diese Sache hier beenden. Dad wirkte leicht atemlos. Seine von den Rekruten gefürchtete Ader an der Stirn pochte ziemlich stark.

»Was wollen Sie von meiner Tochter?«

Dad suchte die Nähe von Will. Aber statt weiterhin zu versuchen, sich zu erklären, stellte er sich ebenfalls vor ihn.

»Ich liebe Ihre Tochter, Sir.«

»Tun Sie das, ja?«

»Und ob.«

»Beweisen Sie es mir.«

»Würde ich wirklich gern, aber sie hat mir verboten, von unserer Verlobung zu sprechen.«

»Was?«, fragte ich geschockt.

»WAS?«, kam es von den Mädels hinter mir.

Dad jedoch reagierte nicht auf den Tumult, der sich hinter uns abspielte. Er fixierte Will mit seinem Blick.

»Sie haben vor, meine Tochter zu heiraten?«

O Gott. Er wird ihn erschießen!

Will nickte, ohne Dad aus den Augen zu lassen.

Und dann verstand ich gar nichts mehr.

Dad grinste, schlug Will auf die Schulter und grinste noch breiter.

»Na, nichts anderes wollte ich hören, Junge.«

Will blinzelte und blinzelte, dann entspannte er sich.

»Gut.«

Was? Das war es schon?

Wow.

Dann wurde es noch skurriler. Sienna öffnete – woher auch immer sie die hatte – eine Sektflasche, Will wies Dad den Weg ins Esszimmer, als würde er hier wohnen und dann ... wurde es ein wunderbarer Nachmittag.

Nachdem wir gegessen hatten, führte Sienna Dad rum, um ihm die Türschlösser zu zeigen.

Sicherheit ist alles.

»Ich hoffe, du weißt, Phoebs, dass wir dich auch so nehmen, wie du bist.« Ivy nippte an dem Sekt und lächelte leicht.

»Sicher«, antwortete ich.

»Ja, deswegen hör bitte auf so zu tun, als würdest du dir in die Hose scheißen, wenn Sienna mal wieder ihren Horrofilmabend macht.«

Ich verschluckte mich an dem Essen.

»Was?«

»Jepp, wir wissen, dass du so tust, als würdest du es nicht mögen. Aber die Zeiten sind vorbei, ja? Wir sind alle Freaks. Komm darüber hinweg.« Ivy zwinkerte mir zu, als wäre diese Sache keine große … Vermutlich war sie es auch nie.

Will nahm meine Hand und drückte mir einen Kuss auf die Handfläche. Ich lächelte.

Stimmt. Wir sind alle irgendwie Freaks und das ist auch gut so.

»Ihr seid so süß zusammen«, seufzte Ivy, die neben Zach saß, der vorhin zu uns gestoßen war. »Und ihr werdet heiraten!« Dann quietschte sie ausgelassen, sodass Zach sich kurz das Ohr halten musste.

Will strich mir wieder das Haar zur Seite.

»Ja, werden wir«, flüsterte er so leise, dass nur ich es hören konnte.

»Was hast du nur mit meinem besten Freund angestellt, dass er das schon …« Ivy schlug ihn. »Aua!«

»Und genau deswegen würde ich ›Nein‹ sagen, wenn du mich fragen würdest!«

»Was?« Zachs fassungslose Miene brachte selbst mich zum Lachen.

Ivy verschränkte trotzig die Arme vor der Brust.

»Ich gebe den beiden eine Woche und dann können

wir eine Doppelhochzeit feiern«, flüsterte mir Will belustigt zu.

Grinsend schüttelte ich den Kopf. »Dazu bräuchte ich erst einmal einen Verlobungsring.«

»Den bekommst du!«, antwortete er mit todernster Stimme.

»Und wie du ›Ja‹ zu mir sagen wirst, wenn ich dich frage!«, fuhr Zach fort.

Es klopfte an der Tür und Ivy stand auf. Sie schnaubte.

»Ich sehe es wie Sienna. Wer braucht schon eine Hochzeit, wenn ...«

Ivy öffnete die Tür und blieb für einen langen Moment einfach nur still.

Stirnrunzelnd stand ich auf und schaute, was los war.

Draußen stand ein Mann. Ein ... sehr attraktiver Mann.

»Hi«, begrüßte Ivy ihn unsicher.

Der uns unbekannte Mann trug eine Jeans, ein Nirvana Shirt und eine Lederjacke.

»Hey, ist Sienna da?« Sein Blick schoss zwischen Ivy und mir abwechselnd hin und her.

Irgendwoher kannte ich ihn. Je länger er hier stand, umso sicherer wurde ich mir.

»Und wen kann ich anmelden?«, fragte Ivy, bevor Will zu mir kam, um mich in den Arm zu nehmen.

Ein süffisanter Ausdruck erschien auf seinem Gesicht.

Jetzt war auch Zach aufgetaucht und stellte sich zu Ivy.

Wenn ich mich nicht irre, versuchen die Jungs gerade ihr Revier abzustecken.

»Sagt Sienna, ihr Ehemann möchte sie sprechen.«

Nachwort

Teil Zwei ist beendet und ich weiß, ich bin gemein.
Aber Sienna's Geschichte wird kommen. Ich plane sie
für 2021 ein.
Danke, dass ihr Phoebe und Will's Geschichte kennenlernen wolltet.

Es waren wieder einmal viele Leutchen am Buch be-
teiligt und ich danke euch allen. Ihr habt viel Energie,
viel Zeit und ganz viel Hingabe in die Geschichte
hineingelegt.
Ohne euch wäre sie niemals so gut geworden.

An meine Familie muss ich einen besonderen Dank
richten: Ihr schafft es immer wieder, mir ein Lächeln
ins Gesicht zu zaubern, wenn ich mal wieder voller
Stress nicht mehr weiß wo oben oder unten ist. Ich
liebe euch!

Und an meine Leser sei gesagt: Ihr macht aus mir
eine stolze Autorin, die euch mit ihren Geschichten –
zumindest während des Lesens – ein breites Lächeln
entlocken möchte!

Ich hoffe, ich darf das noch sehr lange machen.

Eure Emma

Weitere Informationen über die Autorin findet ihr auf Facebook:

https://www.facebook.com/EmmaSmithAutorin

und Instagram:
https://www.instagram.com/emmasmithautorin